Ten Little Niggers

열 개의 인디언 인형
한국어판 ⓒ 섬앤섬 출판사, 2010

발행인 김현주 | **편집장** 한예솔 | **디자인** 김미성

등록 2008년 12월 1일 제 396-2008-00090호
주소 (410-909) 경기도 고양시 일산동구 백석동 1318번지 비잔티움 1단지 1016호
주문 및 문의 전화 070-7763-7200 팩스 031-907-9420

2010년 4월 5일 박은 책(개정판 제1쇄)

이 책은 저작권법에 따라 보호받는 저작물이므로 무단 전재와 복제를 금하며,
이 책 내용의 전부 또는 일부를 이용하려면 반드시 저작권자와 섬앤섬 출판사의
서면 동의를 받아야 합니다.

* 값은 뒤표지에 있습니다. 잘못 만든 책은 교환해드립니다.

Agatha M. C. Christie
열 개의 인디언 인형

애거사 크리스티 지음 | 이윤기 옮김

섬앤섬
somensum

《열 개의 인디언 인형》 번역자 이윤기 선생과 인터뷰

Q | 선생님은 지금까지 《장미의 이름》《푸코의 진자》《그리스인 조르바》《천의 얼굴을 가진 영웅》《신화의 힘》 등 200여 편의 작품을 번역했습니다. 선생님의 대표 번역서들은 대부분 인문서이거나 이른바 문학성을 인정받은 작품에 속하는 것들이었습니다. 애거사 크리스티의 《열 개의 인디언 인형》의 번역은 이런 선생님의 번역 궤적과 조금 다른 것처럼 보이는데, 이 작품을 번역하시게 된 특별한 계기가 있으셨는지요?

A | 인문서, 혹은 문학 작품을 많이 번역한 것은 사실입니다. 하지만 이런 일은 내 나이 마흔을 넘으면서 일어납니다. 많은 작가나 번역가가 그렇듯이 나에게도 사이파이(공상과학)와 미스터리(추리소설)의 바다에 풍덩 빠졌다가 기어 나온 젊은 시절이 있어요. 내가 번역한 추리소설만 해도 한 열권쯤 될 걸요. 애거사 크리스티, 셜록 홈즈를 퍽 좋아했고요. 나를 비롯, 우리나라 작가들은 수학이나 기초과학에 취약한 면모를 보인다고 생각해요. 사이파이나 미스터리는 내 젊은 시절의 좋은 보약이었지요.

Q | 역자 후기에서 말씀하셨듯이, 이 작품은 70여 편에 달하는 크리스티 작품 가운데서도 다섯 손가락 안에 드는 명작입니다. 독자들이 쉽게 읽을 수 있는 작품이면서도 강렬하고, 독자들의 허를 찌르는 반전이 매력적입니다. 번역하시면서 이 작품에 선생님께서 느끼신 매력은 무엇이었나요?

A | 미스터리를 읽을 때면 작가와 독자의 머리싸움이 시작됩니다. 나는 미스터리 읽을 때면 작가가 교묘하게 깔아놓은 복선伏線에 속지 않으려고 무척 노력합니다. 꽤 많은 경우, 작가는 번역자인 나에게 복선을 들키고

말지요. 하지만 크리스티의 이 소설에는 완패했지요. 나의 예상과는 다른, 전혀 엉뚱한 결과가 나왔으니까요.

Q | '죄와 정의'라는 잣대로, 완벽한 살인을 실행에 옮긴 범인에 대해 어떻게 생각하시는지요? 목적이 수단을 정당화할 수 있다는 사고처럼 주인공의 정의가 또 다른 죄를 구원할 수 있다고 생각하시는지요.

A | 목적이 신성하면 수단도 신성함을 얻을 수 있나요? 아니지요. 하지만 이 세상은 무균실無菌室도 아니고, 우리 천장에 매달려 있는 것이 무영등無影燈인 것도 아니지요. 앞의 두 한자말은 병원 수술실 용어랍니다. 하지만 목적은 수단을 신성시한다는 그릇된 믿음을 가진 사람들이 뉴스 지면을 얼마나 더럽히고 있나요? 치가 떨리는 일이지만 정신 제대로 박힌 사람이나 똑바로 살아야겠지요.

Q | 미스터리, 스릴러 등이 요즈음 독자들의 사랑을 많이 받고 있는데, 소위 순수문학을 지향하는 문인 가운데서는 이런 문학을 장르문학이라고 하여 살짝 하대하는 경향도 있습니다. 선생님의 의견은 어떠신지요?

A | 그런 한심한 경향이 더러 엿보이지요. 하지만 문학은 사다리를 오르는 일입니다. 문학상 수상작, 아무에게나 향기롭지 않습니다. 그런 사람은 지붕 위에서 문학을 하는 듯합니다. 지붕에 오르려면 사다리가 있어야지요. 사다리 오르는 훈련도 필요하지요. 나는 어린이들을 위한 추리소설도 꽤 많이 번역했어요. 그 책 읽고 자란 어린이들, 지금 40대 중 후반이 되어 있겠네요?

Q | 요즘은 창작에 몰두하시고 번역은 거의 하시지 않는 것으로 알고 있습니다. 선생님의 소설을 만나는 것도 즐거운 일이지만, 선생님이 번역하신 빼어난 해외작품들을 보고 싶어 하는 독자들도 여전히 많습니다. 혹시 이런 작품(또는 작가)이라면 꼭 번역해 소개하고 싶다는 작품이 있으신지요?

A | 외국어 공부, 참 힘들게 했는데, 이제는 읽기조차 버겁군요. 이제 조용히 나의 소설이나 쓰고 싶다, 《그리스 로마 신화》처럼 한 백만 독자의 사랑을 받는 작품을 쓰고 싶다, 맨날 이런 희망에 들떠 살아요.

Q | 말씀 감사드립니다. 마지막으로 독자에게 하고 싶은 말씀이 있으시면 얘기해주십시오.

A | 책 많이 읽을 것. 되도록이면 씌어진 지 오래 된 것을 읽을 것. 잘 모르는 대목이 있으면 그냥 넘어가지 말고 오래 꼭꼭 씹어 자기 것으로 만들라고 당부하고 싶네요.

2010년 3월 20일

어디에선가 들려 오는 목소리…….

모두가 낯빛을 잃었다.
그들은 서로를, 그리고 벽 쪽을 바라보았다.

누구의 목소리였을까?

그러나 날카롭고 냉혹한 목소리는,
인디언 섬의 저 불가사의한 저택에 모인 손님들의 이름을 부르며
그들 한 사람 한 사람을 살인자라고 했다.
재판이었을까? 그렇다면,
누가 살인자로 지목되는 것일까?

주요 등장 인물

워그레이브 판사 | 언론이나 법정에서는 '교수형 판사'로 유명한, 파충류 같은 노인. 무수한 죄수들에게 피값을 빚진 바 있는 것으로 알려져 있다. 그들 중 무고한 사람은 얼마나 되었을까?

베라 클레이돈 | 검시관의 심문을 받은 적이 있는 전직 교사. 혐의에서 완전히 벗어난 뒤, 소년의 어머니로부터는 싫은 소리를 들은 적도 없다고 설명한다.

필립 롬바드 | 모험이나 돈벌이를 위해서라면 어디든지 가는 퇴역 군인으로, 과거는 잘 알려져 있지 않다. 인디언 섬으로 가면서, 권총을 휴대할 필요가 있다고 생각한 사람은 이 사람뿐이다.

에밀리 브렌트 | 65세의 미혼녀. 뒤숭숭한 꿈을 자주 꾸는데다 일기장에다 횡설수설하는 걸 보아 종잡기 어려운(어쩌면 위험한) 성격의 소유자.

매카더 장군 | 세계대전의 참호 안에서 이미 그의 인생은 끝났다. 기회 있을 때마다 사람들에게 "인디언 섬에서 살아 나가지 못할 것"이라고 입버릇처럼 말한다.

닥터 암스트롱 | 처음에는 이 의사가 진정제 투여 및 진찰로 피해자의 죽음과 직접적으로 관련되어 있다는 의심을 받다가, 나중에는 독극물에 쉽게 접근할 수 있는 유일한 사람으로 지목된다.

앤터니 마스톤 | 젊은 불사신처럼, 영원히 죽지 않을 사람 같은 기세로 종횡 무진, 인디언 섬의 손님들 사이를 누비나 그의 막강한 힘도 정체불명의 적대자 앞에서는 터무니없이 무력하다.

프레드 나라코트 | 이승과 저승 사이에 가로놓인 삼도천三途川의 뱃사공처럼 불운한 손님들을 모터 보트로 인디언 섬까지 데려다 주는 데본셔 뱃사공. 처음부터 자기가 하고 있는 일을 미심쩍어 하는 한편, 별 이상스럽게 모인 손님들도 다 있다고 생각한다.

블로어 | 무신경하고 난폭한 전직 범죄 수사대 요원. 아프리카 식민지에서 온 사람으로 행세하려다 실패하자 다른 사람들의 범행 동기를 나름대로 의심해 보는 데 만족한다.

로저스 부부 | 인디언 섬에 모인, 이상한 손님들을 접대하는 집사와 그의 부인. 그러나 손님들은, 자기네들 입장을 변호해야 할 즈음에야 이들이 충직한 하인들임을 알게 된다.

토머스 레그 | 런던 경찰국의 부국장. 몇 구의 시체, 몇 권의 일기장, 그리고 검시관의 자세한 검시 보고서가 그에게 넘어간다. 그러나 그는, 살인자는 처음부터 없었다는 결론을 내리지 않을 수 없게 된다.

메인 경위 | 역시 런던 경찰국 소속 경찰관으로, 치밀하고 정확하게 이 살인 사건을 조사한다. 결국 그 역시, 인디언 섬의 살인 사건이 불가해한 영구 미제永久謎題의 사건이 될 것이라는 상관上官의 소견에 동의한다.

하나

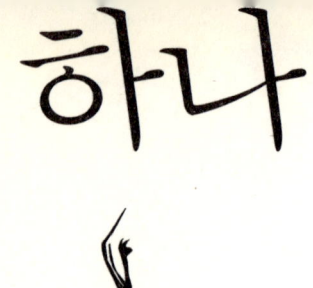

I

 최근에 현직에서 은퇴한 워그레이브 판사는 열차의 일등 흡연차 구석자리에 앉아 엽궐련을 피우며 《타임스》의 정치 기사를 열심히 읽고 있었다. 그러다 그는 신문을 내려놓고 창밖을 내다보았다. 기차는 서머셋을 달리고 있었다. 그는 시계를 보았다. 아직 두 시간 거리가 남아 있었다.
 그는 인디언 섬에 관한 신문 기사를 마음속으로 되씹었다. 원래 이 섬을 사들인 사람은 요트에 미친 미국의 어느 백만 장자라고 했다. 그는 데본 해안에서 좀 떨어진 이 조그만 섬에다 호화스러운 현대식 저택을 몇 채나 지었는데, 불행하게도 이 백만 장자가 새로 얻은 세 번째 부인이 멀미를 심하게 하는 바람에 그 저택과 섬을 내놓았다는 것이었다. 이 매물賣物에 대한, 사람들의 눈길을 끌기에 족한 광고가 신문에도 몇 차례 난 적이 있었다. 그러다 오웬이란 사람이 그 섬과 저택을 사들였다는 사실이 신문에 기사로 실린 일이 있었다. 말 많은 신문 기자들이 소문을 퍼뜨린 것은 그 뒤의 일이었다. 진짜로 인디언 섬을 산 사람은 할리우드의 영화배우 가브리엘레 터얼 양인데, 이 여자가 사람들의 눈을 피해 몇 달씩 머물기 위해 그걸 샀다는 기사가 있는가 하면, 《사교계 동정》은 어느 왕족이 이를 사들였다는 추측 기사를 흘리기도 했다. 《미스터 메리웨더》는, 마침내 큐피드의 화살을 맞은 젊은 L경(卿)이 신혼의 보금자리로 사들였다는, 믿을 만한 제보가 있었다고 썼다. 《요나》는, 해군성에서 모종의 비밀 실험 기지로 사들인 사실을 알고 있다고 했다. 어쨌든 인디언 섬은 쓸 만한 기삿거리였다.

워그레이브 판사는 주머니에서 편지 한 통을 꺼냈다. 글씨는 거의 읽기 어려웠지만 여기저기의 몇 단어는 그래도 알아볼 수 있었다. 그 내용은 대충 이러했다.

사랑하는 로렌스……, 소식을 들은 지 오래……, 꼭 인디언 섬으로 와……, 정말 멋진 곳……, 할 얘기도 많고……, 지난 날……, 자연을 벗삼아……, 일광욕……, 12시 40분에 패딩턴을 떠나는 기차……, 오크브리지에서 만나…….

편지는, '변함없는 콘스탄스 컬밍턴'이라는 달필 서명으로 끝나 있었다.

워그레이브 판사는, 콘스탄스 컬밍턴 부인을 마지막으로 본 게 언제였더라, 하고 생각하면서 그때를 기억하려고 애썼다. 아무래도 7년, 아니 8년이나 된 옛 일이었다. 그 시절에 콘스탄스는, 일광욕도 할 겸 자연을 벗하고 '콘타디니(시골 바람)'를 쐬러 이탈리아로 갔던 것이다. 후일 워그레이브 판사는 콘스탄스가 볕이 더 뜨거운 곳을 찾아 시리아로 가서 자연 및 베두인과 벗하여 산다는 소식을 들은 적이 있었다.

'콘스탄스 컬밍턴이라면, 섬이나 하나 사들여 신비에 가려진 채 살 만한 여자……'

워그레이브 판사는 이렇게 생각했다. 그는 자기의 논리적인 해석이 하도 그럴 듯해서 고개를 끄덕이다가, 나중에는 아주 숙이고는……, 잠이 들었다.

II

다섯 승객과 함께 삼등 열차에 탄 클레이돈은 등받이에 머리를 기대고 눈을 감았다. 그러고는 생각했다.

'오늘 같은 날 기차를 타다니, 아주 푹푹 찌는구나……. 바다에 닿으면 얼마나 신이 날까? 이런 일자리를 얻다니, 대단한 횡재야. 휴가 중에 걸리는 일이란 매일 아이들에게 둘러싸이는 것뿐 —비서직은 눈을 씻고 찾아 보아도 없지 않던가. 직업 소개소에도 별 희망을 걸지 않았는데…….'

그런데 편지가 온 것이었다.

　유자격 여성 직업 소개소로부터 추천장과 함께 당신을 소개 받았습니다. 소개소에서 당신이란 분을 개인적으로 잘 알고 그래서 소개한 것으로 압니다. 당신이 요구하는 급료의 액수에 동의합니다. 8월 8일부터 일을 시작해 주시기 바랍니다. 패딩턴 역발 12시 40분 기차를 타시면 오크브리지 역에서 사람이 기다릴 것입니다. 여행 경비로 5파운드를 함께 보냅니다.
유나 낸시 오웬

　편지 봉투 위에는 데본 주 스티클헤이븐 인디언 섬의 소인이 찍혀 있었다.
　'하필이면 왜 인디언 섬이야! 최근 들어 부쩍 신문에 이름이 자주 오르는 섬이 아니던가.' 인디언 섬에 관한 기사는 모두 추측 기사와 암시 기사뿐이었다. 아무래도 사실이 아닌 것 같았다. 그러나, 백만 장자가 집을 지었는데 그 집이 한마디로 호사스럽기 짝이 없다는 것만은 사실인 듯했다.
　최근 학교에서 진땀을 쏟으며 학기를 끝내고 지칠 대로 지친 베라 클레이돈은 이렇게 생각했다.
　'삼류 학교에서 체육 교사 노릇을 백 년 해봐야 뾰족한 수가 생기는 건 아니야……. '그럴 듯한' 학교에 일자리가 생기면 얼마나 좋을까.' 이런 생각을 하고 나자 베라 클레이돈은 등줄기에 식은땀이 흘렀다. 베라 클레이돈은 하던 생각을 계속했다.

'그래도 이 정도 일거리라도 잡았으니 복도 많지 뭐야. 그건 그렇고, 검시관의 심문을 좋아하는 사람도 나올까? 혐의를 씌우지 않는다고 해도 어쩐지 기분 나쁜 일이거든!'

베라 클레이돈이 기억하기로, 검시관은 그녀의 코앞에서 성품과 용기를 칭송하기까지 했다. 검시관의 심문이 그렇게 부드러웠던 적은 일찍이 없었다. 게다가 해밀턴 부인은 또 얼마나 다정했던가. 문제는 휴고였다.(그러나 그녀는 휴고 일을 생각하고 싶지 않았다!)

객실 안의 후텁지근한 열기에도 불구하고 문득 그녀는, 바다 쪽으로 가는 게 아니라면 얼마나 좋을까, 하고 생각했다. 그때의 광경이 새삼스럽게 되살아 났다. '오르락내리락하면서, 시릴의 머리는 바위 쪽으로 헤엄쳐 가고 있었던……' 오르락내리락……, 오르락내리락……. 그녀 자신은 일찍이 익혀둔 솜씨로 그의 뒤를 따라 헤엄쳐 갔다. 일이 벌어지기 전에 그를 따라잡을 수 없다는 걸 알면서도 물살을 가르며 헤엄쳐 나갔다…….

누워서 보낸 아침 바다―깊고도 푸른―의 모래―휴고. 휴고는 끝내 사랑한다고 말하지 않았다. 휴고 일은 생각하지 '말아야' 했다…….

베라 클레이돈은 눈을 뜨고, 맞은편에 앉은 사내를 바라보았다. 고동색 얼굴에 미간이 좁은 키다리. 거만하고, 어쩌면 비정해 보이는 듯한 입술. 베라는 이런 생각을 했다.

'온 세계를 구석구석 누비고 다니면서 세상 구경을 많이 한 사람이 아니면, 내 손가락에 장을 지지겠다.'

III

맞은편에 앉은 여자를 재빨리 일별한 필립 롬바드는 이렇게 생각했다.
'꽤 참한데―어쩐지 학교 선생 냄새가 나는군……'
그러나 사랑에서든 싸움에서든 다루기 까다로운, 쌀쌀맞은 여자―그리고 자기 중심을 제대로 잡아 버리는 여자―일 거라는 상상도 했어야 했다. 필립 롬바드는 그녀와 가까워지고 싶었다. 그러다 그는 눈살을 찌푸렸다. '안 되지. 그런 일에 신경 쓸 때가 아니다. 이건 내 사업이니까.' 결국 그는 자기 사업 생각을 계속하기로 했다.
'젠장, 영문을 알 수가 있나.'
모리스는, 같잖게 묘한 소리만 하는 사람이었다.
"롬바드 씨, 가져 가든 말든 마음대로 하시오."
"일백 기니라고 했습니까?"
롬바드는 마음 한 구석으로 계산을 놓아 보며 물었다.
그는, 일백 기니라는 금액이 별것 아니라는 투로 말한 것이었다. 글자 그대로 끼니 해결이 어려운 판인데 '일백 기니'란 금액을! 그러나 그는 모리스가 속임수에 넘어갈 위인이 아니라는 걸 '알고' 있었다. 모리스는 그런 사람이었다. 돈에 관한 한 아무도 모리스를 속일 수 없었다.
롬바드 역시 모리스만큼이나 구름잡는 말투로 물었다.
"더 이상은 말해 줄 수 없다는 겁니까?"

아이작 모리스는, 홀랑 까진 대머리를 살래살래 흔들었다.

"없어요, 롬바드 씨. 현지에서 임기응변하세요. 내 고객은 당신을, 험한 곳에 갈수록 빛나는 사나이로 이해합디다. 나는, 당신이 데본 주의 스티클헤이븐에 다녀오는 조건으로 당신 손에 일백 기니를 건네 주는 권한을 위임받았습니다. 거기에서 가장 가까운 역은 오크브리지 역입니다. 그곳에 가면 사람이 기다리고 있다가 당신을 스티클헤이븐까지 모셔다 드릴 것이고, 스티클헤이븐에서는 모터 보트가 인디언 섬까지 실어다 드릴 겁니다. 인디언 섬에서는, 내게 이 일을 의뢰한 사람이 알아서 해 드릴 겁니다."

그러자 롬바드가 퉁명스럽게 물었다.

"언제까지 말입니까?"

"무슨 일이 있어도 일 주일은 넘지 않을 겁니다."

숱이 그리 많지 않은 콧수염을 만지작거리며 롬바드가 다시 물었다.

"내가, 아무 일이나 하지 않는다는 걸 이해하시겠지요? 가령 비합법적인 일 같은?"

롬바드는 이 말을 하면서 상대를 꽤 날카롭게 쏘아보았다. 모리스 씨는 입술을 약간 실룩거리며 웃고는 이렇게 대답했다.

"만일에 그런 제안을 받으면, 언제든 손을 떼어도 좋소."

자식, 매끄럽게 굴기는……. 모리스는 이렇게 생각하면서 웃었다. 그는 합법성 여부를 반드시 '시네 쿠아 논(필요 조건)'으로는 삼지 않았던, 롬바드의 과거지사를 잘 알고 있었던 것 같았다.
 롬바드의 입술도 웃음으로 조금 이죽거렸다. 사실은 그 역시 한두 번은 바람을 거슬러 배를 몬 적(위태롭게 처세한 적)이 있긴 했다. 그러나 그가 넘지 말아야 할 선까지 다가간 적은 없었다……. 아니, 그에겐 그런 선이 없는 것이나 마찬가지였다. 그는 인디언 섬에서 자신을 기다리고 있을 재미있는 일들을 상상했다.

IV

 금연 열차에는 에밀리 브렌트 여사가 평소의 버릇 그대로 빳빳하게 앉아 있었다. 나이가 예순다섯이나 되는 에밀리 브렌트 여사는 수다떠는 걸 별로 좋아하지 않았다. 육군 대령으로, 몹시 고루했던 그녀의 아버지가 예의 범절에 극히 엄격했던 것이었다. 그러나 같은 시대를 사는 세대가, 에밀리 브렌트 여사 눈에는 너무 헐거워 보였다. 그들에겐 기차 안이고 뭐고 없었다.
 옳다고 믿는 바에 대한 고집과 백절불굴의 원리 원칙으로 단단히 무장한 채 브렌트 여사는 붐비는 삼등 열차 안에 앉아서도 불쾌감과 더위를 이겨 내고 있었다.
 '요즘 사람들은 왜들 그렇게 호들갑을 떨지? 이를 뽑기 전에 주사를 놓아 달라고 하질 않나, 잠이 안 온다고 약을 먹질 않나, 편한 의자, 푹신한 방석만 찾질 않나, 계집아이들이 몸을 마

구잡이로 굴리질 않나, 여름이면 반라半裸로 해변을 얼쩡거리질 않나…….'

브렌트 여사는 입술을 앙다물었다. 그녀는, 사람들 중에는 자기 같은 사람도 있다는 본을 보이고 싶었다.

이윽고 그녀는 2년 전 여름 휴가를 생각했다. 그러나 이번 휴가는 좀 유類가 다를 터였다. 인디언 섬이니까……. 마음속으로, 브렌트 여사는 이미 골백 번도 더 읽은 그 편지를 되씹어 읽었다.

친애하는 브렌트 여사

저를 기억하실 수 있기를 바랍니다. 몇 년 전 8월 벨헤이븐 영빈관迎賓館에서 함께 지냈었지요. 우리에겐 공통점이 참 많았던 것 같습니다.

저는 데본 해변에서 좀 떨어진 섬에 저의 영빈관 문을 엽니다. 담백한 음식과 조용하고 옛스러운 손님들을 위한 명소名所의 개장이 되리라고 생각합니다. 여기서는 반라로 돌아다니는 사람도 없고, 밤이 이슥하도록 축음기를 돌리는 사람도 없을 것입니다. 브렌트 여사께서, 이번 여름 휴가를 인디언 섬에서 보낼 짬이 생기셨으면 좋겠습니다. 물론 제 손님이시니까 무료로 모십니다. 8월 초면 어떨까요? 아마 8일쯤 될 것입니다.

당신의 벗 U. N.

서명은 해독하기가 힘들었다. 에밀리 브렌트는 조급하게 생각을 가다듬어 보았다.

'무슨 이름이 이 모양이야? 요새는 멀쩡한 사람들이 서명을 이 모양으로, 알아 먹지도 못하게 한단 말이야.'

에밀리 브렌트 여사는 벨헤이븐에서 만났던 사람들을 하나씩 손꼽아 보았다. 벨헤이븐에서는 두 해 여름을 지낸 바 있었다. 거기서 만났던 사람들 가운데서 중년의, 마음씨가 넉넉한 부인이 먼저 생각났다. '무슨……, 무슨……, 부인이더라……. 아버지는 대 성당 참사 회원이라고 했는데.' 올튼 여산가, 오멘 여산가 하는 사람도 있었다. 아니, '올리버'였다. 그렇지, 분명히 올리버 여사였다.

'인디언 섬이라! 신문에 이 섬 이야기가 자주 오르내리던데……. 영화 배우가 어쨌다던가, 아니면 미국 백만 장자가 어쨌다던가. 섬이라는 건 생각만큼 비싼 건 아닐 거야. 모든 사람이 다 섬 체질인 것은 아니니까. 처음에는 그것 참 멋지겠다 싶어서 덜컥 사들였다가도 살아 보면 이만저만 불편한 게 아니라는 걸 알고는 팔아 버리는 게 상책이라고 마음을 고쳐 먹는 법이거든. 어쨌든 공짜 휴가는 맡아 놓은 당상이다…….'

에밀리 브렌트 여사는 이런 생각을 했다. 수입이 줄어서, 꼭 써야 하는 데도 쓰지 못하는 터에 공짜 여름 휴가 제안은 더 생각하고 자시고 할 것도 없는 일이었다. 에밀리 브렌트 여사는, 올리버 양인지 올리버 부인인지는 모르지만, 그녀에 대해 조금이라도 더 기억해 낼 수 있었으면 했다.

V

매카더 장군은 차창 밖을 내다보았다. 기차는 엑세스터에 진입하기 직전이었다. 엑세스터에서는 기차를 갈아타야 했다. '빌어 먹을 놈의 굼벵이 지선支線 기차! 인디언 섬까지 까마귀 날아가듯 똑바로 가면, 엎어져서 코 닿을 거린데……'

그는 오웬이라는 친구가 누군지 제대로 기억해 낼 수 없었다. 그저 아무개나 거시기의 친구일 것이거니 했다.

"각하의 옛 동무도 한두 분 오십니다. 오셔서 옛이야기나 나누셨으면 합니다."

아닌 게 아니라, 그는 흘러간 시절 이야기를 좋아했다. 그는, 최근 들어 친구들이 자기와의 입씨름을 슬슬 피한다는 느낌을 받아왔다. 그게 다 저 빌어먹을 놈의 소문 때문이었다. 어쩔 도리가 없었다.─30년 전 일인데도 그는 암스트롱이 나팔을 불고 다녔을 것으로 어림하여 헤아렸다.

'머리의 피도 제대로 안 마른 녀석, 지옥에나 가라지. 제깟 녀석이 알긴 뭘 알아. 아니, 이 따위 생각해서 무얼 해. 괜한 걸 생각하면, 다른 사람들 눈초리도 이상해 보이는 법이거든.'

이 인디언 섬은, 그가 전부터 가 보고 싶어하던 곳이었다. 인디언 섬에 관한 소문이 꼬리에 꼬리를 물고 있었다. 해군이나 육군이나 공군이 그걸 손에 넣었다는 소문은, 아무래도 밑도끝도 없는 이야기는 아닐 것 같았다.

또 다른 소문에 따르면, 미국의 백만 장자인 젊은 엘머 롭슨

이 거기에다 실제로 저택을 지었다고 했다. 수천 파운드를 들였는데, 있을 만한 사치품은 다 있다고도 했고…….
 '엑세스터랬지? 한 시간만 기다리면 된다.' 그런데 그는 기다리고 싶지 않았다. 한시바삐 기차를 갈아타고 싶었다.

VI

 닥터 암스트롱은 자기 차 모리스를 몰고 솔즈버리 평야를 가로지르고 있었다. 그는 지칠 대로 지쳐 있었다……. 역시 성공이란, 그만큼의 벌금을 물리는 법이었다. 그에게는, 점잖게 차려 입고, 초 현대식 의료기구와 호화스러운 가구에 둘러싸인 채 하알리 가街의 진료실에서 기다리고 또 기다렸던 시절이 있었다……. 자기 앞에 놓인 긴 나날이 성공으로 이어질 것인지, 실패로 이어질 것인지 알지 못한 채 기다렸던 것이다.
 결국 그는 성공했다. 운이 좋았던 것이다. 운이 좋았지만 그만큼 수완이 좋았던 것도 물론이다. 그는 솜씨가 훌륭한 의사였다. 그러나 그것만으로 성공할 수 있었던 것은 아니었다. 성공하는 데는 운도 따라야 했다. 그에겐 운도 따랐다. 정확한 진단, 여성 환자—재산도 있고 신분도 높은—들로부터 듣는 찬사…….자연히 소문이 날 수밖에 없었다. "닥터 암스트롱에게 보여 보지 그래. 아직 새파랗게 젊은 사람인데 대단한 족집게야. 팸 알지? 몇 년 동안이나 시름시름 앓았는데, 이 사람은 손가락 한

번 까딱하고는 무슨 병인지 알아 냈다니까." 이렇게 해서 눈덩이는 구르기 시작했던 것이다.

이제 닥터 암스트롱은 자기가 바라던 데까지 이르렀다. 그의 나날은 예약 스케줄로 빡빡했다. 그러자니 시간적인 여유가 없었다. 그런데 이 8월의 어느 아침, 데본 해안에서 좀 떨어진 섬에서 며칠을 지내러 런던을 떠나게 되었으니, 기분이 좋지 않을 리 없었다. 정확하게 말하자면, 휴가는 아니었다. 그가 받은 편지에는 표현상 모호한 데가 없지 않았으나 동봉한 수표에는 그런 구석이 없었다. 그것도 눈이 번쩍 뜨일 만한 액수였다.

'오웬 부부는, 돈방석 위를 구르는 사람들인 모양이지. 모르긴 하나, 부인의 건강에 조금 문제가 있고, 부인 건강에 잔신경을 많이 쓰는 남편이 부인 몰래 나에게 보이려는 것일 게다. 부인은, 의사가 온다는 걸 모를 테고. 신경 계통일까.'

신경이라! 의사의 눈썹이 꿈틀거렸다. '여자들 신경이라면 뻔하고 뻔한 거지. 어쨌든 신경 계통이라면 별것 아니다. 신경증을 호소하는 여자의 과반수 이상은 아무 이상이 없는 게 보통이다. 그저 사는 게 지겨워서 그런 병을 호소하나, 그렇다고 해서 곧이곧대로 말해 봐야 먹혀 들어가지 않는다. 따라서 적당한 병명을 만들어 주어야 한다.

우선 긴 단어를 몇 개 주워 섬기고 나서, "상태에 조금 이상이 있긴 합니다만 대단한 정도는 아닙니다. 그렇다고 이대로 두어선 안 되지요. 처방은 간단합니다. 하고.'

이런 경우의 약이란 대개 마음을 고쳐 먹게 하는 데 필요한 약이다. 그는 이런 데 쓰일 약을 알고 있었다. 희망과 믿음을 불어 넣으면 되는 것이니까.

10년 전—아니, 15년 전—의 그 사건 이래로 그가 다시 자기 자신과 사업을 수습할 수 있었던 것도 운이 좋았기 때문이다. 간단히 다시 일어서기 어려운 치명타였다. 당시 그는 나락에 떨어지기 일보 직전이었다. 그 충격이 그를 일으켜 세우는 데 일조를 한 바도 없지 않았다. 그 일 때문에 담배도 끊었다. 그에겐 참으로 엄청난 고비였다.

고막을 찢을 듯한 경적이 울리면서 거대한 고속 경기용 달메인이 시속 80마일은 족히 될 듯한 속력으로 그의 옆을 지나쳤다. 암스트롱은 아슬아슬하게 울타리에 처박히는 걸 모면했다. 난폭 운전으로 전국을 누비는 젊은 녀석임이 분명했다. 암스트롱은 그들을 싫어했다. 조금 전의 달메인 역시 간발의 차로 암스트롱의 차를 스쳐 지나가지 않았던가. 꼴 보기 싫은 젊은 것들이.

VII

자동차를 전속력으로 몰아 미어 쪽으로 달리면서 앤터니 마스톤은 생각했다.

'자동차들이 굼벵이처럼 엉금엉금 기어다니다니, 참 기가 막힐 노릇이다. 걸핏하면 앞을 막아서고 있질 않나, 꼴에 길 한복

판으로는 왜 들어와. 영국에서의 자동차 여행은 싹수가 노랗다니까……. 프랑스만 해도 자동차가 쑥쑥 빠지는데…….

이쯤에서 차를 세우고 목이나 좀 축이고 갈까, 그대로 뽑을까? 시간은 얼마든지 있겠다, 남은 건 일백 마일 정도, 지척이나 다름없다. 진이나 진저 한 잔이 생각나는군. 이 지긋지긋한 놈의 날씨!

이 섬, 꽤 재미있는 곳일 거야, 날씨만 견디어 준다면. 그건 그렇고, 오웬 부부라니, 대체 어떤 사람들일까? 모르긴 하지만, 돈 많고 그래서 살짝 썩는 냄새가 나는 사람들일 테지. 오소리 녀석이 있었으면……. 그 친구에겐 그런 사람 다루는 재주가 있는데. 하기야, 그러자면 제 돈이 있어야 하는데, 그 친구에겐 땡전 한 닢 없으니…….

그 사람들, 술이나 잘 마셨으면 좋겠다. 돈을 어떻게 벌었는지는 모르겠지만, 한 짐씩 지고 태어난 것은 아니겠지. 가브리엘레 터얼이 그 섬을 샀다는 소문이 사실이 아니라는 게 좀 애석하다. 영화 배우 떼거리와 어울렸으면 재미있을 텐데. 까짓것, 누가 샀건, 여자들 몇 명쯤은 있을 테지.'

호텔을 나온 그는, 하품을 한 차례 하고는 기지개를 켠 다음, 푸른 하늘을 올려다보며 달메인에 올랐다. 몇 명의 아가씨들이 찬탄의 눈길로 그의 모습—6피트의 균형 잡힌 몸매, 고수머리, 그을린 얼굴, 그리고 새파란 눈—을 좇았다.

그는 자동차를 시동했다. 달메인은 굉장한 소리와 함께 비좁은 거리를 헤집듯이 빠져나갔다. 노인들과 심부름하는 아이들이 깜짝 놀라 비켜섰다. 심부름하는 아이들은 부러워하는 듯한 시선으로 오랫동안 자동차를 바라보았다.
앤터니 마스톤은 목적지를 향해 의기 양양하게 차를 몰았다.

VIII

블로어 씨는 폴리머드 발 완행 열차를 타고 있었다.
그가 탄 객차에는, 다른 승객이라고는 눈이 게슴츠레한, 나이든 뱃사람 풍의 신사 한 사람밖에 없었다. 그 노인은 이미 곯아 떨어져 있었다. 블로어 씨는 조그만 노트에 조심스럽게 쓰기 시작했다.
이윽고 그는 이렇게 중얼거렸다.
"이게 전부군. 에밀리 브렌트, 베라 클레이돈, 닥터 암스트롱, 앤터니 마스톤, 늙은 워그레이브 판사, 필립 롬바드, 매카더 장군, C. M. G., D. S. O., 하인과 그의 부인인 로저스 부부."
그는 노트를 접고는 주머니에 집어넣었다. 그러고는 구석자리에서 자고 있는 노인을 바라보았다.
'한 잔 늘씬하게 자셨군.' 블로어 씨는 자신있게 진단했다.
그는 마음속으로, 조금 전에 썼던 이름들을 다시 한번 조심스럽고 꼼꼼하게 점검했다.
'이만하면 일은 빈틈없이 될 것 같고……, 안 될 이유가 없지 않나. 겉으로 이상하게 보이지만 않으면 되겠어.' 그는 조금 전에

했던 생각을 되씹었다.

그는 자리에서 일어나 차창에 비친 자기 모습을 바라보았다. 차창에 비친 모습은, 어딘가 수염을 기른 군인 같아 보였다. 얼굴에는 표정이 거의 없었다. 눈은 잿빛인데, 눈 사이가 비교적 좁은 편이었다. 블로어 씨는 혼잣말로 중얼거렸다.

"소령쯤으로 해 둘까. 아니야, 하마터면 큰일 날 뻔했네. 여기에 나탈군 출신이 있다는 걸 몰랐군. 한눈에 알아볼 거야. 남아프리카……, 그렇다, 바로 그거다. 아무리 군대 밥을 많이 먹었대도 남아프리카 일에는 까막눈일 테지. 마침 여행 안내서도 읽은 게 있으니까, 제대로 아는 체할 수 있을 거야."

다행히도 식민지 거주민은 종류도 다양하고 유형도 다양했다. 남아프리카에서 온 사업가로 행세하면 어떤 사교 모임에도 무사 통과할 수 있을 것 같았다.

'인디언 섬'. 그는 어린 시절부터 인디언 섬을 알고 있었다……. 갈매기로 뒤덮여 있는, 악취가 풍기는 바위……. 1마일쯤 떨어져 있는 이 섬의 이름이 인디언 섬인 것은, 모양이 사람의 머리—아프리카 인디언의 옆 얼굴—같았기 때문이다.

그 섬으로 들어가 집을 짓다니, 참 웃기는 사람들도 다 있지. 날씨가 궂으면 지독할 텐데. 하기야, 부자들은 원래 괴팍한 사람들이니까.

구석자리에서 자던 노인이 일어나 소리쳤다.

"바다라는 건 알다가도 모를 곳이지요, 알다가도 모를."

"맞습니다. 알다가도 모를 곳이지요."

블로어 씨가 부드럽게 응수했다.

노인은 두어 번 딸꾹질을 하고는 퉁명스럽게 말했다.

"폭우가 묻어 오는군."

"당치 않습니다. 날씨가 이렇게 좋은데요."

노인이 노기 띤 음성으로 우겼다.

"폭우가 묻어 오고 있어요. 냄새가 나는데 그래요?"

"영감님 말씀이 옳을지도 모르겠습니다." 블로어 씨는, 지나가는 말로 응수했다.

기차가 정거장에 멎자 노인은 거북한 몸놀림으로 일어섰다.

"나는 여기서 내려요." 그는 유리창을 더듬으며 비틀거렸다. 블로어 씨가 노인을 부축해 주었다.

노인은 나가다가 문간에서 걸음을 멈추었다. 그는 엄숙하게 한 손을 들고, 게슴츠레한 눈을 깜박거리며 소리쳤다.

"깨어서 기도하시오, 깨어서 기도하시오. 심판의 날이 가까이 왔소."

문을 빠져 나간 그는 플랫폼에 닿자마자 쓰러졌다. 그는 쓰러진 채로 블로어 씨를 올려다보며 위엄 있는 소리로 외쳤다.

"젊은이, 당신에게 하는 소리올시다. 심판의 날이 코앞에 다가와 있소!"

자기 자리로 돌아와 앉으며 블로어 씨는, 나보다는 영감이 심판 받을 날이 훨씬 가깝겠구료, 하고 생각했다.

그러나, 조금 있으면 알게 될 테지만, 블로어 씨의 생각이 틀린 것이었다.

I

오크브리지 역 밖에서, 기차에서 내린 사람들이 한 무리가 되어 가볍게 망설이며 서 있었다. 그들 뒤에는 짐꾼과 여행 가방이 있었다. 이들 중 누군가가 "짐!" 하고 불렀다. 택시 운전사 중 한 사람이 걸어 왔다.

"인디언 섬에 가시는 분들이죠?" 그가 데본 사투리로 붙임성 있게 말을 걸었다. 네 사람은 그렇다고 대답하고는 은밀한 시선을 재빨리 서로 나누었다.

운전사는, 워그레이브 판사가 그들 중 제일 연장자라는 걸 알아보고 그에게 말했다.

"택시는 두 대가 있습니다. 이 중 한 대는 엑세스터 발 완행 열차가 도착할 때까지 여기에서 기다립니다. 그래 봐야 5분 정돕니다만, 신사 한 분이 그 기차로 오시게 되어 있습니다. 괜찮으시다면, 여러분 가운데 한 분이 여기 남아 주셨으면 합니다. 아마 뒷차를 타시는 게 훨씬 편할 겁니다."

벌써 비서가 다 된 듯한 목소리로 베라 클레이돈이 말했다.

"제가 기다리겠습니다. 다른 분들은 앞차로 가시고요."

베라 클레이돈은 나머지 세 사람을 둘러보았다. 그녀의 목소리와 시선에는 이미 자기 책무를 수행하는 사람 특유의 권위가 묻어 있었다. 홉사 여학생들에게 테니스 코트를 배정해 주는 교사 같았다.

브렌트 여사가 자존심을 다독거리면서 "고마워요" 하고 말하고는, 운전사가 열고 서 있는 문을 통해 택시 안으로 들어갔다. 워그레이브 판사도 그녀의 뒤를 따라 들어갔다.

롬바드는 고개를 가로저으며 말했다.

"저는 기다리겠습니다. 미스……."

"클레이돈이라고 합니다." 베라가 대답했다.

"저는 롬바드, 필립 롬바드라고 합니다."

짐꾼은 택시에다 짐을 실었다. 워그레이브 판사가 법조문이라도 해석하는 듯한 말투로 말했다.

"정말, 오늘 날씨가 좋습니다."

"네, 정말 그렇군요." 브렌트 여사가 응수했다.

브렌트 여사는 이런 생각을 했다.

'아주 멋진 노신사분이시군. 해변 호텔에 자주 나타나는 그런 사람들과는 다른 데가 있어. 올리버 양인지 여사인지, 발이 꽁

장히 넓은 모양이야.'

워그레이브 판사가 물었다.

"이 지방을 잘 아시는지요?"

"콘월이나 토쿼이엔 와 봤지만, 이 데본 지방에는 초행이에요."

"저 역시 이 지방은 초행입니다." 판사가 말했다.

택시가 출발했다.

남은 택시의 운전사가 베라 클레이돈과 롬바드에게 말을 걸었다.

"차에 들어가셔서 기다리시지요."

"괜찮아요." 베라 클레이돈이 자르듯 말했다.

롬바드가 웃으면서 말했다.

"햇빛이 비치니까 근방이 더 보기에 좋습니다. 역 안으로 들어가서 기다리시면 어떨까요?"

"이곳이 나아요. 기차에서 내린 것만 해도 이렇게 날아갈 듯한 기분인걸요."

"그렇습니다. 이런 날의 기차 여행은 웬만한 각오로는 힘들지요." 롬바드가 대답했다.

베라가 말대답삼아 받아넘겼다.

"그래도 이대로가 좋겠죠, 날씨 말이에요. 영국의 여름 날씨는 변덕이 심하니까요."

별로 참신한 이야깃거리가 못 된다는 걸 알면서도, 롬바드가 물었다.

"이 지방, 잘 아십니까?"

"웬걸요, 초행이랍니다." 베라는 의식적으로, 자기 위치를 분명히 해 두어야겠다고 생각하고는 재빨리 덧붙였다. "저는 아직 제 고용주도 만나지 못했는걸요."

"고용주라뇨?"

"네, 오웬 부인의 비서직을 맡았어요."

"아, 그랬었군요." 그의 태도가 눈에 띄지 않게 달라졌다. 상대의 정체가 드러나 상대하기가 쉬워졌다는 말투였다.

"흔히 듣고 볼 수 있는 일은 아니군요."

베라는 웃었다.

"저는 그렇게 생각지 않아요. 오웬 부인의 비서가 갑자기 병을 얻었다면서 부인이 직업 소개소에 후임 비서를 부탁했답니다. 직업 소개소에서는 이렇게 저를 보낸 거고요."

"아, 그랬었군요. 하지만, 일단 거기에 가서 그 일이 마음에 들지 않으면 어떻게 하죠?"

베라는 다시 웃었다.

"저는 임시로 이 일을 맡은 거예요. 여름 방학 동안만요. 저는 여학교에 직장을 가지고 있어요. 솔직히 말씀드리면, 인디언 섬을 구경하는, 조금은 아슬아슬한 기대 같은 것도 있어요. 신문에 자주 오르내렸잖아요. 정말 그렇게 멋진 곳일까요?"

"글쎄요. 저도 아직 가 보지 않았으니까요."

롬바드가 대답했다.

"그래요? 오웬 부부는 참 친절하신 분들인가 보죠? 어떤 분들일까요? 짚이는 데는 없으신가요?"

롬바드는, 만나 본 적이 있다고 할까, 없다고 할까……, 이런 생각을 하며 망설이다 재빨리 대답했다.

"저런, 팔에 벌이 앉았군요. 움직이지 마세요."

그는 손으로 벌을 쫓았다.

"됐어요, 날아갔습니다."

"아, 고맙습니다. 올 여름에는 유달리 벌이 많군요."

"날씨가 덥기 때문일 겁니다. 그런데 우리가 누구를 기다리고 있는지 아십니까?"

"전혀 모르는데요."

긴 기적과 함께 기차가 역으로 진입하는 소리가 들렸다.

"기차가 들어오는군요."

롬바드가 말했다.

II

출찰구에 나타난 사람은 키가 크고 어딘가 군인 냄새가 묻어 있는 듯한 노인이었다. 잿빛 머리카락은 짤막하게 다듬어져 있었고, 흰 수염 손질도 깔끔했다. 가죽 가방의 무게 때문에 가볍게 비틀거리며 나온 그의 짐꾼이 베라와 롬바드를 가리켰다.

"저는 오웬 부인의 비서입니다. 차가 기다리고 있습니다."

그러고는 덧붙였다.

"이쪽은 롬바드 씨 입니다."

나이에 어울리지 않게 날카로운, 빛 바랜 파란 눈이 롬바드를 훑어내렸다. 그 눈은, 순식간에 앞에 있는 사람의 정체를 읽어냈다. 그걸 눈치챈 사람은 없었다.

'허우대는 멀쩡하구나. 하지만 이 자에겐 뒤가 구린 구석이 있어……'

세 사람은, 기다리고 있던 택시에 탔다. 그들을 태운 택시는 조는 듯한 오크브리지 거리를 지나, 플리머드 간선도로 위를 1마일 가량 더 달렸다. 택시는 곧 오솔길로 접어들었다. 높낮이의 변화가 심하고, 주위가 초록빛 푸나무로 둘러싸인 비좁은 길이었다.

매카더 장군이 말문을 열었다.

"데본 지방도 이쪽은 처음이군요. 동* 데본의 도셋 접경에 집을 한 채 가지고 있긴 하오만."

베라가 그 말을 받았다.

"정말 좋은 곳이에요. 구릉 지대인데다 흙이 붉고, 눈 닿는 곳은 온통 초록색 일색이어서 참 보기에 좋아요."

필립 롬바드가 초를 쳤다.

"조금 답답하지 않습니까? 저는 확 트인 곳이 좋아요. 가령 앞이 훤히 내다보이는 곳 말입니다."

매카더 장군이 롬바드에게 물었다.

"세상 구경 많이 한 분인가 보군."

롬바드는 장군을 무시하려는 듯이 어깨를 으쓱해 보이고 나서 말했다.

"웬걸요, 이곳저곳 떠돌아 다녔을 뿐입니다."

그러고는 속으로 이런 생각을 했다.

'나이가 몇이냐고 묻고는 대뜸, 1차 대전 이야기를 꺼낼 테지. 늙은이들의 상투 수법이니까.'

그러나 매카더 장군은 전쟁 이야기를 꺼내지 않았다.

III

택시는 가파른 언덕을 따라 스티클헤이븐으로 통하는 도로를 지그재그로 내려갔다. 스티클헤이븐은 오두막집이 옹기종기 붙어 있고, 해변에 고기잡이 배가 서너 척 혹은 바다에 떠 있거나 혹은 해변에 드러누워 있는, 한촌이었다. 해질 무렵에 드디어, 남쪽으로 바다 한가운데 불쑥 솟아올라 있는 인디언 섬이 그들의 시야에 들어왔다.

베라는 가볍게 놀라며 중얼거렸다.

"생각했던 것보다 멀리 떨어져 있구나."

베라는, 해안에 바싹 달라붙은, 머리에 하얀 저택을 이고 있는 섬을 상상했던 것이다. 그러나 집은 보이지 않았다. 인디언의 거대한 머리와 비슷한 바위 덩어리가 햇빛을 등지고 불쑥 솟아 있을 뿐이었다. 어쩐지 기괴해 보이는 섬이었다. 베라는 가볍게 전율했다.

'세븐 스타'란 조그만 여관 앞 의자에 세 사람이 앉아 있었다. 어깨가 푹 꺼진 판사, 꼿꼿하게 앉은 브렌트 여사, 그리고 또 한 사람이 더 있었다. 이 건장하게 생긴 세 번째 사나이가 걸어 나와 자기 소개를 했다.

"함께 가는 게 좋을 것 같아서 기다렸습니다. 한꺼번에 다 탈 수 있으니까요. 제 소개부터 하겠습니다. 저는 데이비스라고 합니다. 남아프리카의 나탈이 저의 네이틀 스폿(natal spot태어난 곳)올습니다. 하, 하, 하."

워그레이브 판사는 노골적으로 싫은 얼굴을 하고 그를 바라 보았다. 그는, 가능하면 앞에 있는 무례한 자의 버릇을 고쳐 놓고 싶다고 생각했다. 에밀리 브렌트는, 자기가 식민지를 좋아한다고 할 것인지 싫어한다고 할 것인지 작정하지 못한 듯했다.

'배가 출발하기 전에 목이나 축이면 어떨는지요?" 데이비스 씨가 사근사근하게 물었다. 아무 응답이 없자, 데이비스 씨는 고개를 돌리고 손가락을 세우며 말했다.

"그럼, 지체하지 말기로 합시다. 우리를 초대해 주신 분들이 기다리고 계실 테니까요.'

그는, 그 자리에 모인 사람들의 얼굴에 감돈 뜻밖의 긴장감을 눈치챘어야 했다. 흡사, 주인 내외에 대한 언급이 좌중에 기묘한 마비 효과를 일으킨 것 같았다.

데이비스가 손가락을 세우자 여기에 응답하듯이 가까운 벽에 기대 서 있던 사람이 몸을 세우고는 그들에게로 다가왔다. 건들거리며 걷는 품으로 미루어 뱃사람임이 분명했다. 얼굴은 바닷바람에 찌들어 있었고, 검은 눈은 상대를 정면으로 바라보는 걸 의식적으로 피하는 듯했다. 그가 부드러운 데본 사투리로 말문을 열었다.

"신사 숙녀 여러분, 섬으로 떠나실 준비는 다 되셨는지요? 배가 기다리고 있습니다. 두 신사분은 자동차로 오시게 되어 있습니다만, 언제 오실는지 모르는 터여서, 오웬 씨께서는 두 분을 기다리지 말고 먼저 오신 분들을 모시라고 분부하셨습니다."

모두가 일어났다. 뱃사공인 듯한 사내는 일행을 조그만 석축 선착장으로 안내했다. 선착장 앞에 보트가 있었다. 에밀리 브렌트가 말했다.

"이건 조그만 보트잖아요?"

배 주인이 당치도 않은 말을 듣는다는 듯한 얼굴로 대답했다.

"부인, 좋은 보트입니다. 눈 깜빡할 사이에 플리머드까지 갈 수도 있습니다."

워그레이브 판사가 예의 그 예리한 말투로 지적했다.

"사람이 이렇게 많은데?"

"어르신, 이 갑절 되는 손님도 모실 수 있습니다."

"좋습니다. 날씨도 좋겠다, 걱정할 게 없군요." 필립 롬바드가 밝은 목소리로 호기롭게 말했다.

브렌트 여사는 미덥지가 못하다는 듯한 얼굴로 부축을 받아 보트로 올라섰다. 다른 사람들도 모두 뒤따라 자리를 잡았다. 그들에겐 여전히 응집력이 없는 상태였다. 한 사람 한 사람이 각기 다른 사람 때문에 거북해하고 있는 형국이었다.

겨우 자리를 잡고 마음을 진정시킨 참인데, 뱃사공이 닻줄을 거두어들이던 손길을 멈추었다. 마을로 이어지는 가파른 길을 자동차 한 대가 달려오고 있었기 때문이었다. 자동차는 어찌나 크고 아름다운지, 실물이 아니라 어디에선가 불쑥 나타난 유령 같았다. 운전석에서 머리카락을 바람에 날리며 젊은이 하나가 일어났다. 석양에 물든 그의 모습은 인간이 아니라 북구 전설에 나오는 젊은 영웅신英雄神 같았다. 그가 경적을 울리자 그 소리는 스티클헤이븐 만의 바위에 부딪쳐 메아리가 되어 울렸다. 참으로 놀라운 순간이었다. 그 순간의 앤터니 마스톤은 인간 이상의 무엇인가가 된 듯했다. 그 이후에도 그 자리에 있었던 사람들 중 몇몇은 그 순간을 잊지 않았다.

IV

뱃사공 프레드 나라코트는 엔진 옆에 앉아서, 참 묘한 일행도 다 보겠다, 하고 생각했다. 오웬 씨의 손님이 그런 모습으로 나타나리라고는 전혀 생각도 못 해 보았던 것이다. 그가 예상했던 손님은, 훨씬 점잖은 부류, 즉 성장한 부인네들과 요트 복 차림의 신사들, 말하자면 돈 많고 지체 높은 손님들이었던 것이다.

엘머 롭슨 씨의 파티에 모이는 사람들은 이와 전혀 달랐다. 이 백만 장자의 손님들을 떠올리는 프레드 나라코트의 입술에는 희미한 웃음이 번졌다. 그 손님들은 될 대로 되라는 식으로,

술에 고주망태가 되어 있었던 것이었다.

'오웬 씨란 사람, 아주 별난 신사인 게지…….'

그러나 프레드 나라코트로서도 이상하지 않을 수 없었다. 그 역시 오웬 씨는 물론 오웬 부인까지도 본 적이 없었다. 오웬 씨는 뭍으로 나와 본 적이 없었다. 지시 사항과 급료는 모리스 씨를 거쳐 그에게로 넘어왔다. 지시 사항이 간결하고, 급료 결재는 신속했지만, 그래도 이상하기는 마찬가지였다. 신문은, 오웬 씨를 수수께끼의 인물이라고 불렀다. 나라코트는, 신문이 과연 보기는 옳게 보았구나, 하고 생각했다.

원래 그 섬을 산 사람은 가브리엘레 터얼 양이었던 듯했다. 그러나, 보트에 탄 손님들을 보면 도무지 영화 배우 가브리엘레 터얼 양의 손님 같은 데가 없었다. 한두 사람만 그런 것이 아니고, 일행이 하나같이 영화 배우의 손님들로는 여겨지지 않는 사람들이었다.

나라코트는, 냉담한 얼굴로 그들을 돌아다보았다. 늙은 여자, 보나마나 잔소리깨나 줄줄이 엮어 낼 여자라는 건 한눈에 알 수 있었다. 몹시 까다로운 여자라는 건 상종해 보나마나였다. 나이 지긋한 군인 풍의 신사―차림새로 보아 육군 출신인 듯했다. 이목구비가 준수한 젊은 여자―그러나 어디까지나 수수한 아름다움이지 할리우드 풍의 그런 미모는 아니었다. 솔직 담백하고, 유쾌해 보이는 신사―그러나 진짜 신사는 아니고……, 아무래도 퇴물 장사꾼 같다고 프레드 나라코트는 생각했다. 또 한 사람, 몸이 깡마르고 호기심이 많아 보이는 신사는 눈이 날카로와 그들 가운데서 가장 이상해 보였다. 그 신사라면 할리우드 영화와 관련이 있을 가능성이 있었다.

아니, 보트 위에는 영화 배우의 손님으로는 손색이 없을 만한 사람도 있었다. 자동차를 타고 마지막으로 도착한 신사(참으로 멋진 차였다. 스티클헤이븐에서는 구경도 못 하던 물건이었다. 수만 파운드짜리인지도 모르는 그런 차였다.), 그 사람이라면 섬 주인의 손님으로 손색이 없었다. 타고난 부자……, 일행 모두가 그런 사람 같았다면, 프레드 나라코트도 충분히 이해할 수 있었으리라.

생각할수록 자기가 하고 있는 일이 — 뿐만 아니라 모든 것이 — 이상해서, 하도 이상해서 견딜 수 없었다.

v

보트가 바위 언저리를 돌아갔다. 이윽고 저택이 시야에 들어왔다. 섬의 남쪽 면은 지금까지 보아 왔던 섬의 모습과 전혀 달랐다. 섬은 사면이 바다 쪽으로 부드럽게 기울어져 떠 있었다. 저택은 정남향으로 서 있었다. 햇빛이 비치는 쪽으로 둥근 창이 나 있는, 낮고 반듯한 현대식 건물이었다. 일행의 기대에 넉넉하게 부응할 만한, 멋진 집이었다.

프레드 나라코트는 엔진을 껐다. 배는 바위 사이로 난 천연의 수로를 통해 안으로 들어갔다.

필립 롬바드가 지적했다.

"날씨가 나쁘면 접안接岸하기가 몹시 까다롭겠습니다."

프레드 나라코트가 그 말을 받았다.

"동남풍이 불면 인디언 섬에 접안할 수가 없습니다. 일 주일 이상 선편이 끊어진 적도 있지요."

베라 클레이돈은 이런 생각을 했다.

'시장 보기가 어렵겠구나. 이 섬에서 가장 까다로운 게 그 문제겠는걸. 집안에 뜻밖의 문제가 생겨도 고민이고……'

보트가 바위에 닿았다. 프레드 나라코트가 펄쩍 뛰어 내렸다. 롬바드는 다른 사람들을 도와 보트에서 내리게 했다. 나라코트는 바위에 박아 놓은 고리에 밧줄을 묶어 보트를 고정시키고는 바위 계단을 올랐다.

매카더 장군은 입으로는,

"꽤 좋은 곳인데!" 하고 말하면서도 속으로는 거북하게 여기고 있었다. 아무래도 이상한 곳으로 들어왔다는 생각 때문이었다.

일행은 계단을 올라갔다. 테라스에 오르자 그들은 생기를 되찾았다. 저택의 문 앞에는 정장한 집사가 그들을 기다리고 있었다. 그의 단정하고 침착한 모습에는 손님들의 마음을 가라앉히는 분위기가 있었다. 게다가 집 자체도 훌륭했고 테라스에서 내려다보이는 경치는 가히 절경이라고 할 만했다.

집사는 몇 걸음 걸어나와 다소곳이 고개를 숙였다. 키가 크고 몸이 호리호리한 은발의 집사는 기품이 있어 보였다. 그가 손님들에게 말했다.

"이쪽으로 오십시오."

넓은 홀에는 이미 마실 것이 마련되어 있었다. 술병도 즐비했다. 앤터니 마스톤의 기분은 벌써 가볍게 들떠 있었다. 그는 함께 온 손님들을 멋대가리 없는 사람들, 적어도 자기와는 다른 사람들이라고 생각하던 참이었다. 자기 대신 배저가 왔어도 같은 생각을 했을 터였다. 그러나 술을 보니 생각이 달라졌다. 얼음도 푸짐했다.

'아니, 이 집사가 도대체 뭐라고 하는 거야? 오웬 씨는 유감스럽게도 도착이 늦어서 내일까지는 여기에 올 수 없다니. 각자의 방으로 안내하겠다는 건 또 뭐야. 저녁 식사는 여덟 시라고?'

VI

베라는 로저스 부인을 따라 이층에 올라와 있었다. 로저스 부인이 먼저 계단을 올라와서 복도 끝 방 문을 열었고, 베라는 치장이 잘 된 침실로 들어섰던 것이다. 방에는 큰 창이 두 개 있었는데, 하나는 바다 쪽으로, 그보다 큰 다른 하나는 동쪽으로 나 있었다. 베라는 밖을 내다보다가 감탄한 나머지 자신도 모르는 사이에 한숨을 쉬고 말았다.

"필요한 물건이 제대로 갖추어져 있으면 다행이겠습니다, 아가씨." 로저스 부인이 말했다.

베라는 방 안을 둘러보았다. 그녀의 가방은 이미 이층으로 올려져서 내용물이 말끔하게 정돈되어 있었다. 한쪽에 있는 문은 파란 타일이 박힌 욕실 쪽으로 열려 있었다.

"네, 만족스럽군요." 베라가 대답했다.

"필요한 게 있으시면 벨을 울려 주십시오, 아가씨."

로저스 부인의 목소리는 평범하고 단조로웠다. 베라는 호기심에 찬 시선을 로저스 부인에게 던졌다. 얼굴에 핏기가 하나도 없고 창백해 보여서 꼭 유령 같은 여자였다. 그러나 머리카락을 뒤로 당겨 묶고, 까만 옷을 입은 품이, 상당히 기품이 있어 보였다. 여자의 초롱초롱한 눈은 끊임없이 방 안을 둘러보고 있었다.

베라는 생각했다. '자기 그림자에 겁을 먹고 있는 여자 같아. 그래, 맞았어. 겁을 먹고 있어.'

아닌게 아니라 여자는 공포에 사로잡혀 있는 것 같았다…….
베라는 등골을 흘러내리는 한기를 느꼈다. '이 여자는 대체 무엇을 그렇게 두려워하고 있는 것일까?' 베라는 일부러 밝은 목소리로 말을 걸었다.

"나는 오웬 부인의 새 비서예요. 부인께서도 알고 계실 텐데요."

로저스 부인이 뜻밖의 대답을 했다.

"아닙니다. 아가씨, 저는 아무것도 모릅니다. 제가 알고 있는 것은 신사 숙녀 여러분의 명단과 그분들이 묵으실 방뿐입니다."

"오웬 부인이 내 이야기를 하지 않던가요?"

베라의 질문에 로저스 부인의 눈꺼풀이 파르르 떨렸다.

"저는 아직 오웬 부인을 뵙지 못했습니다. 저희들도 이틀 전에 이리로 온걸요."

'오웬 부부란 사람들, 아주 별난 데가 있네…….' 베라는 이렇게 생각하면서 큰 소리로 물었다.

"그럼, 여기엔 누구누구가 있나요?"

"저와 로저스뿐입니다, 아가씨."

베라는 눈살을 찌푸렸다. '이 큰 집에 손님이 여덟 명이나 왔는데 게다가 주인 내외가 오면 열 명이나 되는데, 시중 들 사람이 로저스 부부뿐이라니!'

로저스 부인이 설명했다.

"저는 요리를 잘하고, 로저스는 집 안팎 일을 도맡습니다. 이렇게 큰 파티가 있는 줄은, 물론 모르고 있었습니다."

"혼자서 해 내실 수 있을까요?" 베라가 물었다.

"네, 해 낼 수 있어요, 아가씨. 이런 파티가 자주 열리면 오웬 부인께서 좀 거들어 주실 테지요."

"그러면 되겠군요." 베라가 고개를 끄덕였다.

로저스 부인이 돌아서서 방을 나갔다. 그녀의 발은 소리없이 바닥을 디디며 걸었다. 그림자처럼 조용히 그 방을 빠져 나간 것이었다.

베라는 창가로 다가가, 앞에 놓인 의자에 앉았다. 뭐가 뭔지 정신이 어찔어찔했다. 모든 게 어쩐지 이상했다. 오웬 부부가 집에 없는 게 그랬고, 로저스 부인의 유령같이 창백한 낯빛이 그랬다. 게다가 손님들도 그 모양이었다. 베라는 생각했다.

'오웬 부처나 어서 만났으면 좋겠다……. 어떤 사람들인지 궁금해서 견딜 수가 없어.'

베라는 일어서서 방 안을 서성거렸다. 현대식으로 꾸민 완벽한 침실이었다. 반짝이는 등나무 바닥에 깔린 하얀 융단, 담채색 벽지, 여러 개의 전등이 달린 긴 거울……, 곰처럼 다듬은 하얀 대리석 조각을 제외하면 장식이 별로 없는 벽난로, 안에다 시계를 박아 넣은 현대 조각 작품. 그 위의 반짝이는 크롬 액자 안에는 네모 꼴의 널찍한 양피지가 끼워져 있었다. 양피지에는 동시童詩가 씌어 있었다.

베라는 벽난로 앞에 서서 그 시를 읽어 보았다. 어릴 때부터 외고 있던 옛 동요였다.

열 꼬마 인디언이 밥 먹으러 나갔다.
하나가 목이 막혀 죽는 바람에 아홉만 남았다.

아홉 꼬마 인디언이 늦잠을 잤다.
하나가 너무 늦잠을 자는 바람에 여덟만 남았다.

여덟 꼬마 인디언이 데본으로 갔다.
하나가 거기 눌러앉는 바람에 일곱만 남았다.

일곱 꼬마 인디언이 장작을 팼다.
하나가 제 몸을 두 동강으로 자르는 바람에 여섯만 남았다.

여섯 꼬마 인디언이 벌집을 가지고 놀았다.
하나가 벌에 쏘이는 바람에 다섯이 남았다.

다섯 꼬마 인디언이 법률을 공부했다.
하나가 법관이 되는 바람에 넷만 남았다.

네 꼬마 인디언이 바다로 나갔다.
하나가 훈제 청어에 먹히는 바람에 셋만 남았다.

세 꼬마 인디언이 동물원에 갔다.
하나가 큰 곰에 안겨 가고 둘만 남았다.

두 꼬마 인디언이 일광욕을 했다.
하나가 타는 바람에 하나가 남았다.

한 꼬마 인디언만 홀로 남았다.
그 인디언 소년이 목 매어 죽었다. 그리고 아무도 남지 않았다.

베라는 웃었다. 그럴 테지. 여긴 인디언 섬이니까. 베라는 다시 창가로 가서 의자에 앉아 바다를 내려다보았다. 아, 가없이 큰 바다. 어느 쪽으로도 육지는 보이지 않았다. 저녁놀에 주름 잡힌 파란 물이 끝없이 펼쳐져 있을 뿐.
'바다……. 오늘 저렇게 평화롭던 바다가……, 때로는 그렇게 잔혹해질 수가 없다. 사람을 바닥으로 끄는 바다……. 바다에서 익사……, 익사……, 익사……, 익사…….' 아니……, 베라는 기억해 내지 않으려 했다. 그 생각은 다시 하고 싶지 않았다. 이제는 다 끝난 일이었으므로.

VII

 닥터 암스트롱은, 해가 바다 속으로 가라앉을 즈음에야 인디언 섬에 도착했다. 바다를 건너오면서 그는 그 지방 사람인 사공과 잡담을 나눈 바 있었다.
 닥터 암스트롱은 인디언 섬의 소유자에 대해서 알고 싶어했다. 그러나 뱃사공인 나라코트는 이상하게도 잘 모르고 있는지, 말하길 꺼려하는 것 같았다. 그래서 닥터 암스트롱은 날씨와 낚시 이야기만 했다.
 오래 자동차를 몬 뒤라서 몹시 피곤했다. 눈이 다 욱신거렸다. 서쪽으로 차를 몬다는 것은 곧 태양을 보며 달리는 것이나 마찬가지였다. 그래서 그는 몹시 지쳐 있었다. 바다와 완벽한 휴식―그에게 필요한 것은 이것뿐이었다. 아닌게 아니라, 그는 휴가를 좀 느긋하게 잡아 쉬고 싶어했다. 그러나 그럴 수가 없었다. 물론 재정적으로는 가능했지만, 병원을 그렇게 비워 둘 수는 없는 일이었다. 요새는, 누구든 눈앞에 있지 않으면 곧 잊혀지고 만다. 따라서 인생의 정점에 이르렀을수록 코를 맷돌에다 대고 있지(계속해서 자기를 부리지) 않으면 안 되었다.

그는 생각했다.

'그렇다고 하더라도 오늘 밤만은 돌아가지 않기로 정하자. 런던과 하알리 가(街), 그리고 그 밖의 일은 깔끔하게 끝내 둔 것으로 하자······.'

인디언 섬에는 뭔가 불가사의한 분위기가 있었다. 섬 이름만 하더라도 환상적이었다. 세상과의 절연을 암시하고 있는 듯한 이 섬은, 그 자체가 하나의 세계로 보이곤 했다. 한 번 가면 다시 돌아오지 못할 세계로 여겨지곤 하는 것이었다. 그는, 일상의 삶을 버려두고 인디언 섬으로 들어가고 있다고 생각했다.

그는 혼자 빙그레 웃으면서 계획을, 미래를 위한 환상적인 계획을 세우기 시작했다. 바위를 깎아 만든 계단을 오르면서도 그는 여전히 웃고 있었다.

테라스 앞 의자에는 노신사가 앉아 있었다. 그 노신사가 암스트롱에게는 어디에선가 본 적이 있는 사람 같았다.

'저 개구리 얼굴, 자라 목, 곱추 등을 어디서 보았더라······.'

그렇다, 저 싸늘하고 교활한 눈. 물론 워그레이브 판사였다. 그는 언젠가 워그레이브 판사 앞에 증인으로 선 적이 있었다. 늘 졸고 있는 것 같았지만 법률 문제의 급소를 찌를 때는 더할 나위 없이 교활했던 사람이 바로 워그레이브 판사였다. 그는 배심원들에게도 대단한 영향력을 행사했다. 들리는 말에 따르면, 워그레이브 판사가 하루 동안만 설득하면 배심원들의 평결이 바뀐다고 했다. 판사의 생각과는 달리 배심원들이 나름대로 평결한 것은 겨우 한두 번 뿐이었다. 혹자는 그를 교수대 판사라고 불렀다.

'묘한 곳에서—세상을 멀찍이 떠난 이런 곳에서 영감을 만나다니……'

VIII

워그레이브 판사도 이런 생각을 하고 있었다. '암스트롱 아닌가? 증인석에 앉았던 게 기억나는군. 아주 똑똑하고, 빈틈이 없는 녀석이다. 의사란 대개 멍청한 법인데, 하알리 가 의사들은 멍청하기로 한 술 더 뜬다.' 그는 최근 하알리 가에서 어떤 사람과 가졌던 면담을 되씹었다.

그가 외쳤다.

"마실 것은 홀에 있소!"

"먼저 주인 내외분께 인사를 드리렵니다."

암스트롱이 대답했다.

워그레이브 판사는 다시 눈을 감았다. 영락없는 파충류 얼굴이었다. 눈을 감은 채 그가 다시 외쳤다.

"그렇게는 안 될걸."

"왜 안 된다는 겁니까?" 닥터 암스트롱이 놀란 얼굴을 하고 물었다.

"안주인도 없고 바깥주인도 없소. 일이 아주 묘하게 되었다이 말인데……, 알다가도 모를 일이오."

닥터 암스트롱은 한동안 그를 바라보며 서 있었다. 암스트롱은 노신사가 진짜 잠이 든 모양이라고 생각하고 있는데, 그가 갑자기 눈을 뜨며 물었다.

"당신, 콘스탄스 컬밍턴이라고 아시오?"

"아, 그, 글쎄요, 잘 모르겠는데요."

"알든 모르든 상관없는 일이오."

판사가 말했다.

"묘한 여잔데……, 글씨가 아주 악필이지요. 나는 지금, 집을 잘못 찾아오지 않았나, 이런 생각까지 하고 있소이다."

닥터 암스트롱은 고개를 가로저으며 집 쪽으로 다시 걸음을 옮겼다.

워그레이브 판사는 콘스탄스 컬밍턴에 대해, 모든 여자가 그렇듯이 이 여자 역시 믿을 만한 여자가 못 돼, 하고 생각했다.

그의 생각은 이어서 집 안에 있는 두 여자, 즉 입술을 앙다문 노처녀와 젊은 처녀에게 옮겨갔다. 멍청한 듯한 젊은 처녀 쪽은 신경쓸 일이 없었다. 아니, 로저스 부인까지 합치면 여자는 셋이 되는 셈이었다. 로저스 부인은 이상하게도 겁을 잔뜩 집어 먹고 있었다. 적당하게 품위를 갖춘 로저스 부부는, 맡은 임무에만은 충실한 것 같았다.

마침 로저스가 테라스로 나오자, 판사가 그에게 물었다.

"혹 콘스탄스 컬밍턴 부인이 오는지 알고 계신가?"

로저스는 노인을 바라보며 대답했다.

"잘 모르겠습니다. 저에겐 아는 바가 없습니다."
판사의 눈썹꼬리가 올라갔다.
그러나 혀만 찰 뿐 말은 하지 않았다.
그는 이런 생각을 했다.
'인디언 섬이라. 장작더미 속에 검둥이가 들어(어딘가 석연치 않은 구석이) 있구나.'

IX

앤터니 마스톤은 욕실에 있었다. 그는 뜨거운 물 속에 느긋하게 누워 있었다. 오래 자동차를 몰고 온 바람에 사지가 굳어 버린 것 같았다. 머릿속으로는 아무 생각도 떠오르지 않았다.
앤터니는 감각적인—그리고 행동 지향적인 인간이었다. 부딪쳐 보는 거다……, 이렇게 생각해버리면 모든 생각이 머릿속에서 빠져 나가버리는 것이었다.
온탕욕—지친 사지—면도—칵테일—저녁……, 그러고는?

X

블로어 씨는 넥타이를 매고 있었다. 넥타이 매는 일은 별로 그의 손에 익숙치 않았다.

'이렇게 하면 제대로 된 건가?' 그는 제대로 되었을 것이라고 생각했다. 그를 진심으로 대해 주는 사람은 하나도 없었다……. 모두……, 뭔가를 알고 있는 사람들처럼 서로 눈치를 주고받고 있는 게 우스웠다. 이제 그가 활약할 차례였다.

그렇다고 일을 망치고 싶은 생각은 없었다.

벽난로 위의 동요가 씌어진 액자를 올려다보았다. 장식 효과가 감각적이었다.

그는 이런 생각을 했다.

'이건 내가 어릴 때부터 잘 알고 있던 섬이다. 이 섬, 바로 이 집에서 내가 이런 일을 할 줄을 누가 알았으랴. 사람에게 미래를 예견할 능력이 없다는 것은 다행한 일이야.'

XI

매카더 장군은 얼굴을 잔뜩 찡그리고 있었다.

'빌어먹을……, 내가 생각하던 인디언 섬은 이런 게 아니지 않았던가. 전혀 기대 밖이야…….'

여차하면 핑계를 둘러 대고 돌아가고 싶었다……, 다 집어치우고. 그러나 모터 보트가 이미 육지로 돌아가버린 뒤였다. 머물지 않을 수가 없었다.

'저 롬바드라는 녀석, 이게 또 묘한 녀석이다. 제대로 된 인간이 아니야, 제대로 된 인간일 리가 없어.'

XII

종소리가 들리자 필립 롬바드는 자기 방에서 층계참으로 걸어 나왔다. 그는 표범처럼 소리도 없이 매끄럽게 걸었다. 그에게는 묘하게도 표범 같은 데가 있었다. 육식 동물—먹이만 바라보고 있어도 유쾌한.

그는 싱긋 웃었다.

'일주일이라…….'

그는 이 일 주일을 즐길 작정이었다.

XIII

자기 침실에서, 저녁 식사 시간에 맞추어 검은 비단 옷을 입은 에밀리 브렌트는 성경을 읽고 있었다. 그녀의 입술은 성경 구절을 따라 조금씩 움직였다.

"저 민족들은 저희가 판 구덩이에 빠지고 저희가 친 덫에 걸리리라. 야훼께서 공정한 재판으로 그 모습을 드러내시고, 악한 자는 자기가 한 일에 걸려 들리라. 하느님을 저버린 저 민족들, 죽음의 나라로 물러가거라. 악인들아, 너희도 물러가거라."

그녀는 입술을 굳게 다물며 성경을 덮었다.

자리에서 일어난 그녀는 연수정 브로치를 옷섶에다 꽂고 저녁 식사 시간에 맞추어 아래층으로 내려왔다.

I

식사가 거의 끝나 가고 있었다. 음식은 훌륭했고 술도 완벽했다. 로저스의 시중도 나무랄 데가 없었다.

손님들의 기분이 한결 나아져 있었다. 훨씬 자유롭고, 친밀하게 이야기도 서로 건네기 시작했다. 최고급 포도주에 기분이 썩 좋아진 워그레이브 판사는 예의 그 독설을 늘어놓았고, 닥터 암스트롱과 앤터니 마스톤이 그의 말에 귀를 기울였다. 미스 브렌트는 매카더 장군과 이야기를 나누고 있었다. 어느새 친구가 된 것이었다. 베라 클레이돈은 데이비스 씨에게 남아프리카에 대해서 꽤 강도 높은 질문을 던지고 있었다. 데이비스 씨는, 남아프리카에 관한 한 무엇에나 모두 통달해 있었다. 롬바드는 대화에 귀를 기울이고 있었다. 한두 번 그가 고개를 들 때마다 눈매가 유난히 매서웠다. 이따금씩 그는 좌중으로 눈을 굴리며 다른 손님들을 관찰했다.

앤터니 마스톤이 문득 이런 말을 했다.

"이상하단 말입니다, 이게. 이상하지 않습니까?" 둥근 식탁 한가운데, 둥근 유리대 위에는 조그만 도제陶製 공예품이 여러 개 놓여 있었다. 앤터니 마스톤이 말을 이었다. "인디언 아닙니까? 인디언 섬과 인디언. 그래서 여기에 이런 게 놓여 있는 게 아닙니까?"

베라 클레이돈이 상체를 숙이면서 물었다.

"글쎄요, 모두 몇 개죠? 열 개인가요?"

"그래요, 열 개입니다."

베라 클레이돈이 외쳤다.

"묘하군요. 〈열 개의 인디언 인형〉이란 동요가 있는데요, 제 방 벽난로 위에는 그 동요 액자가 걸려 있더군요."

"내 방에도 있습니다." 롬바드가 말했다.

"제 방에도 있어요."

"내 방에도 있소."

모두가 이구동성으로 말했다.

"재미있는 아이디어죠?" 베라가 좌중을 보고 물었다.

워그레이브 판사가 투덜거렸다.

"유치한 장난이오." 그러고는 또 포도주 잔을 더듬었다.

에밀리 브렌트는 베라 클레이돈 쪽으로 시선을 던졌다. 베라 클레이돈도 에밀리 브렌트를 바라보았다. 두 사람은 자리에서 일어났다.

응접실의 프랑스 식 창은 테라스 쪽으로 열려 있었다. 바위에 부딪치는 파도 소리가 들려 왔다. 에밀리 브렌트가 말문을 열었다.

"듣기 좋은 소리군요."

"저는 싫습니다." 베라 클레이돈이 잘라 말했다.

브렌트 여사가 뜻밖의 대답에 놀란 듯한 얼굴로 베라를 바라보았다. 베라는 얼굴을 붉히다가 침착한 목소리로 말했다.

"폭풍우가 몰아칠 때는 좋은 곳일 수가 없을 것 같아요."

에밀리 브렌트 여사가 고개를 끄덕였다.

"겨울에는 비워 두겠죠. 어디 하인들을 붙들어 놓을 수 있겠어요?"

"일하는 사람 구하기도 몹시 어려울 거예요." 베라가 중얼거렸다.

에밀리 브렌트 여사가 그 말을 받았다.

"올리버 부인은, 로저스 부부 같은 사람을 얻다니 복도 많지 뭐야. 그 여자, 요리 솜씨가 일품입니다."

베라는, 나이 든 사람은 남의 이름을 예사로 까먹는단 말이야, 하고 생각하면서 이렇게 말했다.

"네, 오웬 부인은 아주 재수가 좋았나 봐요."

에밀리 브렌트 여사는 손가방 안에서 뜨개질거리를 꺼냈다. 그러나 바늘을 움직이려다 말고 손길을 멈추고는, 베라에게 물었다.

"오웬이라니, 오웬이라고 했어요?"

"네."

에밀리 브렌트 여사가 잘라 말했다.

"내 평생 오웬이란 사람은 만난 일이 없는데."

"하지만 틀림없이……."

베라는 말문을 열었지만, 자기 말을 끝맺지는 못했다. 문이 열리면서 남자들이 들어왔기 때문이었다. 로저스가 커피 쟁반을 들고 뒤따라 들어왔다.

판사는 에밀리 브렌트 옆에 앉았다. 암스트롱은 베라 옆으로 다가왔다. 앤터니 마스톤은 열린 창가로 갔다. 블로어는 순진하게 놀라면서 청동제 조상(彫像)을 바라보며, 이렇게 몸 매무새에 모가 나 있는데도 여자라고 할 수 있을까, 하고 생각했다. 매카더 장군은 식사 한번 걸판지게 한 참이었다. 그의 기분이 조금씩 누그러지고 있었다. 롬바드는 벽 앞 테이블 위에 다른 책과 함께 놓여 있던 《펀치》 잡지를 뒤적거리고 있었다.

로저스가 커피 쟁반을 돌렸다. 커피―새까맣고 뜨거운―의 맛은 일품이었다.

모두들 맛있게 마셨다. 그들에겐 각자 자신이 만족스러웠고, 산다는 일이 만족스러웠다. 시계가 9시 20분을 가리키고 있었다. 응접실 안은 침묵―기분 좋은, 차분한 침묵에 잠겨 있었다. 그 침묵을 깨뜨리고 '소리'가 들려왔다. 예고도 없이, 비인간적이고 사람의 마음을 꿰뚫는 듯한 소리가…….

"신사 숙녀 여러분, 조용히 해 주시오!"

모두가 놀랐다. 그들은 서로의 얼굴을, 그리고 벽을 바라보았다. 누구의 목소리일까?

'목소리'는 계속되었다. 날카롭고 또렷한 목소리.

"여러분을 다음 죄목으로 고발한다.

에드워드 조지 암스트롱, 1925년 3월 14일, 루이자 메리 클리즈가 사망한 원인을 제공한 혐의로 당신을 고발한다.

에밀리 캐롤린 브렌트, 1931년 11월 5일, 비트리스 테일러의 사망에 책임이 있다는 혐의로 당신을 고발한다.

윌리엄 헨리 블로어, 1928년 10월 10일, 제임스 스티븐 랜더를 죽게 한 혐의로 당신을 고발한다.

베라 엘리자베드 클레이돈, 1935년 8월 11일, 시릴 오길비 해밀턴을 살해한 혐의로 기소되었다.

존 고든 매카더, 1917년 1월 4일, 아내의 정부 아더 리치먼드를 교묘하게 살해한 혐의로 당신을 고발한다.

앤터니 제임스 마스톤, 작년 11월 14일, 존 콤즈와 루시 콤즈를 살해한 혐의로 당신을 고발한다.

토머스 로저스와 에델 로저스, 1929년 5월 6일, 제니퍼 브래디를 살해한 혐의로 당신들을 고발한다.

로렌스 존 워그레이브, 1930년 6월 10일, 에드워드 시튼을 죽인 혐의로 당신을 고발한다.

피고석의 피고들, 자기 자신의 행위에 대해 할 말이 있는가?"

II

 그 소리는 더 이상 들리지 않았다. 돌처럼 딱딱한 침묵의 순간 순간이 흘렀다. 그러다 무엇인가가 부서지는 소리가 들렸다. 로저스가 커피 쟁반을 떨어뜨린 것이었다. 바로 그 순간 문 밖에서 비명 소리와 무엇인가가 무너지는 듯한 소리가 들렸다.

 롬바드가 제일 먼저 움직였다. 그는 그 쪽으로 달려가 문을 활짝 열었다. 문 밖에 건초 자루처럼 쓰러져 있는 사람은 로저스 부인이었다. 롬바드가 소리쳤다.

 "마스톤!"

 앤터니 마스톤이 달려나가 그를 도왔다. 두 사람은 로저스 부인을 안고 응접실로 들어왔다. 곧 닥터 암스트롱이 다가갔다. 그는 두 사람을 도와 로저스 부인을 안락 의자에 누이고 그녀를 관찰했다. 그러고는 나직하게 말했다.

 "기절한 것뿐입니다. 조금 있으면 깨어날 겁니다."

 롬바드가 집사 로저스에게 말했다.

 "가서 브랜디 좀 가져 오시오."

 하얗게 질린 채 손을 떨며 로저스가 "네" 하고 대답하고는, 빠른 걸음으로 그 방을 나갔다.

 베라가 소리쳤다.

 "목소리의 주인공은 누구일까요? 어디에 있어요? 흡사, 흡사……."

 매카더 장군이 불쑥 튀어 나왔다.

"이게 대체 무슨 변고인가! 어떤 녀석이 이 따위 장난을 해!"
 그러나 그의 손은 떨리고 있었다. 어깨도 축 늘어져 있었다. 그는 갑자기 10년은 더 늙어 보였다.
 블로어는 손수건으로 자기 얼굴을 훔쳤다. 비교적 침착한 사람은 워그레이브 판사와 에밀리 브렌트뿐이었다. 에밀리 브렌트는 머리를 반듯하게 세운 채 꼿꼿하게 앉아 있었다. 양볼은 발갛게 상기되어 있었다. 판사는 예의 그 머리를 안 쪽으로 잔뜩 움츠리고 앉아 있었다. 그는 한 손으로 자기 귀를 슬슬 문질렀다. 쉴 새 없이 움직이는 것은 눈뿐이었다. 그의 눈은, 쉴 새 없이 방을 누비면서 무언가를 찾아 내려 하고 있었다.
 롬바드는 여전히 움직이고 있었다. 암스트롱이 기절한 여자에게 붙어 있을 동안, 롬바드는 다시 행동의 주도권을 잡은 셈이었다. 그가 물었다.
 "그 목소리 말인데……. 이 방 안에서 나는 소리 같았어요."
 베라가 그 말에 응수했다.
 "그게 누구예요? 그게 누구 목소리란 말이에요? 우리 중의 어느 사람은 아니잖아요!"
 판사의 눈이 그러듯이, 롬바드의 눈도 천천히 방 안을 훑어 나가고 있었다. 잠시 열린 창 쪽을 응시하던 그는 고개를 가로저었다. 그때 그의 눈이 갑자기 번뜩였다. 그는 벽난로 옆의 문으로 다가갔다. 옆 방으로 통하는 문이었다.
 재빨리 문고리를 잡고 그는 곧바로 문을 열었다. 그는 문 안으로 뛰어들어갔다. 잠시 후 자신과 흥분에 찬 그의 목소리가 들려 왔다.

"이거다! 여기에 있어요!"

모두가 그쪽으로 달려들어갔다. 브렌트 여사만이 허리를 꼿꼿이 세운 채 응접실에 남아 있었다.

그 응접실에는 벽에 면하여 테이블이 하나 있었다. 그 테이블 위에 축음기—커다란 확성 나팔이 달린 구형—가 한 대 놓여 있었다. 확성 나팔은 벽에 면해 있었다. 롬바드가 확성 나팔을 치우자, 사람의 눈에 띄지 않게 벽에다 뚫어 놓은 두세 개의 조그만 구멍이 보였다. 롬바드는 축음기를 틀어 놓고 바늘을 레코드 판 위에다 올렸다. 예의 그 소리가 들려 왔다.

"여러분을 다음 죄목으로 고발한다……."
"그만해요, 그만둬요, 끔찍해요!"
베라가 소리쳤다.
롬바드는 축음기를 껐다.
닥터 암스트롱이 안도의 한숨을 내쉬면서 중얼거렸다.
"아주 파렴치하고, 몰상식한 장난이 아닌가, 이건!"
"그래, 당신은 이걸 장난이라고 생각하는 게로군?"
워그레이브 판사의, 조용하나 똑똑하게 들리는 목소리였다.
"장난이 아니면요?"
암스트롱이 그를 노려보았다.
판사는 윗입술을 만지작거리면서 말했다.
"지금으로서는, 내 의견을 말할 만한 준비가 되어 있지 않소."
이때 앤터니 마스톤이 끼어들었다.

"이걸 보십시오. 여러분이 잊고 계신 게 있습니다. 대체 누가 이 축음기를 틀고 바늘을 얹었단 말입니까?"

이때 로저스가 브랜디 한 잔을 들고 들어왔다. 에밀리 브렌트는 허리를 구부리고 로저스 부인의 신음 소리를 듣고 있었다. 로저스가 솜씨 있게 두 여자 사이로 끼어들었다.

"죄송합니다, 부인. 제 아내를 좀 보고 싶습니다. 에델, 에델, 괜찮아? 괜찮아? 내 말 들려? 정신 좀 차려 봐요!"

로저스 부인의 숨결이 가빠지기 시작했다. 공포에 사로잡힌 그녀의 눈동자가, 자기 머리 위로 고리를 이루고 있는 사람들의 얼굴을 더듬어 나갔다.

"정신차려, 정신차려요, 에델!"

닥터 암스트롱이 부드럽게 로저스 부인에게 말했다.

"로저스 부인, 조금만 있으면 괜찮아질 겁니다. 잠시 정신을 잃었을 뿐이니까요."

"선생님, 제가 기절했었습니까?"

로저스 부인이 물었다.

"그렇소."

"목소리, 저 무서운 목소리! 꼭 최후의 심판 같은, 저 목소리 때문이었어요."

로저스 부인의 얼굴이 다시 파랗게 질렸다. 눈썹도 가늘게 떨리기 시작했다.

암스트롱이 뒤를 보면서 소리쳤다.

"브랜디, 어디 있소?"

로저스가 브랜디 잔을 조그만 테이블 위에다 놓았다.

누군가가 이 잔을 건네 주자, 닥터 암스트롱이 로저스 부인의 입술에다 대고 잔을 기울였다.

"마셔요, 로저스 부인."

로저스 부인은 꿀꺽꿀꺽 브랜디를 마셨다. 술이 다시 그녀의 정신을 수습해 주었다. 얼굴에 화색이 돌았다. 이윽고 그녀가 말했다.

"저는 이제 괜찮아요. 잠깐 숨 좀 돌리게 해주세요."

로저스가 재빨리 아내의 말을 받았다.

"물론 그래야지. 나도 숨 좀 돌려야겠어. 어찌나 놀랐던지 커피 쟁반을 다 떨어뜨렸으니까. 세상에 그 따위 거짓말이 어디에 있어? 내가 알고 싶은 것은……."

누군가가 말허리를 잘랐다. 나직한 기침 소리—메마른 기침 소리였다. 그러나 로저스의 말을 자르기엔 그것으로 충분했다.

로저스는, 워그레이브 판사 쪽으로 고개를 돌렸다. 판사는 또 한번 기침을 토해 내고 나서 입을 열었다.

"로저스, 축음기에 레코드 판을 올려 놓은 게 누군가? 자넨가?"

로저스가 뜰 듯이 놀라면서 대답했다.

"저는 그게 무슨 판인지 몰랐습니다. 맹세코, 저는 그게 무슨 판인지 알지 못했습니다. 알았더라면 그런 짓을 했을 리가 있겠습니까?"

"사실이겠지. 하지만 로저스, 자네가 설명해 주는 편이 낫겠네."

집사 로저스는 손수건으로 얼굴을 닦고 나서 말했다.

"저는 명령을 따랐을 뿐입니다. 더도 덜도 아닙니다."

"누구 명령?"

"오웬 씨의 명령입니다."

"이 점만은 분명히 해 두세. 오웬 씨는, 정확하게 뭐라고 명령했나?"

집사 로저스가 대답했다.

"저는 레코드 판을 축음기 위에 올려 놓게 되어 있었습니다. 판은 서랍 안에 있었지요. 제 아내는, 제가 커피 쟁반을 들고 응접실로 들어가면 축음기를 켜기로 되어 있었습니다."

"아주 재미있는 이야기로군."

워그레이브 판사가 중얼거렸다.

로저스가 외쳤다.

"사실입니다. 사실이라고 맹세할 수 있습니다. 저는 그게 무슨 판인지 몰랐습니다. 적어도 당시에는 그랬어요. 제목이 인쇄된 딱지가 붙어 있었습니다만, 저는 그게 무슨 곡명이거니 했습니다."

워그레이브 판사가 롬바드를 보며 물었다.

"곡명이 뭔지 알아 봐 주시겠는가?"

롬바드가 고개를 끄덕였다. 그러다 그는 하얀 송곳니를 보이며 섬뜩하게 웃었다.

"곡명이 있습니다. 〈백조의 노래〉라는군요."

III

매카더 장군이 버럭 소리를 질렀다.

"말이 안 되는 소리도 정도 문제지, 세상에 이런 경우가 어디 있어! 이렇게 사람을 무고하는 수도 있어? 무슨 수를 써야지 안 되겠어. 누군지는 모르지만, 이 오웬이란 작자……."

에밀리 브렌트가 끼어들어 단호하게 말했다.

"그건 그렇다치고, 오웬이 대체 누구죠?"

판사가 역시 에밀리 브렌트의 말을 가로채어, 평생을 법정에서 보낸 사람다운 권위를 갖추며 꾸짖듯 말했다.

"우리가 마땅히 알아 내야 할 것이되, 우선은 침착하게들 이야기를 들어 봅시다. 로저스, 먼저 자네 부인을 어디로 모셔 가서 좀 쉬게 하게나. 그러고는 바로 이리로 오게."

"분부대로 하겠습니다."

닥터 암스트롱이 로저스 옆으로 다가섰다.

"로저스, 내가 도와 주겠네."

로저스 부인은 두 사람의 부축을 받으며 방에서 나갔다. 세 사람이 사라지자 앤터니 마스톤이 말했다.

"여러분은 어떻게 하시겠습니까? 저는 우선 한잔 하고 봐야겠습니다."

"찬성이오."

롬바드 대위가 고개를 끄덕였다.

"제가 가서 챙겨 오겠습니다."

앤터니 마스톤의 말이었다.

그는 방을 나갔다. 그리고 곧 응접실로 돌아왔다.

"바깥에 한 상 잘 차려져 있더군요. 이렇게 냉큼 들고 올 수 있게 말입니다."

그는 술과 술잔이 올려진 쟁반을 조심스럽게 내려놓았다. 1, 2분 동안 모두가 술을 한 잔씩 마셨다. 매카더 장군과 워그레이브 판사는 독한 위스키를 마셨다. 모두가 어떤 식으로든 자극을 필요로 하고 있었다. 에밀리 브렌트만 물을 청해 마셨다.

닥터 암스트롱이 다시 방으로 들어왔다.

"로저스 부인은 됐어요. 진정제를 먹게 했으니까. 아니, 술 아닙니까. 나도 한잔 해야겠군요."

남자들은 몇 잔을 거푸 마셨다. 잠시 후에는 로저스도 들어왔다. 워그레이브 판사가 다음 순서를 주도했다. 응접실은 임시 법정이 된 셈이었다. 판사가 말문을 열었다.

"로저스, 단도 직입적으로 묻겠네. 오웬 씨란 사람은 대체 누군가?"

로저스가 판사를 바라보며 대답했다.

"이 섬의 소유주이십니다."

"그건 나도 아네. 내가 자네로부터 듣고 싶은 것은, 그 사람에 대해서 자네가 알고 있는 것이 무엇이냐, 하는 것일세."

로저스는 고개를 가로저었다.

"저도 드릴 말씀이 없습니다. 저 역시 그분을 뵙지 못했습니다."

방 안에 가벼운 소요가 일었다. 매카더 장군이 퉁명스럽게 물었다.

"자네 역시 보지 못했다니, 그게 무슨 뜻인가?"

"저와 제 아내는, 이곳에 온 지 아직 일주일도 못 됩니다. 저희들은 소개소를 통해서 편지로 고용 계약을 맺었습니다. 플리머드에 있는 레지나 직업 소개소라는 곳입니다."

블로어가 고개를 끄덕였다.

"꽤 오래 된 소개소지요."

워그레이브 판사가 물었다.

"그 편지는 가지고 있는가?"

"계약서 말씀입니까? 아닙니다. 가지고 있지 않습니다."

"그럼, 자네 이야기나 계속하게. 그래, 자네는 자네 말대로 편지로 계약했네."

"네, 저희들은 모월 모일에 이곳에 도착하게 되어 있었습니다. 물론 그대로 도착했습니다. 여기에 모든 준비가 되어 있었습니다. 준비된 식료품도 많고……. 정말 빈틈없이 준비되어 있었습니다. 먼지만 털고 일을 시작하면 될 정도였으니까요."

"그 다음엔?"

"별로 할 일이 없었습니다. 저희들은, 파티가 있으니까 방을 준비해 놓으라는 명령―역시 편지로―을 받았습니다. 그리고 어제 오후에는 오웬 씨가 보낸 또 한 통의 편지를 인편으로 받았고요. 오웬 씨 부처께서는 다소간 늦어지신다면서, 최선을 다하라고 하셨습니다. 저녁 식사와 커피 준비, 그리고 축음기를 틀라는 명령도 이때 받았습니다."

워그레이브 판사가 다그쳐 물었다.

"그 편지는 가지고 있겠지?"

"네, 여기 있습니다."

로저스는 주머니에서 편지 한 통을 꺼냈다. 워그레이브 판사는 그 편지를 받아 읽었다.

"흠, 리츠 호텔 소인이 찍혀 있군. 타이프라이터로 찍은 것이군……."

블로어가 재빨리 판사 옆으로 다가가 말참견을 했다.

"저에게 잠깐만 보여 주십시오." 그는 편지를 빼앗듯이 받아 들고 재빨리 눈으로 훑고 나서 중얼거렸다. "타이프라이터가 아니고 코로네이션 머신이라는 기계입니다. 타이프라이터의 약점을 보완한 신형입니다. 종이는, 이 기계에 단골로 쓰이는 엔자인지(紙)고요. 이걸로는 아무것도 알아 낼 수 없을 겁니다. 지문……, 글쎄요, 지문이 남아 있을 것 같지 않군요."

워그레이브 판사가 그를 바라보았다. 무엇인가 새로운 낌새를 눈치챈 듯한 얼굴이었다. 앤터니 마스톤은 블로어의 뒤에서 어깨 너머로 편지를 바라보고 있었다. 마스톤이 말했다.

"아주 묘한 이름이군요. 율리크 노먼 오웬Ulick Norman Owen이라……. 부르다가 잘못하면 혀를 깨물겠어요."

판사는 그 말을 듣자 흠칫 놀라면서 마스톤에게 말했다.

"마스톤 군, 내가 자네에게 빚을 지는군. 자네 덕분에 아주 중요한 문제, 의미 심장한 문제에 착안할 수 있게 되었네."

그는 주위를 둘러보며, 성난 자라처럼 목을 쑥 뽑아 내고 말했다.

"자, 우리 집 주인에 대해 알고 있는 걸 모조리 털어놓아 봅시다." 그는 잠시 뜸을 들이고는 말을 이었다.

"우리는 모두 이 집 주인의 손님이오. 어떻게 초대받았는지, 그 당시의 상황을 말씀해 주시면 도움이 될지도 모르겠소."

한동안 침묵이 흘렀다. 에밀리 브렌트가 큰 결심이나 한 듯한 어조로 그 침묵을 깨뜨렸다.

"여기엔 아무래도 뭔가 이상한 점이 있어요. 저는 얼마 전 서명을 알아보기 어려운 편지를 한 통 받았습니다. 2, 3년 전 피서지에서 만났다는 여자가 부친 편지였어요. 저는 그때 만났던 여자의 이름이 오그든인지 올리버인지는 잘 모르겠습니다. 어쨌든 저는 올리버 부인이나 오그든 부인과 사귄 것입니다. 하지만 오웬이란 사람과는 만난 적도 없고, 사귄 적도 없다는 것은 분명해요."

워그레이브 판사가 물었다.

"편지를 가지고 계십니까, 브렌트 여사?"

브렌트 여사는 방을 나갔다가 잠시 후 편지를 가지고 돌아왔다.

판사가 그 편지를 읽어 보고 나서 말했다.

"뭔가 감이 잡히기 시작하는군요……. 클레이돈 양은 어떻소?"

베라 클레이돈은, 비서직 고용 계약을 맺게 된 상황을 설명했다.

"마스톤 군은?"

판사의 질문에 앤터니 마스톤이 대답했다.

"전보를 받았습니다, 오소리 버클리라는 제 친구로부터. 저는 이 친구가 노르웨이에 가 있는 줄 알고 있었기 때문에 전보를 받고 놀랐습니다. 오소리 버클리는 저더러 이곳으로 오라고 했습니다."

워그레이브 판사는 고개를 끄덕이고 나서 의사에게 물었다.

"암스트롱 씨는?"

"직업적인, 왕진 요청 같은 것입니다."

"알겠소이다. 그러니까 오웬 부처와는 면식이 없었던 것이로군요?"

"없습니다. 편지에 제 친구 이름이 언급되어 있었을 뿐입니다."

판사가 고개를 끄덕였다.

"그래서 믿었다는 것이군요……. 그런데 그 친구라는 사람은, 오래 연락을 끊고 지내던 사람이 아니던가요?"

"아, 그렇습니다."

블로어를 바라보고 있던 롬바드가 갑자기 끼어들었다.

"잠깐만, 생각나는 게 한 가지 있습니다."

판사가 손을 들고 그의 말을 가로막았다.

"잠깐 기다리시오."

"하지만 저는……."

"롬바드 씨, 한 분 한 분의 이야기를 차례로 들읍시다. 우리는 지금, 오늘 밤 여기 이렇게 모이게 된 연유를 알아 보고 있어요. 매카더 장군께선 어떻습니까?"

수염을 쥐어뜯으며 매카더 장군이 대답했다.

"나도 편지를 받았소, 이 오웬이란 사람으로부터. 내 옛 친구도 여기에 오게 되어 있다면서, 초대장을 보내는 무례를 용서해 달라고 합디다. 편지는 유감스럽게도 가지고 오지 않았소."

"롬바드 씨는?"

워그레이브 판사가 물었다.

롬바드의 머리는 바쁘게 돌아가고 있었다. 사실대로 말할까, 적당하게 둘러댈까……. 그는 적당히 둘러대기로 마음먹었다.

"제 경우도 비슷합니다. 친구 이름이 언급된 초대장을 받았습니다……. 마음이 끌리더군요. 편지는 찢어 버렸습니다."

워그레이브 판사의 시선이 블로어를 붙잡았다. 그는 손가락으로 윗입술을 매만지며 말했다. 말투는 지나치리 만큼 정중했다.

"조금 전에 우리는 다소 충격적이라고 할 수 있는 경험을 함께 했소. 기괴한 목소리가 우리 이름을 하나씩 부르며 우리를 기소하고 있었소. 우리는 이 기소 내용을 검토해 보아야 할 것이오. 그런데 나는 아주 사소한 문제에 관심을 갖게 되었소. 그 목소리가 부른 이름 가운데엔, 윌리엄 헨리 블로어라는 이름이 있었지요. 그러나 우리가 아는 한, 여기에 블로어라는 사람은 없소. 그리고 데이비스란 이름은, 호명되지 않았고. 데이비스 군, 자네 설명을 듣고 싶은데?"

블로어가 뚱한 얼굴을 하고 대답했다.

"고양이가 바구니에서 나와 버렸군요(들켜 버렸군요). 제 이름이 데이비스가 아니라는 걸 인정해야겠습니다."

"자네가 윌리엄 헨리 블로어인가?"

"그렇습니다."

롬바드가 블로어에게 쏘아붙였다.

"나도 한 말씀 드리지, 블로어. 자넨 가명으로 이곳에 와 있을 뿐만 아니라, 오늘 밤에 보니 아주 새빨간 거짓말쟁이더군. 자넨, 남아프리카의 나탈 태생이라고 했는데……, 나는 남아프리카와 나탈을 잘 알아. 자신 있게 말하건대, 당신은 평생 남아프리카 땅을 디뎌 본 적이 없어."

모든 사람들의 시선이 블로어를 향했다. 분노와 의혹에 찬 시선이었다. 앤터니 마스톤이 블로어의 옆으로 다가섰다. 그의 주먹에는 힘이 들어 있었다.

"그랬구나, 이 돼지 같은 녀석! 할 말이 있나?"

블로어는 고개를 젖히고 모난 턱을 내밀었다.

"여러 신사분들께서 저를 오해하신 모양인데요……, 제겐 신분 증명서가 있습니다. 원하시면 보여 드리지요. 저는 범죄 수사 대원을 지낸 사람입니다. 지금은 플리머드에서 사설 탐정 사무소를 내고 있고요. 이 사건 의뢰를 받고 이곳에 와 있는 것입니다."

"누가 자네에게 의뢰했나?"

워그레이브 판사가 물었다.

"물론 오웬이라는 사람입니다. 비용으로 쓰라고 상당 액수의

송금 수표와 함께 제가 할 일을 적어 보냈더군요. 저는 그의 의뢰에 따라 손님으로 이 파티에 참석했습니다. 여러분의 이름도 사전에 다 알고 있었습니다. 저는 여러분을 감시하게 되어 있었던 거지요."

"이유가 뭔가?"

"오웬 부인의 보석 때문입니다. 오웬 부인 이야기가 나왔으니까 말입니다만, 그런 사람이 있는 것 같지는 않습니다."

여전히 손가락으로 윗입술을 매만지면서 워그레이브 판사가 말했다. 이번에는 말투가 다소 공손했다.

"내 생각하기엔, 자네가 내린 결론에도 일리가 있군. 자, 그럼 율리크 노먼 오웬Ulick Norman Owen이란 이름을 두고 좀 생각해 봅시다. 브렌트 여사에게 온 편지를 보면, 서명을 너무 흘려 해독이 어려우나 이름을 읽을 수는 있소. 유나 낸시Una Nancy……, 여러분도 아실 테지만 이름만 다르다 뿐이지 머릿글자는 같소. 율리크 노먼 오웬—유나 낸시 오웬…… 말하자면 U. N. Owen이 되는 것이오. 이걸 좀더 재미있게 읽으면 '무명 씨無名氏. UNKNOWN'이고."

"하지만, 비약이 너무 심한 게 아닐까요? 미친 사람이 아닌 바에야……." 베라의 말이었다.

판사는 고개를 끄덕이면서 말했다.

"그렇소. 나도 지금 미친 사람의 초대를 받고 이곳에 와 있다는 심증을 굳혀 가고 있소. 어쩌면 아주 위험한 살인광인지도 모르지."

넷

I

 한동안 방 안엔 침묵―불안과 곤혹의 침묵―이 흘렀다. 이어서, 작지만 똑똑한 판사의 음성이 침묵을 깨뜨렸다.
 "우리들 자신에 관한 이야기를 다음 단계로 진행시켜 봅시다. 먼저 내 이야기부터 하겠소."
 그는 주머니에서 편지를 꺼내어 테이블 위에다 놓았다.
 "이 편지는 내 옛 친구인 콘스탄스 컬밍턴 부인에게서 온 것이오. 나는 오랫동안 이 부인을 만나지 못했소. 부인은 동양으로 갔는데, 다소 애매하고 요령부득인 이 편지는 컬밍턴 부인의 편지투와 아주 흡사하오. 이 편지에서 컬밍턴 부인은, 날더러 이리로 와서 한번 만나자면서 역시 막연한 표현으로 주인 내외를 언급하고 있소. 여러분도 아시겠지만, 나 역시 같은 수법에 걸려

든 것이오. 내가 이런 이야기를 굳이 하는 까닭은, 내 경우가 여러분의 경우와 같기 때문이오. 여기에서 우리는 한 가지 흥미로운 결론을 내릴 수 있지 않겠소? '우리를 이곳으로 유인한 사람이 누구건, 그 사람은 우리에 대해 상당한 뒷조사를 했거나 우리에 대해 알고 있다는 것이오.' 이 정체불명인 사람은 나와 콘스탄스 컬밍턴 여사가 친하게 지냈다는 걸 알고 있고, 뿐만 아니라 그녀에게 요령부득인 편지를 쓰는 버릇이 있다는 것도 알고 있소. 이 사람은, 닥터 암스트롱의 교우 관계와, 그 친구들의 근황까지 알고 있소. 이 사람은 마스톤 씨 친구의 별명과, 그 친구가 자주 전보를 친다는 사실까지 알고 있는데, 에밀리 브렌트 여사가 2년 전에 여름 휴가를 떠났다는 사실과, 여사가 그곳에서 만났던 사람까지 알고 있소. 또 이 사람은 매카더 장군의 옛 전우들에 대해서도 알고 있고."

그는 잠깐 뜸을 들였다가 말을 계속했다.

"여러분도 아시겠지만, 이 사람에겐 아는 게 많소. 이 사람은 우리에 대한 잡다한 지식을 동원하여 우리의 허물을 고발하고 있는 것이오."

그의 말이 채 끝나기도 전에 매카더 장군이 외쳤다.

"새빨간 거짓말이오. 우리에게 무슨 허물이 있다는 게요?"

베라도 외쳤다.

"말도 안 되는 소리예요!"

그녀의 숨결이 가빠졌다.

"누군가가 우리에게 악의를 품고 있어요!"

"터무니없는 거짓말, 흉악한 거짓말입니다. 우리에게 그런 허물이 있을 리 없습니다. 여기에 있는 어느 분에게도!"

로저스가 쉰 목소리로 고함을 질렀다.

"뭘 노리고 이 따위 짓을 하는지 알 수가 없군요."

앤터니 마스톤이 투덜거렸다.

워그레이브 판사가 한 손을 들어 이 소동을 가라앉혔다. 그는 낱말 하나 하나를 조심스럽게 고르며 소리쳤다.

"내가 하고 싶은 말은 이것이오. 우리를 고발한다는 이 정체불명인 사람은, 나를 에드워드 시튼의 살해자라고 고발하고 있소. 나는 시튼이란 사람을 기억하오. 시튼은 1930년 6월 내가 주재하는 재판정 피고석에 앉았던 사람인데, 그는 노파를 살해한 혐의로 기소됐었소. 그의 사건은 유능한 변호사가 변론을 맡은 데다가, 증인석에서도 상당히 유리한 증언이 나왔지만, 그러나 증거를 심리한 결과 그는 명백한 유죄였소. 나는 심리한 증거에 따라 이 사건의 평결을 배심원들에게 맡겼고, 배심원들은 유죄로 평결했소. 나는 그 사형 평결을 접수하고는 이 평결을 인준했소. 평결이 피고에게 불리하도록 유도되었다는 공소가 있었소. 그러나 이 공소는 기각되고, 결국 이 피고는 집행을 당했지요. 내가 여러분에게 말씀드리고 싶은 것은, 나는 양심상 하등의 가책도 느끼지 않았다는 사실이오. 이것은 내가 내 의무를 완수한 것에서 더도 덜도 아니오. 나는 살인 혐의자에 대한 평결을 선고한 것이오."

암스트롱도 그 사건을 기억하고 있었다. 이른바 시튼 사건이 그

것이었다. 배심원의 평결은 대단한 물의를 일으켰다. 암스트롱은 재판이 진행되고 있는 동안 음식점에서 왕실 변호사 매튜즈와 식사를 함께 한 적이 있었는데, 그때 매튜즈는 확신에 차 있었다.

"평결에는 의심할 여지가 없어. 무죄 방면은 시간 문제일세."

뒷날 그는 재판 결과에 관한 소식을 들었는데, 재판정은 그에게서 등을 돌렸다는 것이었다. 물론 법적으로는 하자가 없었다. 워그레이브 영감에게 그런 실수가 있을 리 없었다. 암스트롱이 보기엔, 워그레이브 영감이 피고에게 사적인 감정을 품고 있는 것 같았다. 지난날의 이런 기억들이 닥터 암스트롱의 머릿속을 주마등처럼 스쳐갔다. 그는 워그레이브 영감에게 던질 질문의 묘수를 찾기도 전에 불쑥 이런 질문을 내던지고 말았다.

"전부터 시튼을 알고 계셨습니까? 사건이 터지기 전에 말입니다."

꺼풀이 있는, 파충류의 눈이 암스트롱의 눈과 마주쳤다. 분명하면서도 차가운 목소리로 워그레이브 판사가 대답했다.

"사건이 터지기 전에는, 시튼이 누구인지도 몰랐소이다."

암스트롱은 혼자 이런 생각을 했다.

'이 영감은 거짓말을 하고 있다. 나는 알아.'

II

베라 클레이돈이 떨리는 목소리로 말했다.

"저도 말씀드리고 싶어요, 그애—시릴 해밀턴—이야기를. 저는 그 아이의 가정 교사였습니다. 저는 그 아이에게 너무 멀리 헤엄쳐 가지 않도록 단단히 일러 두었어요. 그러던 어느 날, 제 주의가 다른 데 쏠려 있는 틈을 타서 그앤 바다에서 멀리 헤엄쳐 나가기 시작했어요. 저는 뒤따라 갔습니다……. 그러나 일이 벌어지기까지 아이를 따라잡을 수가 없었어요. 무서운 일이었습니다. 하지만 제 잘못은 아니었어요. 검시관은 심문이 끝나고 나서 제게 걸린 혐의를 풀어 주었어요. 그리고 아이 어머니도……, 정말 인정 많은 분이셨고요. 아이 어머니조차 저를 비난하지 않았는데, 제가 어째서 이렇게 끔찍한 소리를 들어야 하는 거죠? 말이 되지 않아요, 말도 되지 않아요……."

베라는 말 끝을 흐리다 끝내 울음을 터뜨리고 말았다.

매카더 장군이 베라의 등을 다독거리며 말했다.

"자, 진정해. 진정해, 아가씨. 그 따위 '소리'는 사실이 아니니까 귀담아 들을 필요가 없어. 그자는 미친 놈이야, 미친 놈! 그자의 모자 속에는 벌이 한 마리 들어 있어(제 정신이 아냐). 그자는 작대기를 거꾸로 쥐고(종잡을 수 없는 소리를 하고) 있는 거야."

그는 벌떡 일어나 어깨를 잔뜩 부풀리고 나서 고함을 질렀다.

"이 따위 허무맹랑한 비난에는, 아무 말 않고 떠나 버리는 게 상책일 것이오. 그러나, 아더 리치먼드에 관한 이야기가 사실이 아니라는 것, 누가 뭐라고 하건, 이 허무맹랑한 비난은 사실무근이라는 걸 밝혀야겠소. 리치먼드는 내 휘하 장교였소. 나는 리치먼드 군에게 정찰 임무를 맡겼습니다. 그런데 전사했지요. 전시에는 흔히 있는 일입니다. 하지만 이걸 내 아내와 관련지어 나를 헐뜯으려는 사람이 있었던 모양이오. 내 아내는 더없이 훌륭한 여자였소. 완벽한 시저(군인)의 아내였습니다!"

매카더 장군이 자리에 앉았다. 그는 떨리는 손으로 수염을 쓰다듬었다. 이야기를 하느라고 딴에는 몹시 힘들었던 모양이었다.

롬바드가 말문을 열었다. 그러나 그의 눈은 웃고 있었다.

"동아프리카 원주민들 이야긴데……."

"흑인이 어떻게 되었다는 겁니까?"

마스톤이 재촉하듯 말했다.

필립 롬바드는 빙그레 웃으면서 말을 이었다.

"이야기인즉……, 내가 그 원주민들을 버렸다는 겁니다. 하지만 이건 일종의 자기 보호 수단이었습니다. 우리는 밀림 속에서 길을 잃었습니다. 나와 동료 몇몇은 거기에 있던 식량을 챙겨서 그곳을 빠져 나왔습니다."

"그러니까 자네는 부하들을 버렸군……. 버려서 굶어죽게 한 것이군."

매카더 장군이 준엄하게 나무랐다.

롬바드가 설명했다.

"물론 '푸카 사히브(완벽한 신사)'가 할 짓이 못 되긴 했습니다. 그러나 자기 보호는 인간의 으뜸가는 의무입니다. 그리고 여러분도 아시다시피 원주민들은 죽음을 두려워하지 않습니다. 그들의 사고 방식은 유럽인들과는 다릅니다."

베라가 두 손으로 가리고 있던 얼굴을 들고 롬바드를 노려보며 물었다.

"죽을 줄 알면서도 버렸다는 말인가요?"

"죽을 줄 알면서도 버렸지요."

롬바드가 대답했다. 장난기 있는 그의 눈이 공포에 질린 베라의 눈과 마주치고 있었다.

앤터니 마스톤이 느릿느릿하게 말했다.

"저도 마침 존 콤즈와 루시 콤즈를 생각하고 있는 중입니다. 케임브리지 근교에서 내 차에 치여죽은 아이들 이름입니다. 정말 재수가 없었던 겁니다."

"그 아이들에게 재수가 없었다는 건가, 당신에게 재수가 없었다는 건가?"

워그레이브 판사가 비꼬는 말투로 물었다.

앤터니 마스톤이 대답했다.

"그 생각도 하는 중입니다. 저에게도 재수가 없었지만, 네, 판사님 말씀이 맞습니다, 그 애들에게도 재수가 없었습니다. 물론 이건 어디까지나 사고입니다. 그 애들이 집에선가 어디선가 도로로 튀어 나왔던 것입니다. 저는 덕분에 1년 동안이나 면허증을 압수당했고요. 정말 딱하더군요."

닥터 암스트롱이 그 말을 받아 나직하게 말했다.

"고속으로 달리는 자체가 잘못되었어도 아주 잘못되었던 거지. 자네 같은 젊은이들 때문에 얼마나 사고가 많이 나는지 알아? 사회의 사고뭉치 같은 사람들이 아닐까?"

앤터니 마스톤은 어깨를 으쓱해 보이고는 응수했다.
"속도도 낼 만하면 내야지요. 문제는 영국의 도로 사정입니다. 가망이 없어요. 이런 길에서는 속도를 제대로 낼 수도 없습니다."

그는 자기 술잔을 바라보고 있다가, 테이블에서 잔을 집어들고 다른 테이블로 다가가서는, 위스키와 소다수를 따랐다. 그러고는 뒤를 돌아다보며 덧붙였다.

"어쨌든 그건 내 잘못이 아니었어요, 어디까지나 사고였을 뿐이지."

III

집사 로저스는 혀로 마른 입술을 축이며 손을 맞잡아 비틀고 있었다. 이윽고 그가 나지막하고 담담한 목소리로 말했다.
"여러 선생님, 저도 한 말씀 올려도 되겠습니까?"
"말해 보게나, 로저스."
롬바드가 말했다.
로저스는 마른 기침으로 목을 비우고는 혀로 다시 한 번 마른 입술을 핥았다.
"조금 전에 제 이름과, 로저스 부인이라고 아내의 이름도 나왔습니다. 브래디 여사의 이름도 나왔고요. 그러나 선생님들, 그 말은 사실이 아니었습니다. 저와 제 아내는, 브래디 여사가 돌아가실 때까지 시중을 들어 드렸습니다. 저희들이 그 댁에 간 이래, 브래디 여사는 늘 건강이 좋지 않았습니다. 그날 밤에 폭풍우가 몰아쳤습니다. 브래디 여사의 지병이 악화된 날 밤을 말씀 드리는 겁니다. 전화는 불통이었습니다. 저희들은 의사를 불러다 댈 수가 없었습니다. 저는 의사 선생님을 모시러 뛰어갔습니다. 그러나 의사 선생님이 오신 것은, 이미 때가 늦은 다음이었습니다. 여러 선생님들, 저희들은 할 수 있는 데까지 했습니다. 저희들은 헌신적으로 그분을 모셨습니다. 길을 막고 물어 보셔도 같은 대답을 들으실 수 있을 것입니다. 저희를 악평하는 사람은 하나도 없었습니다. 한 마디 싫은 소리도 들은 적이 없습니다."

롬바드는 로저스의 일그러진 얼굴, 마른 입술, 눈에 어려 있는 공포의 그림자를 주의 깊게 읽었다. 그는, 로저스가 커피 쟁반을 떨어뜨리던 일을 기억했다.

그는, "그래?" 하고 말할 참이었지만, 이 말을 입 밖으로 내지는 않았다.

블로어가 예의 그 능글능글하고 강압적이고 사무적인 말투로 물었다.

"브래디란 여자가 죽고 나서 득될 게 있었겠군 그래?"

로저스가 표정을 도사리면서, 조심스럽게 대답했다.

"브래디 여사께서는, 저희들이 정성스럽게 모신 것을 인정하시어 저희 몫의 유산을 남기셨습니다. 이게 나쁜 짓인지 알고 싶습니다."

롬바드가 소리쳤다.

"블로어, 당신 내력도 좀 들어 봅시다."

"제 내력이라니요?"

"자네 이름도 명단에 있었는데."

블로어의 얼굴이 파랗게 질리고 말았다.

"랜더 말씀인가요? 랜더는 런던 은행과 상업 은행을 턴 은행 강도였어요……."

워그레이브 판사가 그의 말을 가로채어 설명했다.

"나도 기억하오. 사건이 내 손으로 넘어오진 않았지만, 기억은 나는군. 랜더는, 자네가 증언하는 법정에서 유죄 선고를 받았지 아마? 그때 자네는 그 사건 담당 경찰관이었고."

"그렇습니다."

"랜더는 종신형을 선고받고 복역하다가 1년 뒤 다트무어에서 죽었지. 아주 까다로운 자였을 거야."

"랜더는 전과자였습니다. 야간 경비병을 때려누인 것도 바로 랜더였습니다. 당연히 그자에게 유죄 판결이 떨어질 사건이었습니다."

워그레이브 판사가 천천히 말했다.

"자네는, 그 사건 해결의 수완을 인정받아 표창을 받았었지?"

"진급도 했습니다."

뚱한 목소리로 이렇게 말한 블로어는 쥐어박는 듯한 말투로 덧붙였다.

"저는 제 임무를 수행한 것뿐입니다."

롬바드가 웃음을 터뜨렸다. 사람들을 깜짝 놀라게 할 만한, 돌발적인 웃음이었다. 그는 웃음 끝에 이렇게 말했다.

"아니, 여기엔 임무를 좋아하는 사람과 법률을 좋아하는 사람만 모인 것 같군요. 나는 싫습니다. 의사 선생께서는 어떻습니까? 직업적인 의료 사고 같은 것인가요, 아니면 불법 낙태 수술 같은 것인가요?"

에밀리 브렌트가 롬바드에게 노골적으로 싫은 내색을 하고는 몸을 잔뜩 도사렸다.

이런 일을 다루는 데 능수 능란한 닥터 암스트롱은 고개를 가로 저으며 사람좋게 웃었다.

"나는, 뭐가 뭔지 도무지 모르겠군요. 아까 이름을 듣긴 했지만, 나는 그게 누군지 모릅니다. 뭐랍디까? 글리스랍디까, 클로즈랍디까? 그런 환자의 이름은 기억나지 않습니다. 더더욱 사망과 관련된 이름은요. 저로서는 아주 어려운 수수께끼 문제를 받은 것 같군요. 물론 옛날 일입니다. 어쩌면 병원에서 내가 수술한 환자의 이름인지도 모르겠군요. 환자들이 조기에 병원으로 좀 올 수 없습니까? 너무 늦게 옵니다. 병원 환자의 대부분이 이런 환자들입니다. 그래 놓고 환자가 사망하면, 보호자들은 의사 실수로 죽은 것이라고 해 버립니다."

그는 고개를 가로 저으며 한숨을 쉬었다.

그러나 그가 하는 생각은 달랐다.

'술 때문이야. 잔뜩 취해 있었으니까. 그러고도 집도하다니! 내 신경은 토막나 있었고 손은 걷잡을 수 없이 떨렸어. 그래, 내가 그 여자를 죽인 거야. 재수가 없어도 너무 없었던 여자……, 나이가 든. 내 정신이 온전했더라면 그 정도는 간단한 수술이었지.

다행히도 이 직업 종사자들에겐 불문율이 있다. 간호사는 물론 알았지만, 끝까지 잘 참아 주었어. 이 일로 내가 받은 충격이야말로! 나는 자신을 다시 수습하는 데 성공했다. 그런데, 그토록 오래된 옛 일을 어떻게 알고 있는 것일까……?'

IV

방 안엔 다시 침묵이 감돌았다. 이번에는 모두가 에밀리 브렌트 여사 쪽을 보았다. ―슬며시, 혹은 정면으로. 에밀리 브렌트 여사가 이를 눈치챈 것은 시선의 세례를 받고 나서부터 2, 3분 뒤의 일이었다. 좁은 이마 위로 두 눈썹이 곤두섰다.

"내 말을 기다리시나요? 내겐 할 말이 하나도 없어요."
에밀리 브렌트 여사가 잘라 말했다.
"한 마디도 없으십니까, 브렌트 여사?"
워그레이브 판사가 물었다.
"한 마디도." 입술을 앙 다문 채 브렌트 여사가 대답했다.
판사는 자기 얼굴을 쓰다듬으며 부드럽게 물었다.
"자신을 변호해 낼 자신이 있습니까?"
에밀리 브렌트가 냉정한 어조로 대답했다.

"변호하고 자시고 할 것도 없어요. 나는 지금까지 내 양심의 명령에 따라서만 행동해 왔어요. 나에겐 자신을 벌줄 만한 일을 한 적이 없어요."

분위기로 보아서 모두가 에밀리 브렌트를 불만스럽게 여기고 있는 것 같았다. 그러나 여럿의 의견이라고 해서 그 의견의 흐름에 휩쓸릴 에밀리 브렌트가 아니었다. 그녀는 끝내 저항하며 버티었다.

판사는 다시 한두 번 마른 기침으로 목구멍을 비우고 나서 로저스에게 물었다.

"우리 이야기는 이쯤 해 둡시다. 로저스, 우리와 자네 부부 이외에, 이 섬에 또 누가 있는가?"

"없습니다. 아무도 없습니다, 선생님."

"확실한가?"

"확실합니다, 선생님."

"나는 아직 우리를 이곳에다 불러 모은, 정체불명인 괴한의 목적이 무엇인지 알지 못하네, 그러나, 내 의견으로는 그 괴한이 누구든, 우리가 흔히 쓰는 말로 '온전한' 사람은 아닌 것 같아. 어쩌면 위험한 사람일는지도 몰라. 내 생각 같아서는, 우리가 한시 바삐 이 섬을 떠나는 게 상책일 것이네. 나는 우리가 오늘밤에라도 떠날 수 있었으면 하네."

로저스가 대답했다.

"죄송합니다, 선생님. 이 섬에는 배가 없습니다."

"보트도 한 척 없단 말인가?"

"없습니다, 선생님."

"그럼 육지 내왕은 어떻게 해 왔지?"

"프레드 나라코트가 매일 아침 이곳에 들릅니다. 빵과 우유와 편지를 가져 와서는 이쪽의 주문을 받아 가지요."

"그렇다면 내일 아침 나라코트의 배가 오는 대로 떠나면 되겠군."

워그레이브 노인의 말이었다.

모두가 이구동성으로 찬성했으나, 한 사람이 토를 달고 나왔다. 다수 쪽으로 가담하지 않은 앤터니 마스톤이었다. 그의 말은 이러했다.

"멋대가리 없는 짓들입니다. 이 섬을 떠나기 전에 마땅히 이 수수께끼를 풀어야 합니다. 탐정 소설 같지 않습니까, 스릴에 넘치는……?"

판사가 비아냥 거리듯이 말했다.

"우리 나이가 되어들 보시게, '스릴'이니 뭐니 찾게 되는가……."

앤터니 마스톤은 싱긋 웃었다.

"역시 법률에 묶이신 분들은 시야가 좁다니까요. 저는 이 범죄의 내막을 파헤쳐 볼 작정입니다. 자, 범죄를 위해서 건배합시다."

그는 술잔을 집어 단숨에 술을 마셨다. 너무 급하게 마셨던 모양이었다. 그는 기침을—그것도 몹시 했다. 그의 얼굴은 일그러지면서 보랏빛으로 변했다. 한 차례 긴 숨을 토해 낸 그는, 의자에서 미끄러져 바닥으로 떨어졌다. 술잔도 그의 손에서 빠져나와 바닥에 떨어졌다.

다섯

I

뜻하지 않던 일인데다 너무나 충격적인 일이어서 모두들 입을 벌린 채 다물지 못했다. 그들은 한동안 바보처럼, 바닥에 쓰러진 사람만 내려다보고 있었다. 닥터 암스트롱이, 쓰러진 마스톤 옆으로 다가가 무릎을 꿇고 앉았다. 이윽고 그가 고개를 들었다. 몹시 당혹해하는 얼굴이었다. 그가 겁에 질린 목소리로 천천히 속삭였다.

"세상에……, 죽었어요!"

그들은 의사의 말을 믿을 수가 없었다. 죽다니, '죽다'니……, 힘과 자신에 차 있던, 저 북구 신화의 영웅 같은 자가 죽다니. 그렇게 터무니없이, 단 일격에 쓰러지다니. 힘과 자신에 차 있던 젊은이가 위스키와 소다수에 사레가 들려 죽다니……. 그들은

마스톤의 죽음을 사실로 받아들일 수가 없었다.

닥터 암스트롱은 죽은 사람의 얼굴을 들여다 보았다. 파랗게 변색된 채 일그러진 입술에 코를 대고 냄새도 맡아 보았다. 이윽고 그는 앤터니 마스톤이 들고 있다가 떨어뜨린 술잔을 집어 들었다.

매카더 장군이 입을 열었다.

"죽다니……, 이 젊은이가 사레들려 죽었다는 건가요?"

"사레들려 죽었다……, 그렇게 말할 수도 있겠습니다. 어쨌든 질식사했을 가능성이 크니까요."

닥터 암스트롱이 대답했다.

그는 이번에는 술잔에 코를 대고 냄새를 맡았다. 그러고는 손가락을 술잔 바닥에 대었다가 혀 끝에 살짝 대어 보기도 했다. 그의 표정이 변했다.

매카더 장군이 다시 거들었다.

"사레들려 죽는다는 건 난생 처음 들어 본 얘기요."

에밀리 브렌트가 카랑카랑한 목소리로 그 말을 받았다.

"살아 있는 사람은 반드시 죽을 때가 있다고 하지 않습니까?"

닥터 암스트롱이 일어서면서 퉁명스럽게 말했다.

"그럴 수도 있고, 그렇지 않을 수도 있습니다. 장군님 말씀대로, 사레들려 죽는 일은 흔치 않습니다. 그러나 마스톤의 죽음은, 우리가 흔히 말하는 자연사가 아닙니다."

"그렇다면, 위스키에……, 무엇인가가 들어 있었다는 말씀이신가요?"

베라 클레이돈이 속삭이듯이 물었다.

암스트롱이 고개를 끄덕이고 나서 대답했다.

"그래요. 그러나 아직은 정확하게 말씀드리기 어렵습니다. 정황으로 미루어 보아 청산염이 아닌가 싶습니다. 청산이나 청산칼리 냄새는 아닙니다. 먹으면 바로 반응이 나타나는 약이지요."

"술잔 안에 들어 있었단 말이오?"

워그레이브 판사가 물었다.

"그렇습니다."

닥터 암스트롱은 술병이 놓여 있는 테이블로 다가갔다. 그는 위스키 병 마개를 열어 냄새를 맡아 보고, 손가락 끝에다 찍어 혀에 대어 보았다. 이어서 소다수의 냄새와 맛도 검사하고는 고개를 가로저으며 중얼거렸다.

"술이나 소다수에는 이상이 없습니다."

롬바드가 물었다.

"그렇다면 이 사람이 자기 손으로 술잔에다 청산염을 넣었단 말인가요?"

닥터 암스트롱은 여전히 미심쩍어 하는 듯한 표정을 지우지 않은 채 고개를 끄덕이며 대답했다.

"그럴 수도 있죠."

"그렇다면 자살이 아닙니까? 이거 이야기가 이상하게 돌아가는데요."

블로어의 말이었다.

베라 클레이돈이 천천히 말했다.

"설마 이분이 스스로 목숨을 끊었다고 생각하시는 건 아니겠죠? 그럴 리가 없어요. 얼마나 자신에 가득 찬 사람 같았는데요. 그래요, 자기 자신을 즐기는 사람 같았어요. 오늘 저녁 무렵에 자동차를 몰고 언덕을 내려올 때 모두 보셨죠? 흡사……, 글쎄요, 뭐라고 할까요……, 저는 설명할 수가 없어요."

그러나 모두 베라가 무슨 말을 하려는지 알고 있었다. 모두가 기억하는 앤터니 마스톤은, 한창 나이인데다 참으로 사나이다운 사나이로, 흡사 불사신처럼 자신 만만해하던 사람이었다. 그런 마스톤이 구겨진 자루처럼 바닥에 쓰러져 있는 것이었다.

닥터 암스트롱이 나직한 소리로 물었다.

"마스톤이 자살했을 가능성이 있을까요?"

모두가 천천히 고개를 가로저었다. 그렇다면 다르게는 설명될 수 없는 것이었다. 마스톤은 누구의 권유에 못 이겨 술을 마신 것은 아니었다. 모두들, 마스톤이 제 발로 걸어가 술을 따라 마시는 걸 보았던 것이다. 그런데 그 술에 청산염이 들어 있었다면, 마스톤 자신이 넣었다고밖에는 설명할 수 없는 일이었다. 그러나 앤터니 마스톤이 왜 자살하려 했는지는 설명되지 않았다.

생각에 잠겨 있던 블로어가 불쑥 이렇게 물었다.

"의사 선생님, 이건 아무래도 이상합니다. 마스톤 군은 도무지 자살이나 할 그런 사람 같아 보이지는 않았어요."

"나 역시 그렇게 생각하네."

암스트롱이 대답했다.

II

그들이 내린 결론은 고작 이런 정도였다. 더 할 말이 있을 턱이 없었다. 암스트롱과 롬바드는 앤터니 마스톤의 시신을 그에게 배정된 침실로 옮겨 침대에다 누이고 홑이불로 덮었다.

그들이 다시 아래층으로 내려왔을 때는, 모두가 무리를 짓고 서서, 밤 공기가 그리 차갑지 않은데도 가볍게들 떨고 있었다.

에밀리 브렌트가 무거운 침묵을 깨뜨렸다.

"잠자리에 드는 게 좋겠어요. 밤이 깊었어요."

이미 자정이 지나 있었다. 현명한 제안인데도 모두들 망설였다. 한데 엉겨 무리를 이루고 있어야 한다고 믿는 것 같았다.

"좀 자 두어야 하지 않겠소?"

워그레이브 판사의 말이었다.

"제겐 아직 해야 할 일이 있습니다. 식당 뒷설거지가 남아 있어서요." 집사 로저스가 말했다.

"내일 아침에 하시오."

롬바드가 매정하게 말했다.

"부인은 괜찮은가?"

암스트롱이 로저스에게 물었다.

"가 봐야겠습니다, 선생님."

그는 방을 나갔다가 2, 3분 뒤에 돌아와 닥터 암스트롱에게 보고했다.

"잘 자고 있습니다, 선생님."

"잘됐군. 깨우지 않도록 하게나."

의사가 명령했다.

"알겠습니다, 선생님. 식당 뒷설거지 좀 하고, 문단속한 뒤에 저도 들어가겠습니다."

로저스는 이 말을 남기고 식당 쪽으로 사라졌다.

나머지 사람들은 이층으로 올라갔다. 하나같이 도살장에 끌려가는 소 떼 같은 걸음걸이였다.

오래 되어 낡은 집이었더라면, 그래서 계단이 삐걱거리고, 집 안이 음침하고, 벽에 두꺼운 판자 가로장이 되어 있었더라면, 섬뜩한 기분이 들 게 뻔했다. 그러나 그 집은, 어디에 내놓아도 손색이 없을 만큼 깔끔한 현대식 건물이었다. 음침한 구석이라곤―더구나 움직이는 벽 같은 것은―있을 수가 없었다. 곳곳에 켜진 전등으로 오히려 불야성을 이루고 있어서, 보이는 것마다 눈부실 지경이었다. 드러나지 않는 것, 감추어진 것은 거기에 있을 턱이 없었다. 음울한 분위기 같은 것도 느껴지지 않았다. 그런데도……, 그런 점이 사람들을 불안하게 했다.

이층 계단머리에서 그들은 밤 인사를 나누었다. 모두가 각자의 방으로 들어갔다. 그러고는 자동적으로, 말하자면 무의식적으로 문을 안으로 걸어 잠갔다.

III

벽지 색깔이 은은하고 쾌적한 방에서 워그레이브 판사는 옷을 벗고 잠자리에 들 준비를 하면서 에드워드 시튼 사건을 생각했다. 그는 에드워드 시튼을 똑똑하게 기억하고 있었다.

아름다운 머리카락, 파란 눈, 솔직 담백한 표정으로 사람의 얼굴을 정면으로 응시하는 그의 버릇까지. 그가 배심원들에게 좋은 인상을 준 것도 바로 이러한 면 때문이었다.

공명심에 들뜬 루엘린의 논고는 앞뒤가 맞지 않았다. 그는 너무 많은 것을 증명해 내고자 한 나머지 필요 이상으로 열을 올렸던 것이다. 그러나 이에 비하면, 매튜즈의 변론은 훌륭했다. 그의 변론은 급소를 짚어 나가는 데 성공했던 것이다. 그의 반대 심문은 결정적이었다. 증인석에 선 자기 고객을 다루는 솜씨는 가히 고수라고 할 만했다.

에드워드 시튼도, 반대 심문이라는 시련을 이겨 내는 데 성공했다. 그는 흥분하는 일도, 지나치게 자기 무죄를 주장하는 일도 없었다. 배심원들이 받은 인상도 썩 좋은 편이었다. 모르긴 하나, 매튜즈는, 재판이 사실상 끝난 것이나 다름없다고 생각했을 터였다.

워그레이브 판사는 조심스럽게 팔목 시계 태엽을 감아 침대 옆에다 놓았다.

그는 재판 당시의 정황을 생생하게 기억할 수 있었다. 어떤 기분으로 거기에 앉아 논고와 변론에 귀를 기울였고, 어떤 구절을 메모했으며, 모든 발언을 음미하고 어떤 증거를 참조하다 피고에게 불리한 선고를 내렸는지 똑똑하게 기억했다. 그는 그 사건의 재판을 즐기고 있었던 것이다. 매튜즈의 최후 변론은 가히 일급이라고 할 만했다. 루엘린은 변호인단이 구축해 놓은, 피고에 대한 긍정적 인상을 허물어뜨리지 못했다. 남은 것은, 결국 판사 자신의 종합적인 판단뿐이었다…….

워그레이브 판사는 조심스럽게 틀니를 뽑아 침대 머리맡의 물컵 속에다 집어넣었다. 팽팽하던 입술이 안으로 빨려 들어갔다. 참으로 잔혹해 보이는, 잔혹하고도 탐욕스러운 입술이었다. 눈을 감으며, 워그레이브 판사는 빙그레 웃었다. 그는 시튼 사건이란 거위를 훌륭하게 요리했던 것이다.

신경통 때문이었는지, 워그레이브 판사는 가볍게 신음하면서, 침대로 올라가 전등을 껐다.

IV

아래층 식당에서 로저스는 야릇한 얼굴을 하고 서 있었다. 그는 식탁 한가운데에 놓인 도제 인형을 바라보고 있었다. 이윽고 그가 중얼거렸다.

"이상한데……. 하나가 없잖아? 분명히 열 개가 있었는데……."

V

매카더 장군은 몸을 뒤척거리고 있었다. 잠이 오지 않았다. 어둠 속으로 아더 리치먼드의 얼굴이 보이는 듯했다. 그는 아더 리치먼드를 좋아했다.—지나치게 좋아했다고 해야 옳을 정도로. 그래서 아내 레슬리가 그를 좋아하는 것까지도 내심 흔연하게 여겼던 터였다.

레슬리는 변덕이 심한 여자였다. 레슬리는 이 사람 저 사람에게 닥치는 대로 관심을 쏟으면서도 늘 반응은 "어딘가 멍청한 사람이에요"였다. 매사가 그런 식이었다. 그러나 레슬리도 아더 리치먼드의 '멍청한 면'을 발견하는 데는 실패했던 모양이다. 둘은 처음부터 사이가 좋았다. 두 사람은 곧잘 연극 이야기, 음악 이야기, 영화 이야기로 꽃을 피우고는 했다. 레슬리는 아더 리치먼드를 곯리고, 조롱하고, 집적거렸다. 매카더 자신은, 레슬리가 젊은 청년에게서 모성애를 느끼는 모양이라고 생각하며 이 교제를 푸근한 눈으로 바라보았다.

세상에, 모성애라니! 매카더는, 레슬리의 나이가 스물아홉, 아더 리치먼드의 나이가 스물여덟이라는 데까지는 생각하지 못했던 것이다. 매카더는 레슬리를 사랑했다. 언제든 매카더는 그녀의 모습을 떠올릴 수 있었다. 뺨이 갸름한 얼굴, 늘 춤이라도 추듯이 생글생글 웃고 있는 잿빛 눈, 숱이 많은 머리카락까지. 매카더는 레슬리를 사랑했고, 그래서 믿었다.

프랑스 전선, 지옥을 방불케 하는 격전장 한가운데서도 그는 레슬리를 잊지 못했다. 그래서 이따금씩 군복 주머니에 넣어 둔 사진을 꺼내보곤 했다. 그런데……, 마각이 드러난 것이었다.!

소설에 나오는 이야기와 비슷했다. 내용물이 바뀐 편지……. 레슬리는 남편과 아더 리치먼드에게 각각 한 통씩의 편지를 썼는데, 아더 리치먼드에게 보내는 편지를 그만 남편의 봉투에다 넣어 보냈던 것이다. 오랜 세월이 흐른 뒤에도 매카더는 그때 받은 충격과 고통을 생생하게 기억했다……. 그만큼 충격과 고통이 컸던 것이다.

게다가 두 사람의 시련은 하루 이틀 동안 계속된 것이 아니었다. 편지가 어느 날 문득 그 사실을 밝혀 주었던 것뿐이었다. 두 사람은 주말마다 만났을 터였다. 리치먼드의 휴가도 마음에 걸렸다.

'레슬리……, 레슬리와 아더 리치먼드가 한데 어울려……. 괘씸한 아더 리치먼드……, 늘 웃는 얼굴……, '네, 각하.' '네, 각하.' …… 그 시원시원하던 대답. 사기꾼에다 위선자! 남의 아내를 훔친 도둑놈…….'

매카더의 차가운, 그러나 독기가 서린 분노는 서서히 그 전열을 다듬어 나갔다. 그는 아무도 눈치채지 못하도록 행동했다. 리치먼드가 아무것도 눈치채지 못하도록 처신했던 것이다. 성공했던 것일까? 매카더는 리치먼드가 아무 낌새도 눈치채지 못하게 하는 데 성공했다고 믿었다. 리치먼드는 아무것도 의심하지 않았다. 기질의 변화가 쉽게 드러나고, 쉽게 문제되는 곳에서는 인간의 신경이 극도의 긴장에 시달리기 마련이었다. 단지 젊은 아미티지만 한두 번 매카더를 이상한 눈으로 보았을 뿐이었다. 아미티지는 나이가 어린데도 눈치가 빨랐다. 어쩌면 아미티지는, 매카더가 언제 손을 쓸지 짐작하고 있었는지도 몰랐다.

매카더는 교묘하게 아더 리치먼드를 사지로 보냈다. 기적이 일어나지 않는 한 온전하게 돌아오지 못할 곳이었다. 그런데 기적은 일어나지 않았다. 그렇다. 그는 리치먼드를 사지에 보내고도 양심의 가책 따윈 전혀 느끼지 않았던 것이다. 물론 간단한 일이었다. 전술상의 실수는 누구든 저지를 수 있었고, 장교가 사지에 들어갔다가 전사하는 일 역시 흔히 있을 수 있는 일이었다. 공황과 혼란이 전시에는 당연한 분위기였다. 뒷날 사람들은, "매카더 영감, 정신이 나가도 한참 나갔어, 일급 참모들을 희생시키는 대실수를 저질렀으니……." 하고 혀를 찰지언정, 그 이상의 말은 하지 않을 터였다.

그러나 아미티지는 달랐다. 그는 사령관을 이상한 눈으로 보고 있었다. 어쩌면 그는 매카더가 고의로 아더 리치먼드를 사지로 보냈다는 걸 알고 있었는지도 몰랐다. 그리고 전쟁이 끝난 뒤에 아미티지가 소문을 퍼뜨리고 다녔는지도…….

레슬리는 속 사정을 알지 못했다. 레슬리는 애인의 죽음을 애도하느라고 운 일은 있으나, 그 울음은 영국으로 돌아오는 것과 때를 같이해서 끝났다. 매카더는 아내에게, 자기가 두 사람 사이를 알고 있다는 눈치를 보인 적이 없었다. 두 사람은 함께 지냈다. 그러나 왠지 레슬리는 더 이상 진실되게 보이지 않았다. 그로부터 2, 3년 후 레슬리는 폐렴이 재발되어 세상을 떠났다. 다 오래 된—15년인가, 16년인가—이야기였다.

이윽고 군에서 제대한 매카더 장군은, 오랜 옛날부터 숙원하던 조그만 거처를 장만해 데본에 정착했다. 이웃도 좋아서—낙원 한 구석에 사는 것 같았다. 사냥과 낚시도 즐길 수 있었다. 주일이면 교회에도 갔다. (그러나, 성경 봉독 순서에, 다윗이 밧세바의 남편인 우리아를 최전선으로 보내는 대목이 나오는 날은 가지 않았다. 도무지 회중석에 앉아서 그런 구절을 듣고 있을 수가 없었다. 들으면 괜히 불쾌해질 것 같아서였다.)

모두가 그를 흉허물 없이 대해 주었다. 적어도 처음에는 그랬다. 그러나 세월이 지나감에 따라, 그는 등뒤에서 사람들이 자기 이야기를 한다는 거북한 느낌을 받았다. 확실히 사람들의 눈도 전 같지 않게 느껴졌다. 마치 그들이 무슨 소린가를—무슨 소문을 들었던 것 같았다. (아미티지? 아미티지가 이상한 소문을 뿌리고 다녔던 것일까?)

그런 낌새를 느끼고 난 뒤부터 그는 사람들을 피했다. 스스로를 외톨이로 만들었다. 어쩐지 사람들이, 자기의 말에 자꾸만 토를 다는 것 같아 불쾌했기 때문이다.

이 역시 오래 된 이야기, 따라서 부질없는 일들이었다. 레슬리는 세상을 뜬 지 오래였다. 아더 리치먼드는 말할 것도 없었다. 그때 일의 진상이 어떠했건, 이제는 아무것도 문제될 게 없었다. 그러나 그 일 때문에 그는 외로움을 탔다. 그는 옛 전우들까지도 기피했다(아미티지가 떠들고 다녔다면 그들 역시 알고 있을 것이기 때문이다).

그런데……, 바로 그날 밤에……, 정체불명의 음성이, 오래 숨겨 온 이야기를 터뜨린 것이었다. 그 의외의 폭로에 대한 그의 태도는 온당했던가? 끝내 시치미를 뗄 수 있었던가? 감정—모욕감과 역겨움—을 드러내지 않았으되, 죄의식을 느끼거나 당혹해 하지는 않았던가? 그로서는 자기가 어떤 반응을 보였는지 알 수 없었다. 모두가, 정체불명의 목소리가 폭로한 사실을 진지하게 받아들이지 않았던 것은 분명했다. 정체불명의 목소리가 폭로했던 죄상에는, 도대체 있을 수 없는, 참으로 터무니없어 보이는 부분도 있었다. 아름다운 아가씨의 경우가 그랬다. '정체불명의 목소리는 그녀가 아이를 물에 빠뜨려 죽게 했다고 고발했는데……, 그게 어디 될 법이나 한 소린가! 미친 사람은 아무에게나 험구하는 법이 아닌가! 에밀리 브렌트, 정확하게 말하자면 같은 연대에 있던 톰 브렌트의 질녀인 에밀리 브렌트도 마찬가지가 아닌가. 그 목소리는 에밀리 브렌트까지도 살인자라고 폭로했다. 한 쪽 눈이 먼 사람이 보아도 신심이 깊은—교구 목사와 터놓고 지낼 정도로—귀부인으로 보일 에밀리 브렌트를.'

　세상에, 이렇게 터무니없는 일이 또 있을까? 미친 놈의 횡설수설이 아니고 뭐란 말인가? 섬에 도착하고 나서부터—그게 겨우 몇 시간 전인데……, 매사가 그 모양이었다.

　그들이 도착한 것은 오후가 아니었던가. 몇 시간이 아니라, 며칠이 지난 것 같은 기분이었다. 그는 이런 생각을 했다……. '언제 여기서 빠져 나갈 수 있을까? 내일, 저쪽에서 모터 보트가 온다니까 그때면 빠져 나갈 수 있을 테지…….'

그런데 이상한 일이었다. 그는 그 섬에서 별로 나가고 싶지 않았다. 육지로 건너가서……, 그 조그만 집으로 돌아가……, 세상 잡사와 만난다는 것이 그에겐 끔찍했다. 열린 창을 통해, 바위에 부딪치는 파도 소리가 들렸다. 파고^{波高}가 전날 아침보다 더 높은 것 같았다. 바람도 거세어져 있는 듯했다. 평화로운 파도 소리……, 평화로운 곳……, 최상의 섬이란, 한번 발을 올려 놓으면 떠나고 싶은 마음이 일지 않게 하는 곳인 법이다……. 이 세계의 끝에 왔다는 기분에 사로잡히게 하는……. (그런데, 갑자기 그는 섬을 떠나고 싶지 않다고 생각했다.)

VI

베라 클레이돈은 침대에 누워 눈을 멀거니 뜬 채 천정을 올려다 보고 있었다. 불은 켜진 채였다. 어둠이 무서워서였다. 천정을 올려다보며 베라 클레이돈은 생각했다.

'휴고……, 휴고……, 오늘 밤따라, 어째서 당신이 이렇게 가까이 느껴지죠? 아주 가까운 곳에 당신이 있는 것만 같아요……. 어디죠, 어디에 있는 거죠? 몰라요, 모를 거예요. 당신은 내 삶에서 멀리멀리 떠나 있어요.'

휴고 생각을, 하지 않을래야 하지 않을 수 없었다. 그는 베라 클레이돈 가까이 있었다. 베라는……, 콘월……, 검은 바위……, 부드럽고 노란 모래를 생각하지 않을래야 않을 수 없었다……. 덩치가 우람하고 사람좋은 해밀턴 부인……, 베라의 손을 끌면서 투정을 부리는 시릴까지. "클레이돈 선생님, 나 저기 바위까지 헤엄쳐 가고 싶어요. 왜 저 바위까지 헤엄쳐 가지 못하게 하는 거예요?" 고개를 들면, 자기를 바라보는 휴고의 눈길이 와 닿았다.

시릴이 잠든 밤이면……. "클레이돈 양, 산보나 좀 할까요?"

"그것도 괜찮을 것 같군요……." 해변까지 갈 동안은 둘다 점잖은 신사 숙녀였다. 달밤―부드러운 대서양 바람. 휴고의 팔이 베라의 허리를 감았다.

"사랑해, 사랑해, 베라, 당신도 알지?"

그렇다, 베라는 알았다(혹은 안다고 생각했다).

"결혼하자고는 말할 수가 없어. 나는 빈털터리야. 겨우 내 몸 하나 건사할 줄 아는 게 내 능력의 전부거든. 이상한 일이야. 석 달 동안 돈줄을 잡을 기회가 딱 한 번밖에 없었다니. 마우리스가 죽고 나서 석 달간……. 시릴이 태어나기 직전이군. 그가 딸을 낳았더라면……."

시릴이 딸이었더라면, 휴고에겐 만사가 뜻대로 되었을 것이다. 그는 몹시 실망하면서도, 그 사실을 받아들였다.

"물론, 실망한다는 건 말이 안 되지. 하지만 실망이 컸다는 건 사실이야. 좋아, 좋아, 운이란 때가 되어야 맞을 수 있는 거니까. 시릴은 참 참한 아이야. 내가 시릴을 얼마나 사랑하는데."

그 말은 옳았다. 그는 시릴을 좋아했다. 그에겐 늘 꼬마 조카를 즐겁게 하거나, 함께 놀 준비가 되어 있었다. 휴고는 성격상

흑심을 품을 줄 모르는 사람이었다.

시릴은 몸이 튼튼한 아이가 못 되었다. 말하자면, 늘 비실거리는 약골이었다. 아무 일 없이 잘 자랄 것 같지 않은, 그런 아이였다.

그래서 어떻게 되었더라······.

"클레이돈 선생님, 왜 저기 저 바위까지 헤엄쳐 가면 안 된다는 거예요?" 시릴의 투정은 계속되었다.

"너무 멀어요. 시릴."

"하지만, 클레이돈 선생님······."

베라 클레이돈은 침대에서 일어나 화장대로 걸어갔다. 화장대 앞에서 아스피린 세 알을 삼킨 베라는, 수면제를 가지고 올 걸 그랬네, 하고 생각했다.

'나는 자살할 입장이 되어도, 청산염 같은 건 쓰지 않겠어. 바르비탈이면 간단한 걸, 왜 그렇게 독한 걸 써?' 베라 클레이돈은, 보라색으로 변한 앤터니 마스톤의 낯빛을 생각하고는 몸을 떨었다.

베라는 벽난로 옆을 지나면서 액자에 든 동요 첫 구절을 읽어 보았다.

열 꼬마 인디언이 밥 먹으러 나갔다.
하나가 목이 막혀 죽는 바람에 아홉만 남았다.

'끔찍한 시도 다 있군. 오늘 밤의 우리를 보고 하는 소리 같

잖아…….'
 베라 클레이돈은 이런 생각을 했다.
 '왜 앤터니 마스톤은 자살하려고 했을까?'
 베라는 죽고 싶지 않았다. 죽고 싶어지는 상황을 상상할 수도 없었다……. 죽음이라는 것은 어디까지나 남의 일이었다.

여섯

I

 닥터 암스트롱은 꿈을 꾸고 있었다……. 찌는 듯이 더운 수술실이었다……. 온도가 높아서 그랬던가 그의 얼굴에서 땀이 방울져 흘러내렸다. 그의 손은 끈적끈적했다. 그래서 수술칼을 단단히 잡을 수 없었다……. 참으로 끝이 날카로운 수술칼이었다……. 그런 칼을 쓴다면 살인은 간단히 해치울 수 있을 것 같았다. 물론 닥터 암스트롱은 목하 살인 중이었다.
 여자의 몸은 살아 있을 때와는 전혀 달라 보였다. 살아 있을 때는 엄청나게 크고 다루기 까다로웠지만, 암스트롱의 눈앞에 있는 여자는 가냘팠다. 얼굴은 손수건에 가려져 있었다. 그가 죽여야 하는 여자는 누구였을까? 그는 그게 누구인지 기억해 낼 수 없었다. 그러나 알아야 했다. 간호사에게 누군지 물어 볼까? 간호사는 그를 바라보고 있었다. 아니, 간호사에게 물어 볼 수는 없었다. 간호사는 미심쩍은 눈으로 암스트롱 자신을 보고 있었다. 암스트롱은 간호사의 그런 태도를 읽을 수 있었다.

'그러나저러나, 수술대에 누운 여자는 누굴까? 얼굴에다 저렇게 손수건을 덮어 놓았으니, 도통 알 수가 있나……. 얼굴이라도 볼 수 있으면 좋겠는데……. 그래, 그래야지……, 마침 젊은 견습 의사 하나가 그 손수건을 걷어 내고 있었다.

물론 에밀리 브렌트였다. 그가 죽여야 했던 여자는 에밀리 브렌트였던 것이다. 에밀리 브렌트의 그 심술궂던 눈매! 그녀의 입술이 움직이고 있었다. '뭐라고 했지? "생자필멸生者必滅인 법이죠……."'

그녀는 웃고 있었다. '안 돼, 간호사, 손수건으로 덮지 마! 얼굴을 보고 있어야겠으니까. 마취시켜야겠어. 에테르 어디 있더라? 에테르 좀 갖다 줘야겠어. 간호사, 대체 에테르를 어떻게 했어? 샤토 뇌프 드 파프라면 포도주가 아닌가? 좋아, 그거라도 가지고 와. 간호사, 손수건 치워.

암, 그럼 그렇지! 처음부터 알고 있었어! "앤터니 마스톤이었군 그래!" 그의 얼굴은 보라색으로 잔뜩 부어 있었다. 그러나 죽은 것은 아니었다! 웃고 있었다. 정말이다, 웃고 있어! 수술대가 흔들리고 있다니까. 견습의들, 정신차려! 간호사, 잡아! 꼭 잡아 줘!'

닥터 암스트롱은 침대에서 벌떡 일어났다. 아침이었다. 햇살이 방 안 가득히 들어와 있었다. 누군가가 앞에 서 있었다. 그가 암스트롱을 흔들어 깨운 것이었다. 로저스였다. 파랗게 질린 로저스가 소리쳤다.

"선생님, 의사 선생님!"

닥터 암스트롱이 제 정신을 수습했다. 침대에 앉은 채 몸 매무새를 바로잡으며 그가 물었다.

"왜 그러나?"

"의사 선생님, 제 아내 때문에……. 흔들어도 깨질 않습니다. 이 일을 어쩌지요, 깨울 수가 없습니다. 아무래도 뭔가 잘못된 것 같습니다."

닥터 암스트롱은 역시 민첩했다. 그는 서둘러 가운을 걸치고 로저스의 뒤를 따라 나섰다.

그는 침대 옆으로 다가가서, 모로 누운 채 깊이 잠든 로저스 부인을 내려다보다가 차가운 손을 만져 보고, 눈꺼풀을 열어 보았다. 얼마 후 그는 허리를 펴며 침대에서 돌아섰다.

로저스가 속삭였다.

"선생님, 설마……, 설마……, 이 사람이……." 그는 마른 입술을 핥으며 다급하게 물었다.

"그래. 우리가 늦었네." 암스트롱이 고개를 끄덕였다.

그의 눈길은 한동안 앞에 서 있는 로저스에게 머물렀다. 그러다가, 그는 침대 옆에 있던 세면대로 다가가 손을 닦고는 다시 로저스 부인 옆으로 걸어왔다.

로저스가 물었다.

"의사 선생님, 혹시……, 심장이……?"

닥터 암스트롱은 1, 2분간 생각하다가 대답했다.

"최근 부인의 건강이 어땠나?"

"신경통을 조금 앓긴 했습니다만……." 로저스가 대답했다.

"최근에 의사에게 보인 적이 있었나?"

"의사 선생님 말씀이십니까? 몇 년 동안 한 번도 그런 적이 없습니다. 저희 둘 다."

"부인이 심장 질환으로 고생했다고 믿을 만한 이유가 있나?"

"없습니다, 선생님. 아니, 저는 아무것도 몰랐습니다."

"잠은 잘 잤나?"

로저스의 눈길은 암스트롱의 눈길을 피하고 있었다. 그는 몹시 거북살스러운 것처럼 두 손을 맞잡고 비틀기 시작했다. 이윽고 그가 대답했다.

"아주 썩 잘 잔 것은 아닙니다, 선생님."

"잠들기 위해 무슨 약 같은 걸 먹지 않던가?"

로저스가 놀란 듯한 얼굴로 암스트롱을 보며 되물었다.

"약을 먹다니요? 잠이 안 와서 말씀입니까? 제가 아는 한 그런 일은 없었습니다. 아니, 없었다고 확실하게 말씀드릴 수 있습니다."

암스트롱은 세면기 있는 곳으로 되돌아갔다. 세면기 위에는 몇 개의 병이 놓여 있었다. 헤어 로션, 라벤더 향수, 설사약, 손에 바르는 오이 기름, 칫솔과 치약, 그리고 엘리만……. 로저스는 암스트롱에게 옷장 서랍을 열어 보여 주었다. 그러나 수면제나 신경 안정제 같은 것은 없었다. "어젯밤, 선생님께서 주신 것

이외에는 아무것도 먹지 않았습니다." 로저스의 말이었다.

II

9시에 아침 식사 시간을 알리는 종소리가 들렸을 때는 모두가 잠자리에서 일어나 그 소리를 기다리고 있었다. 매카더 장군과 워그레이브 판사는 바깥 테라스를 걸으며 정치 상황에 대한 이야기를 밑도 끝도 없이 나누고 있었다. 베라 클레이돈과 필립 롬바드는, 저택 뒤쪽의, 섬에서는 가장 높은 곳에 올라가 있다가, 꼿꼿하게 서서 육지 쪽을 바라보고 있는 윌리엄 헨리 블로어를 발견했다.

"모터 보트는 올 생각을 않는군요. 아까부터 지켜보고 있었는데 말입니다." 블로어의 말이었다.

"데본은 한적한 곳이에요. 모든 일은 예정 시각보다 늦는 게 보통이랍니다." 베라 클레이돈이 웃으며 대답했다.

필립 롬바드는 반대쪽의 바다를 바라보면서 퉁명스럽게 말했다.

"날씨는 어떨 것 같소?"

"좋을 것 같은데요."

블로어가 하늘을 올려다보고 나서 대답했다.

롬바드는 입술을 오므려 휘파람을 불고 나서 말했다.

"오늘 해지기 전에 한 줄기 쏟아질 거요."

"소나기 말입니까?"

블로어가 물었다.

아래쪽에서 종소리가 들려왔다. 필립 롬바드가 갑자기 생각난 것처럼 말했다.

"아침 식사인가? 어쩐지 속이 허전하다 했지."

가파른 길을 내려가면서 블로어가 롬바드에게 말을 걸었다. 깊은 생각에 잠겨 있었던 듯한 말투였다.

"자꾸만 마음에 걸립니다. 그 젊은 친구가 왜 자살하려고 했을까요? 어제 밤새도록 그 생각만 했습니다."

베라는 조금 앞서 가고 있었다.

롬바드는 어깨를 으쓱하면서 대답했다.

"자살한 게 아니라면……, 뭐 짚이는 거라도 있나?"

"증거가 있어야 뭐라고 할 텐데, 그게 없어요. 우선 자살 동기부터 따져 봤습니다만, 아무리 생각해 봐도 그런 게 있을 것 같지 않더란 말입니다."

에밀리 브렌트가 응접실에서 나오면서 그들을 맞았다. 그녀가 밑도 끝도 없이 물었다.

"배는 오고 있어요?"

"아직."

베라가 대답했다.

모두 아침 식사를 하러 식당으로 갔다. 식탁에는 계란과 베이컨, 홍차와 커피가 준비되어 있었다. 로저스가 문을 열고 있다가 둘이 들어가자 밖에서 문을 닫았다.

에밀리 브렌트가 지나가는 말로 중얼거렸다.

"저 사람, 오늘 보니 어디가 아픈 것 같네요."

창가에 서 있던 닥터 암스트롱이 마른 기침으로 목구멍을 비우고는 입을 열었다.

"오늘 아침은, 차린 게 많지 않더라도 그냥 들어 주시기 바랍니다. 로저스 혼자서 딴에는 애를 많이 쓴 것 같습니다. 로저스 부인은 오늘 아침 식사를 준비할 수가 없었습니다."

"그 여자 어떻게 된 건가요?"

에밀리 브렌트가 물었다.

"우선 식사들이나 하십시다. 계란이 식겠습니다. 식사 후에 여러분들과 머리를 맞대고 상의드릴 일이 있습니다."

암스트롱이 이 말로 대답을 대신했다.

좌중은 짚이는 게 있었지만 잠자코 식사를 시작했다. 모두들 음식을 접시에 덜고, 차를 따랐다. 섬에 관한 이야기는 피하기로 사전에 약속이라도 한 것 같았다. 그들은 영국에서 있었던 시시콜콜한 사건 이야기, 해외 소식, 스포츠, 네스 호의 괴물 네시에 대한 이야기 따위만 주고 받았다.

이윽고 식사가 끝나자 닥터 암스트롱이 의자를 뒤로 밀고 일어나서, 다시 마른 기침을 하고는 말했다.

"슬픈 소식을 들려 드리기 전에, 여러분의 식사가 끝나는 편이 낫겠다는 생각에서 기다렸습니다. 사실은 로저스 부인이 어젯밤에 잠든 채로 사망했습니다."

좌중이 충격과 당혹으로 술렁거렸다.

"세상에! 우리가 여기에 오고 나서 벌써 두 사람이 죽었어요!" 베라 클레이돈이 조용히 울부짖었다.

"놀라운 일이군……, 그래, 사인死因은 무엇이었소?"

워그레이브 판사가 미간을 찡그리면서 예의 그 작고, 정확하고, 날카로운 소리로 물었다.

"정확하게는 말씀드릴 수 없습니다."

암스트롱이 어깨를 움츠리면서 대답했다.

"검시檢屍가 필요하다, 그 말이오?"

"아닙니다, 잘라 말씀드릴 수 없다는 것뿐입니다. 로저스 부인의 평소 건강 상태도 아직은 모르는 형편이고요."

베라 클레이돈이 참견했다.

"상당히 신경질적인 얼굴이었어요. 게다가 어젯밤에는 충격을 받았습니다. 혹시 심장 마비가 아닐까요?"

"심장이 뛰지 않으니, 마비되긴 되었겠지요. 그러나 심장이 마비된 원인은 아직 수수께끼입니다." 닥터 암스트롱의 냉담한 반응이었다.

에밀리 브렌트도 한 마디 했다.

"양심에 찔렸겠지!" 에밀리 브렌드의 이 말은 좌중으로 채찍처럼 날아들었다.

암스트롱이 그 쪽을 보며 물었다.

"브렌트 여사, 무슨 뜻인지 정확하게 말씀해 보십시오."

에밀리 브렌트가 입을 앙다물고 말했다.

"다 들었잖아요? 로저스 부인은 어젯밤에, 남편과 함께 전 고용주인 노부인을 고의적으로 살해한 혐의로 고발을 당했어요."

"그래서요?"

"나는, 정체 모를 사람이 했긴 하지만 그 고발은 사실이라고 생각해요. 모두들, 어젯밤에 그녀가 어떻게 되었는지 봤죠? 정신을 잃었어요. 기절했어요. 자신의 사악한 과거가 드러나니까 그걸 이기지 못해서 그랬던 거예요. 글자 그대로, 양심의 가책과 공포에 못 이겨 죽은 게 아닐까요?"

암스트롱 의사는 고개를 가로 저으며 대답했다.

"그럴 듯한 이야기군요. 그러나 그녀의 평소 건강 상태가 어땠는지도 모르고 그런 가설을 용인할 수는 없는 일입니다. 평소에 심장 질환이 있었다면……."

"심장 질환이라고 하지 말고, 하느님의 손길이라고 하시죠."

에밀리 브렌트가 조용히 응수했다.

좌중이 술렁거렸다. 모두가 벌린 입을 다물지 못한 채 서로의 얼굴을 바라보았다.

듣기에 거북했던지 블로어가 화난 목소리로 말했다.

"브렌트 여사님, 너무 비약이 심하지 않습니까?"

에밀리 브렌트가 블로어를 노려보았다. 두 눈이 반짝거렸다. 턱이 천천히 올라가면서 브렌트 여사의 카랑카랑한 질문이 터져 나왔다.

"당신은, 하느님의 진노가 죄인에게 내릴 수 없다고 생각하나요? 나는 그렇게 생각지 않아요!"

워그레이브 판사는 턱을 쓰다듬고 있다가 비아냥거리는 말투로, 그러나 점잖게 브렌트 여사를 나무랐다.

"브렌트 여사, 죄값에 관한 내 오랜 재판 경험으로 헤아려 보았습니다만, 단죄와 속죄에 관한 일은 우리 인간에게 맡기는 편이 하느님의 섭리가 아닐는지요. 이 일을 하다 보면 더러 착오가 생기긴 합니다만, 이 이상의 지름길은 없는 법입니다."

에밀리 브렌트는 어깨만 으쓱했다. 블로어가 따지고 들었다.

"어젯밤 침대에다 누인 뒤, 무얼 마시거나 먹게 했습니까?"

"아무것도."

닥터 암스트롱이 대답했다.

"아무것도 입에 대지 않았다는 겁니까? 홍차 한 잔, 물 한 잔도? 홍차 한 잔이야 마셨겠죠. 기절했다가 깨어나면 홍차 한 잔쯤 마시게 하는 게 보통이잖습니까?"

"로저스 말을 빌면, 아무것도 마시게 하지 않았다네."

"네, 그 친구야 그렇게 '말할 수도' 있죠."

블로어의 말투가 심상치 않다고 생각했는지 그에게 던지는 암스트롱의 시선에는 날이 서 있었다.

"그래서, 어떻게 되었다는 것이오?" 필립 롬바드가 물었다.

블로어의 태도는 사뭇 공격적이었다.

"어떻게 되다니요! 어젯밤 우리는 모두 소위 고발이라는 걸 들었습니다. 미치광이의 횡설수설 아니면 잠꼬대일 수도 있습니다. 그러나 그렇지 않을 수도 있습니다. 그게 사실이었다고 칩시다. 로저스 부부가 노부인을 해치웠다고 칩시다. 어떨까요? 지금까지 아무도 모르리라고 생각하고 편하게 잘 살아왔는데……."

베라가 끼어들었다. 목소리는 나지막하나 힘이 있었다.
"글쎄요, 로저스 부부의 마음이 그렇게 편했을까요?"
블로어는 베라의 말을 무시하는 한편, 베라 쪽을 보며, 여자는 이 모양이라니까, 하고 생각하는 것 같았다. 그가 말을 이었다.
"그럴 수도 있습니다만, 그들이 아는 한, 직접적인 위험이 없었던 것은 사실 아닙니까? 그런데 어젯밤 그 정체불명의 목소리가 콩 껍질을 깠습니다(비밀을 터뜨렸습니다). 어떻게 되었습니까? 여자는 그만 그 자리에서 기절하고 말았습니다. 여자가 정신이 들었을 때 남편이 어떻게 하는지 보았죠? 아내를 걱정하는 여느 남편의 태도가 아니었어요. 아내의 목숨 같은 건 문제가 안 된다는 눈치였어요. 아내가 혹 무슨 말이라도 입 밖에 낼까 봐서 뜨거운 양철 지붕 위의 고양이처럼 안절 부절 못하더란 말입니다.
입장을 바꿔 놓고 생각해 봅시다. 이 두 사람은 살인을 하고 이렇게 잠적해 있습니다. 하지만 비밀이 드러나면 어떻게 되는 것일까요? 추궁을 당하면 십중팔구는 여자가 실토하게 되어 있어요. 여자에겐 버틸 만한 신경도 배짱도 없기 때문이지요. 이 경우 여자는 남자의 짐 덩어리가 되는데, 로저스 부부의 경우도 마찬가지입니다. 남자는 배짱이 두둑합니다. 저승에서 심판을 받기 전까지는 태연한 얼굴로 거짓말을 계속할 수 있습니다. 그러나, 아무래도 여자는 믿을 수가 없는 겁니다. 여자가 실토해 버리면, 남자의 목에도 칼이 들어오는 거죠. 그래서 남자는 여자의 홍차 잔에다 무엇인가를 넣어서, 여자가 영원히 입을 다물게 한 것입니다."

암스트롱이 천천히 대답했다.

"내가 보았지만, 침대 옆에는 빈 잔은커녕, 아무것도 없었네."

블로어가 콧방귀를 뀌었다.

"물론 있을 턱이 없죠. 아내에게 마시게 한 뒤에 맨 먼저 어떻게 했겠어요? 가져 가서 접시와 함께 깨끗이 씻었겠죠."

잠시 침묵이 흘렀다.

매카더 장군이 미심쩍은 듯이 한 마디 거들었다.

"그럴 가능성도 있네만, 나는 저 친구가 아내에게 그런 짓을 할 위인이라고는 생각지 않네."

블로어는 짤막하게 웃으며 장군의 말에 응수했다. "남자란, 목에 칼이 들어오면, 감상적일 수 없게 되는 겁니다."

또 침묵이 흘렀다.

문이 열리면서 로저스가 안으로 들어와 좌중을 둘러보며 말했다.

"더 가져다 드릴 것은 없습니까? 토스트를 넉넉하게 준비하지 못해서 죄송합니다. 마침 떨어진 참입니다. 오늘 빵이 올 날인데, 아직 배가 도착하지 않았습니다."

워그레이브 판사가 의자에 앉은 채 몸을 틀며 물었다.

"배는 보통 몇 시에 오는가?"

"7시에서 8시 사이에 옵니다, 선생님. 8시를 넘기는 때도 간혹 있긴 합니다. 프레드 나라코트에게 무슨 일이 생겼는지 모르겠습니다만, 혹시 몸이라도 불편하면 아우를 보냅니다."

필립 롬바드가 물었다.

"지금 몇 신가?"

"10시 10분 전입니다, 선생님."

롬바드의 눈썹이 꿈틀거렸다. 그는 천천히 고개를 끄덕였다. 로저스는 아무 말 없이 2, 3분간 그대로 서 있었다. 매카더 장군이 갑자기 이런 말을 했다.

"로저스, 자네 부인 일은 정말 안됐네. 방금 의사 선생께서 말씀하시더군."

"감사합니다, 선생님."

로저스가 고개를 숙였다. 그리고는 빈 베이컨 접시를 챙겨 가지고 방을 나갔다. 다시 침묵이 좌중을 감돌았다.

III

바깥 테라스에서 롬바드 대위가 우물쭈물하다 입을 열었다.

"모터 보트 말인데……."

블로어가 그를 바라보고 있다가 고개를 끄덕이며 대꾸했다.

"무슨 생각을 하시는지 알겠습니다, 롬바드 씨. 저도 그런 생각을 해 보았으니까요. 모터 보트가 제 시간에 왔다면 이미 두 시간 전에 와 있어야 하는데, 그게 아직 안 왔다는 거죠? 이유가 뭘까요?"

"그래, 해답은 찾았나?" 롬바드가 물었다.

"제가 하고 싶은 말은, '우연히 늦어진 게 아니라는' 겁니다. 이것도 정체불명의 오웬이란 작자가 꾸민 일의 일부가 아니겠느냐는 것입니다. 말하자면, 사전에 계획된 일이라는 거지요."

"그러니까, 배는 오지 않을 거라고 생각하는 거군." 필립 롬바드가 블로어의 얼굴을 응시하며 물었다.

그 말에는 다른 목소리가 대답했다. 뒤에서 들려 온 짜증 섞인 목소리였다.

"배는 오지 않을 것이네."

블로어는 떡 벌어진 어깨를 조금 틀면서 목소리의 주인공을 바라보았다.

"역시 배는 오지 않을 거라고 생각하시는군요, 장군님?"

매카더 장군은 단언하다시피 말했다.

"물론 오지 않네. 우리는 모터 보트가 있어야 이 섬을 빠져 나갈 수 있네. 이것이 이번 일을 해결하는 관건이라고나 할까. 그러나 우리는 이 섬을 떠날 수 없어……. 우리 중 어느 누구도 이 섬을 벗어날 수 없는 것일세……. 끝이네……, 모든 것의 끝……."

그는 잠시 망설였다가 나지막하면서도 이상하게 들리는 목소리로 말을 이었다.

"평화라고나 할까……, 참 평화. 갈 데까지 가서, 더 이상은 갈래야 갈 수 없는……, 암, 이게 평화가 아니고 무언가……."

그는 이 말을 남기고는 돌아서서 걷기 시작했다. 테라스를 따라 가다가, 이윽고 테라스에서 내려서서 바다로 이어지는 사면을 따라 큰 바위들이 엉성하게 바다와 면해 있는 섬 끝으로 내려갔다. 그의 걸음걸이는 어딘가 거북해 보여서, 흡사 몽유병 환자가 걸어 가는 것 같았다.

블로어가 그를 바라보며 한 마디 했다.

"돈 사람이 하나 더 생겼군요. 모두가 저런 식으로 돌아버리는 것이나 아닐까요?"

"블로어, 자네만은 돌지 않을 거야."

롬바드의 말이었다.

범죄 수사대 경위 출신인 블로어는 웃었다.

"날 미치게 하려면 상대도 어지간히 고단할 겁니다."

그는 메마른 말투로 덧붙였다.

"롬바드 씨, 당신도 저런 식으로 돌아 버리지는 않을 겁니다."

"덕분에 아직은 정신이 말짱해, 고맙군, 블로어."

필립 롬바드의 말이었다.

IV

닥터 암스트롱은 테라스로 나왔다. 그는 한동안 머뭇거리면서 테라스에 서 있었다. 그의 왼쪽에는 블로어와 롬바드가 있었고, 오른쪽에는 워그레이브 판사가 있었다. 워그레이브 판사는 고개를 숙인 채 테라스를 오르내리고 있었다. 한동안 머뭇거리던 암스트롱이 워그레이브 쪽으로 돌아섰다. 그때였다. 로저스가 집 안에서 테라스로 나와 그에게 말을 걸었다.

"선생님, 잠시 짬을 내 주실 수 있겠습니까? 드릴 말씀이 있습니다."

암스트롱은 로저스 쪽으로 고개를 돌렸다. 그러고는, 눈앞에 서 있는 로저스의 표정에 놀라고 말았다.

로저스의 얼굴은 고뇌와 고통을 참느라고 일그러질 대로 일그러져 있었다. 얼굴 색깔도 아예 잿빛이었다. 손 역시 가늘게 떨고 있었다. 조금 전에 보았던 모습과는 너무나 대조적이어서 닥터 암스트롱은 놀란 나머지 그에게서 한 발짝 뒤로 물러서고 말았다.

"부탁드립니다. 안으로 들어가서 한 말씀만 여쭙게 해 주십시오, 선생님."

닥터 암스트롱은 돌아서서, 공포에 사로잡힌 집사를 따라 다시 집 안으로 들어갔다.

"왜 그러는가? 우선 자네 정신부터 가누어야겠군."

"이쪽으로, 선생님, 이쪽으로 들어오십시오." 집사는 식당 문을 열었다. 의사가 안으로 들어가자 로저스도 뒤따라 들어오고는 뒷손질로 문을 닫았다.

"뭔지, 이제 이야기해 보게."

암스트롱이 말했다.

로저스는 목이 말을 듣지 않는 모양이었다. 몇 차례 침을 삼키고 나서야 말문을 열었다.

"선생님, 이상한 일이 일어나고 있습니다만, 저는 도무지 뭐가 뭔지 이해할 수가 없습니다."

"이상한 일이라니, 그 이상한 일이라는 게 도대체 뭔가?"

"선생님께서는 제가 어떻게 된 게 아니냐고 하실지도 모르겠습니다. 어쩌면, 아무것도 아니라고 하실지도. 하지만, 선생님, 꼭 좀 설명해 주십시오. 설명이 되어야 합니다. 저로서는 납득이 가질 않습니다."

"어서 말해 보라니까, 변죽만 울리지 말고."

로저스는 다시 침을 삼켰다.

"선생님, 여기 식탁 한가운데에 있던 인형을 보셨겠지요, 조그만 도제 인형. 틀림없이 10개가 있었습니다. 제 눈으로 똑똑히 보았고, 세어 보기까지 했습니다."

"그래, 10개 있었네. 어제 저녁을 먹으면서 우리 모두가 세어 보지 않았던가."

로저스는 그제서야 본론으로 들어갔다.

"그렇습니다, 선생님. 그러나 제가 어제 식탁을 치우면서 세어 보았을 때는 9개밖에 없었습니다. 그런데, 오늘 아침의 일입니다. 아침 식사를 차리면서까지도 저는 이 인형을 눈여겨 보지 않았습니다. 사실 그럴 정신도 없었습니다. 그러나 식탁을 치우면서 보니까, 이게 또 이상하게 되어 있지 않겠습니까. 믿어지지 않으시면 선생님께서 직접 세어 보십시오. 선생님, '8개밖에' 없습니다. 8개밖에. 저는 그 까닭을 모르겠습니다. '8개밖에' 없다는 게."

일곱

I

아침 식사를 끝내고 나서 에밀리 브렌트는 베라 클레이돈에게, 저택 뒤의 언덕 위로 올라가서 배가 오는지 기다려 보자고 했다. 베라 클레이돈은 쾌히 승낙했다.

바람은 밤보다 거칠어져 있었다. 바다 위로는 하얀 포말이 날리고 있었다. 모터 보트가 오는 기척은커녕 어선 한 척 얼씬거리지 않았다. 스티클헤이븐 마을은 붉은 바위산에 가려 보이지 않았다. 조그만 스티클헤이븐 만(灣) 역시 이 바위산에 가려 있었다.

에밀리 브렌트가 말했다.

"어제 우리를 여기까지 실어다 준 사람, 아주 믿음직한 사람 같지 않았어? 그런 사람이 이렇게 시간을 어긴다는 건 아무래도 이상해."

베라 클레이돈은 대답하지 않았다. 베라는 자꾸만 자신을 괴롭히는 공포의 그림자와 싸우고 있었다. 그녀는 자신을 타일렀다.

'침착해야 해. 이렇게 안절부절 못 하는 건 너답지가 않아. 너는 원래 마음만 먹으면 무신경해질 수도 있는 여자니까.'

잠시 후 베라는 에밀리 브렌트에게 들릴 수 있도록 큰 소리로 말했다.

"꼭 와 주었으면 좋겠어요. 저는—어떻게든 여기에서 빠져 나가고 싶어요."

"어떻게든 빠져 나갈 수 있겠지."

에밀리 브렌트가 메마른 어조로 대답했다.

"정말 뜻하지 않던 곳이에요……. 왜 이런 곳에 왔는지……, 뭣하러 왔는지 후회막급이군요."

베라 옆에 있던 노부인의 말투는 퉁명스러웠다.

"나도 후회막급이야. 내가 어쩌자고 그렇게 쉽게 걸려든 건지. 그 편지, 조금만 주의해서 읽었더라면 이런 꼴은 당하지 않았을 텐데. 하지만 당시에는 아무 의심도 하지 않았어. 그냥 믿어 버렸던 거야."

"아마 그러셨을 거예요."

베라가 기계적으로 응수했다.

"자기 자신을 너무 믿는 것도 병이야."

에밀리 브렌트의 한숨 섞인 말이었다.

베라는 숨을 깊이 들이마시고는 에밀리 브렌트에게 물었다.

"아침 식사 때 하신 말씀을 들었는데요……, 정말 그렇게 믿고 계시는지요?"

"아가씨, 좀 더 정확하게 말해 봐요. 정확하게, 뭘 믿느냐고 묻는 거지?"

베라는 침을 삼키고 나서, 나직한 목소리로 다시 물었다.

"정말 브렌트 여사님은 로저스 부부가 주인 여자를 해쳤다고 생각하세요?"

에밀리 브렌트는 생각에 잠긴 듯한 얼굴로 바다를 바라보다가 한참 만에야 대답했다.

"개인적으로 말하면, 나는 확신해. 그래, 아가씨 생각은 어때?"

"저는 어떻게 생각해야 좋을지 모르겠어요."

에밀리 브렌트가 설명했다.

"그런 추측을 뒷받침하는 증거가 있어. 여자가 기절하는 걸 봤지? 남자가 커피 쟁반을 떨어뜨린 걸 기억하지? 그리고 그 말투……. 도무지 사실로 들리지 않았어. 그래서 나는 그 사람들이 정말 그런 짓을 한 게 아닐까 하고 생각하게 된 거야."

"그 여자의 모습이라면……, 자기 그림자에도 겁을 집어 먹는 것 같았어요. 그렇게 겁에 질려 있는 사람은 본 적이 없어요……. 그렇다면 그 일 때문에 양심의 가책을 느껴……."

에밀리 브렌트 여사가 중얼거렸다.

"내 어렸을 때 우리 방에 걸려 있던 액자의 성경 구절이 생각나는군. '그 죄가 너희 덜미를 잡으리라.' 옳은 말씀이야. '죄가 너희 덜미를 잡으리라'는 말씀은."

베라는, 오른쪽 다리에 실었던 몸무게를 왼쪽 다리 쪽으로 바꾸면서 물었다.

"하지만, 브렌트 여사님, 로저스 부부가 죄를 지은 게 사실이라면……"

"말해 봐요, 망설이지 말고."

"다른 사람들의 경우는 어떻게 되는 건가요?"

"무슨 말인지 모르겠군."

"다른 사람들에 대한 비난, 그건 사실이 아닌 건가요? 하지만 로저스 부부에 대한 비난이 사실무근이 아니라면……." 베라는 말을 잇지 못했다. 복잡한 생각을 가닥지워 정리할 수 없었기 때문이다.

에밀리 브렌트가 눈살을 찌푸리면서 대답했다. 그녀 역시 복잡한 생각에 잠겨 있는 듯했다.

"아, 이제야 무슨 말인지 알겠군. 롬바드 씨가 있었지. 롬바드 씨는, 스무 명이나 되는 부하를 사지에다 버려 두고 도망친 걸 인정 했잖아."

"모두 원주민들이었다면서요?"

"희건 검건, 모두가 우리 형제들이지." 에밀리 브렌트의 말투는 뜻밖에도 매서웠다.

베라는 그 말을 듣고 이런 생각을 했다.

'우리의 흑인 형제……, 우리의 흑인 형제라……. 이렇게 웃기

는 말도 있나? 내 정신이 이상해진 건가? 그래, 아무래도 내가 제정신이 아닌가 봐…….'

에밀리 브렌트는 단어를 신중하게 고르면서 하던 말을 계속했다.

"물론 몇몇 사람에 대한 비난이니 고발이니 하는 것은 전혀 억측인데다 횡설수설이야. 가령, 지금까지 공인公人으로 자기 의무에만 충실해 왔던 판사에 대한 비난이 그렇지 않을까? 그리고 런던 경찰국 범죄 수사대 출신이라는 사람에 대한 비난 역시 마찬 가지야. 내 경우도 마찬가지라고 할 수 있어."

브렌트 여사는 여기서 잠시 뜸을 들였다가 다시 말을 이었다.

"상황이 상황이라서, 어젯밤에는 아무 말도 안 했어. 신사들 앞에선 할 이야기가 있고 못 할 이야기가 있는 법이거든."

"못 할 이야기였나요?"

베라는 브렌트 여사에 대한 비난과 관련된 이야기를 듣고 싶어했다.

브렌트 여사는 침착하게 이야기를 시작했다.

"비트리스 테일러는 내가 데리고 있던 아이였어. 나중에 알았는데, 이거 아주 '형편없는 아이'더군. 물론 그걸 안 것은 이미 때늦은 다음이었지. 이 아이한테 철저하게 속아 넘어갔던 거야. 처음에는 몸가짐도 정숙하고 깔끔한데다 일에 아주 열성이었어. 그래서 내 마음에 아주 쏙 들더군. 물론 그 애가 날 감쪽같이 속였던 거야. 나중에 알고 보니까 도덕 관념 같은 건 처음부터 갖추고 있지도 않았던 논다니더군. 지금 생각해도 구역질이다 나네. 내가 데리고 있다가 보니, 글쎄, '홀몸'이 아니잖아."

브렌트 여사는 여기서 입을 다물었다. 콧등에 주름을 잡고, 한참 얼굴을 찡그린 뒤에야 말을 이었다.

"내겐 그런 충격이 없었어. 아이 부모 역시 나처럼 엄격했던 모양이야. 아주 엄하게 키웠다더군. 다행히도 아이의 부모는 이 아이의 비행을 그냥 두고 보지 않았어."

"그래서 어떻게 됐죠?"

베라는 브렌트 여사의 눈을 바라보며 다그쳐 물었다.

"한 지붕 아래서 단 한 시간인들 그런 아이와 살 수 있을까? 나 역시 그런 도덕적 타락을 용서하는 사람이 아니고 보면……."

"그래서 그 처녀는 어떻게 된 거죠?"

베라가 나지막한 소리로 물었다.

"불쌍한 것! 제 양심에 저지른 한 가지 허물에 만족하지 않고 그보다 더 큰 죄를 또 하나 지었지. 제 손으로 목숨을 끊었으니까."

"자살한 건가요?"

베라는 공포에 사로잡힌 채 속삭이듯이 물었다.

"응, 투신 자살했어."

베라는 부르르 몸을 떨었다. 떨면서 브렌트 여사의 침착해 보이는, 얼음장 같은 옆 얼굴을 응시했다.

"처녀가 자살했다는 소식을 들었을 때, 기분이 어땠어요? 후회하시지 않았어요? 자책감 같은 건 없었나요?"

"내가? 나에겐 자책할 이유가 없지 않겠어?"

에밀리 브렌트의 표정은 여전히 얼음장 같았다.

"너무 엄격하게 다루셨기 때문에 그 처녀가 자살한 게 아닐까요?"

에밀리 브렌트의 음성에는 날이 서 있었다.

"자살한 건 제가 한 소행, 제가 저지른 죄악 때문이지, 나와는 상관이 없어. 저만 요조숙녀 흉내만 냈어도, 그런 일은 일어나지 않았을 테니까."

에밀리 브렌트는 베라의 얼굴을 바라보았다.

에밀리 브렌트는 자책감은 고사하고 눈 하나 깜빡이지 않고 있었다. 말하자면, 자신과 타인에게 엄격하고 당당한 눈빛이었다.

에밀리 브렌트는 도덕이란 갑옷을 튼튼하게 입고 인디언 섬 등성이 위에 앉아 있는 것이었다. 베라에게 에밀리 브렌트 여사는 더 이상 평생 시집 한 번 못 가 보고 늙은, 꼬마 괴짜는 아니었다. 베라는 갑자기 브렌트 여사가 무서웠다.

II

닥터 암스트롱은 식당에서 다시 테라스로 나왔다. 판사는 의자에 앉은 채 담담한 눈길로 바다를 내려다보고 있었다. 롬바드와 블로어는 판사 왼쪽으로 멀찍이 떨어져 선 채 아무 말 없이 담배만 피우고 있었다. 닥터 암스트롱의 눈길이 잠시 워그레이브 판사에게 머물렀다. 그는 자기가 안고 있는 문제를 누구를 상대로 하든 일단 상의하고 싶었다. 그래서 판사의 명민하고 논리적인 두뇌를 염두에 두고 있었던 것이다. 그러나 그는 곧 이 생각을 털어 냈다. 워그레이브 판사는 머리는 좋을지 모르나 너무 늙었다고 생각했기 때문이다. 암스트롱에게 필요한 사람은, 행동할 수 있는, 행동할 줄 아는 사람이었다. 이윽고 암스트롱은 롬바드를 이야기 상대로 정했다.
"롬바드 씨, 잠깐 나랑 이야기 좀 할까요?"
"좋지요."
롬바드가 의사 옆으로 다가왔다.
두 사람은 테라스를 벗어나, 바다 쪽으로 걸어 내려갔다. 엿듣는 사람이 주위에 없는 것을 확인한 암스트롱이 말을 꺼냈다.
"함께 상의 좀 할 일이 있는데……"
"의학 상식이라면 젬병인데요." 롬바드가 민망한 듯이 웃었다.
"아니, 그게 아니라. 이번 사건에 대해서요."
"그거라면, 말이 통하겠지요."
"솔직하게 말해 주시오, 이번 일을 어떻게 생각하시는지."
롬바드는 암스트롱의 말뜻을 헤아려 보다가 대답했다.
"아주 포괄적인 질문이군요."
"그 여자 일을 어떻게 생각하시느냐는 겁니다. 블로어의 추리를 받아들이고 있는 겁니까?"
필립 롬바드는 허공을 향해 담배 연기를 뿜고 나서 대답했다.

"가능성은 충분하겠지요, 그 사건 하나뿐이라면."

"잘 보셨습니다."

암스트롱은 안도의 한숨을 가볍게 내쉬었다. 필립 롬바드도 바보는 아니었다. 그는 자기 대답을 보충 설명했다.

"이것은, 로저스 부부가 옛날에 자기 주인을 제거하는 데 성공했다는 가정하에서만 성립됩니다. 만일에 살인한 적이 있다면, 또 로저스가 부인을 살해하지 말라는 법은 없지 않겠어요? 의사 선생께서는, 그 사람들이 살인했다고 믿습니까? 노부인을 독살했다고 믿느냐는 겁니다."

암스트롱이 천천히 대답했다.

"생각보다 간단합니다. 나는 오늘 아침 로저스에게 브래디 여사란 그 부인이 무슨 병을 앓고 있었느냐고 물어 보았어요. 그 대답을 듣고 나니까 뭔가 짚이는 게 있더군요. 의학적으로 길게 설명하고 자시고 할 것도 없지요. 노부인은 심장 질환을 앓고 있었다니까, 분명히 아질산亞窒酸 아밀을 쓰고 있었을 겁니다. 발작이 시작돼도, 아질산 아밀 한 앰플이면 가라앉습니다. 하지만 만일 발작이 있는데도, 아질산 아밀 투여를 지연시키면, 환자의 생명은 시간 문제입니다."

필립 롬바드가 조심스럽게 말했다.

"그렇게 간단하다면······, 이런 수법에 유혹을 느끼는 것도 무리는 아니겠군요."

의사는 고개를 끄덕이며 말을 이었다.

"그렇습니다. 따로 손 쓸 필요가 없지요. 독약을 입수할 필요도, 그렇게 해서 그걸 먹일 필요도 없습니다. 단지 모르는 체하고 있기만 하면 됩니다. 로저스는 그날 밤에 의사를 부르러 갔을 것입니다만, 그렇게라도 해 놓아야 아무도 의심하려 들지 못하겠지요."

"설사 누가 알았다손치더라도, 부부에게 불리한 증거를 찾아낼 수가 없겠군요."

필립 롬바드는 무엇인가를 곰곰이 생각하다가 갑자기 말끝을 이었다.

"그래요, 그래요, 이것이면 여러 가지 수수께끼의 설명이 가능하겠는데."

"무슨 뜻이지요?"

암스트롱이 까닭을 모르겠다는 듯한 표정을 하고 물었다.

"인디언 섬이라는 존재를 이런 식으로 설명할 수 있지 않을까, 그런 뜻이지요. 이 세상에는, 가해자를 처벌할 수 없는 범죄 사건도 있는 법입니다. 가령, 로저스 부부의 경우가 그렇지요. 한 가지 예를 더 들면, 워그레이브 판사의 경우는 어떨까요? 워그레이브 판사라면 완벽한 법의 울타리 안에서 살인을 할 수도 있었을 테니까요."

"그렇다면, 어젯밤의 그 이야기를 믿고 있다는 겁니까?"

암스트롱이 예리하게 파고 들었다.

롬바드는 웃었다.

"아, 믿지요. 워그레이브 판사는 에드워드 시튼을, 단도로 찌르듯이 아주 완벽하게 죽였을 겁니다. 그러나 워그레이브 판사는, 재판장석에서 가발을 쓰고 법복을 입고 앉아 이 짓을 할 만큼 약은 사람입니다. 따라서 보통 방법으로는 그에게 죄값을 물릴 수가 없는 거지요."

한 가닥 생각이 암스트롱의 뇌리를 섬광처럼 스쳐 지나갔다.

'병원에서의 살인, 수술대 위에서의 살인. 그렇다, 이 살인만큼 쉽고 완벽한 살인은 없다!'

필립 롬바드의 목소리가 그의 생각을 토막냈다.

"그래서……, 오웬이란 사람이 이 인디언 섬에서……."

암스트롱은 숨을 깊이 들이 마셨다.

"바로 그 문제인데……, 오웬이란 사람이 우리를 여기에다 모은 이유는 뭘까요?"

"당신 생각은 어떻소?"

필립 롬바드가 반문했다.

암스트롱은 화제를 돌려버렸다.

"로저스 부인 이야기로 돌아갑시다. 추리가 가능할까요? 첫 번째 가능성……, 로저스는 자기네 비밀이 탄로날까 봐 아내를 죽였다……, 두 번째 가능성……, 양심의 가책을 느낀 나머지 스스로 목숨을 끊었다……, 어떻습니까?"

"자살이라는 건가요?"

필립 롬바드가 되물었다.

"어떻게 생각하시느냐니까요?"

"마스톤이 죽지 않았더라면 그랬을 가능성이 있지요. 12시간이 채 못 되어 두 사람이 자살했다고 가정한다는 건 상식적으로 받아들이기 어렵습니다. 만일 여기에서 당신이, 저 무신경하고, 머리보다는 몸을 먼저 쓸 듯한 앤터니 마스톤……, 저 황소 같은 젊은이가 아이 둘을 치여죽인 데 양심의 가책을 느껴 스스로 목숨을 끊었다고 하신다면……, 그건 웃기는 이야기가 됩니다. 자살했다니……, 독약을 어떻게 입수했을까요? 내가 아는 바로는 청산염이란 조끼 주머니에 넣고 가지고 다닐 만한 물건이 아닙니다. 하지만 더러 그러는 사람도 있는 모양이지요?"

"청산염을 주머니에 넣고 다니는 사람은 없습니다. 혹 말벌집에서 꿀을 떠내는 사람이라면 모르지만……."

"그렇다면, 정원사이거나 넓은 땅을 소유하고 있는 사람일 텐데 앤터니 마스톤은 그런 사람도 아니지 않습니까? 어쨌든 청산염에 대한 설명은 이것으로는 부족합니다. 앤터니 마스톤이 여기에 오기 전부터 자살할 결심으로 준비했거나……, 혹은 다른……, 사람……."

"다른 사람이라면?" 암스트롱이 다그쳐 물었다.

필립 롬바드는 쓴 웃음을 지으며 대답했다.

"당신 입언저리를 맴돌고 있는 걸 꼭 내 입으로 말하게 합니다그려. '물론, 앤터니 마스톤은 살해당한 거지요.'"

III

"그럼, 로저스 부인은?"

닥터 암스트롱이 숨을 깊이 들이마시면서 물었다.

롬바드가 천천히 대답했다.

"로저스 부인이 죽지 않았더라면, 나는 앤터니 마스톤이 자살한 것으로 '어렵게나마' 믿었을 겁니다. 마찬가지로, 앤터니 마스톤이 죽지 않았더라면 로저스 부인이 자살한 것으로 '쉽게' 믿었을 겁니다. 앤터니 마스톤의 사인에 대해 충분한 설명이 가능하다면, 로저스가 자기 부인을 제거한 것으로 믿을 수 있습니다. 하지만 우리에게 필요한 것은, 꼬리를 문 이 두 사건을 설명해 줄 만한 합리적인 추리지요."

암스트롱이 오래 참고 있었던 듯한 이야기를 꺼냈다.

"그런 추리에 필요한 단서는 드릴 수 있습니다."

암스트롱은, 두 개의 인디언 인형이 사라진 데 대한 로저스의 이야기를 그대로 롬바드에게 들려 주었다.

"도제 꼬마 인형이라······. 어제 저녁 식사 때는 분명히 10개가 있었습니다. 그런데 그게 지금은 8개 뿐이라는 말씀인가요?"

암스트롱은 대답 대신 문제의 동요를 외기 시작했다.

"열 꼬마 인디언이 밥 먹으러 나갔다.
하나가 목이 막혀 죽는 바람에 아홉만 남았다.

아홉 꼬마 인디언이 늦잠을 잤다.
하나가 너무 늦잠을 자는 바람에 여덟만 남았다."

두 사람은 서로의 얼굴을 마주 바라보았다. 필립 롬바드는 웃으면서, 피우고 있던 담배를 꺼 버렸다.

"우연이라고 하기에는 아귀가 너무 잘 맞지 않습니까? 앤터니 마스톤은 어제 저녁 식사 후에 질식, 혹은 사레들려 죽었고 로저스 부인은 잠을 자다가 영원히 일어나지 못하는 신세가 되었으니…….'

"따라서?"

암스트롱이 말했다.

롬바드가 암스트롱의 얼굴을 빤히 노려보며 그의 말을 채근했다.

"따라서……, 수수께끼만 하나 더 생긴 거지요, 뭐. 이 사건, 도무지 심상치 않습니다. X가 하나 늘었어요. 오웬 씨, U. N. 오웬. 그리고 필경은 정신병자일, 정체불명의 무명 씨!"

"역시 동의해 주시는군요."

암스트롱은 안도의 한숨을 내쉬었다.

"하지만 이 섬에 누군가가 더 있을 거라고 생각하시는 모양인데……, 로저스는, 이 섬에 있는 사람이라고는 우리와 자기네 부부뿐이라고 했지 않습니까?"

"로저스의 말은 틀렸어요, 아니면 그 친구 거짓말을 하고 있거나."

암스트롱은 고개를 가로저었다.

"글쎄요, 나는 거짓말이라고 생각지 않습니다. 그 친구는 겁을 먹고 있어요. 아주 정신이 나갈 정도로 겁을 먹고 있어요."

필립 롬바드는 고개를 끄덕였다.

"아침이 지났는데도 배가 오질 않는군요. 이것도 설명이 가능합니다. 오웬이란 사람이 앞뒤를 재어 놓은 거지요. 오웬이란 사람의 볼일이 끝날 때까지 이 인디언 섬은 고립을 면치 못할 겁니다."

암스트롱의 얼굴은 새하얗게 질려 있었다.

"제대로 보셨습니다……. 오웬이란 자는 살인광임이 분명합니다."

"하지만 오웬이 제대로 보지 못한 게 한 가지 있습니다."

롬바드의 목소리에는 귀에 선, 새로운 울림이 있었다.

"그게 뭔데요?"

암스트롱이 다급한 듯이 물었다.

"이 섬에는 벌거숭이 바위밖에 없습니다. 수색해 봅시다. 곧 U. N. 오웬님을 뵐 수 있을 테지요."

"위험한 인물일지도 모릅니다."

암스트롱이 몸을 사렸다.

롬바드는 껄껄 웃으며 손바닥으로 자기 가슴을 쳤다.

"위험해요? 이 사내는, 늑대 알기를 우습게 안답니다. 그자가 내 손에 잡히면, 내가 바로 위험한 인물이 될 겁니다."

여기서 잠시 말을 중단했던 롬바드가 이렇게 덧붙였다.

"블로어를 함께 엮어 협조를 구해 봅시다. 이런 때일수록 유능한 사람일 겁니다. 여자들에겐 말하지 않는 편이 낫습니다. 매카더 장군은 노망이 들어도 단단히 들었고, 워그레이브 영감의

주 특기는 앉은뱅이 용 쓰기 일 겁니다. 이 일을 할 수 있는 사람은 우리 셋 뿐입니다."

여덟

I

블로어는 쾌히 협조를 약속했다. 그는, 두 사람이 논의하던 문제에 대해서도 시원시원하게 자기 의견을 내놓았다.

"대체로 두 분 의견에 동의합니다만, 이 도제 인형 이야기에 대해서는……, 제 생각은 다릅니다. 세상에, 살인하는 자가 그런 장난을 할 리 있겠습니까? 이 자가 노리는 건 하나뿐입니다. 두 분께서는, 이 오웬이란 자가 제 손 하나 까딱하지 않고 목적을 달성하려고 한다는 걸 계산에 넣지 못하고 계십니다."

"그럼, 자네가 한번 설명해 보게나."

"제 이야기인즉 이렇습니다. 어젯밤, 축음기로부터 이상한 소리를 들은 뒤, 마스톤 군은 극도로 긴장한 나머지 제 손으로 독약을 마시고 자살했습니다. 로저스 역시 극도의 흥분과 긴장에

시달린 나머지 아내를 죽였습니다. 이 모든 게 U.N.O.의 각본에 따른 것이지요."

암스트롱은 고개를 가로저었다. 그는 청산염 휴대에 따른 문제점을 강조했다. 블로어도 고개를 끄덕였다.

"네, 그 점은 저도 미처 생각지 못했는데요. 이걸 가지고 다녔다는 추리는 자연스럽지 못합니다. 그렇다면, 어떻게 그의 술잔 안에 들어가 있었을까요?"

롬바드가 말을 받아 자기 의견을 말했다.

"나도 그 생각은 하고 있었네. 어젯밤에 보니까 마스톤은 몇 잔을 거푸 마시더군. 마지막 직전에 한 잔 마시고 나서부터 마지막 잔을 마시기까지는 꽤 시간이 있었어. 그 동안 그의 잔은 탁자 위에 있었을 거야. 창은 열려 있었지. 누군가가 밖에서 청산염을 술잔에다 떨어뜨렸을 수도 있지 않을까."

"어느 누구의 눈에도 띄지 않게 말씀입니까?"

블로어가 믿어지지 않는다는 듯한 얼굴로 물었다.

"그래요, 우리의 관심은 다른 데 있었을 테니까."

롬바드가 담담하게 말했다.

암스트롱이 끼어들어 롬바드를 지원했다.

"그렇습니다. 우리 중 다른 사람이 당할 수도 있었습니다. 우리는 그때 방 안을 서성거렸지요. 우리들 자신에 관한 문제로 입씨름을 벌이고 있었어요. 누군가 마음만 먹었다면 누구 술잔에든 독을 넣을 수 있었을 겁니다."

블로어는 어깨를 으쓱거려 보였다.

"어쨌든, 청산염이 들어 있었다는 건 움직일 수 없는 사실입니다. 자, 두 분 선생님들, 시작하시죠. 혹 권총을 가지신 분이라도……. 하기야 그런 분이 계실 턱이 없겠지요만."

"여기에 있네."

롬바드는 이렇게 말하며 자기 주머니를 툭툭 쳤다.

블로어의 두 눈이 휘둥그레졌다. 그가 조금 전까지는 전혀 다른 목소리로 물었다.

"아니, 항상 휴대하고 다니십니까?"

"거의. 때로는 험한 곳에도 가야 하니까."

"그렇군요."

블로어가 침을 삼키고는 말을 이었다.

"하기야 이곳보다 더 험한 곳은 없을 겁니다. 만일 미치광이가 이 섬 어딘가에 숨어 있다면 참한 무기 하나쯤을 갖고 있을 겁니다. 칼이나 단도 같은 무기를 말씀드리는 게 아닙니다."

암스트롱이 마른 기침을 했다.

"블로어, 그건 그렇지 않을걸. 대개의 경우 살인광들은 아주 조용하고 온순한 사람들이거든."

"암스트롱 선생님, 글쎄요, 이번 경우에는 그런 사람이 아닐 것 같습니다만."

II

세 사람은 섬을 수색하기 시작했다. 막상 시작하고 나니 의외로 쉬웠다. 북쪽, 그러니까 내륙의 해안선 쪽으로는 표면이 매끄러운 절벽이 바다로 쏟아지고 있었다. 섬에는 나무도 돌도 거의 없었다. 세 사람은 가장 높은 곳에서부터 아래쪽까지 수색하고, 혹 동굴의 입구가 있을까 봐 조금이라도 이상한 곳은 몇 번이고 조사하는 등, 주도면밀한 계획 아래 세심하게 수색했다.

이윽고 바다에 면한 바위가 있는 곳까지 내려온 그들은, 바위 위에 앉아 바다를 내려다보고 있는 매카더 장군을 발견했다. 파도가 밀려와서 발치에서 부서지는, 참으로 호젓한 곳이었다. 노인은 꼿꼿하게 앉아서 지평선을 바라보고 있었다. 세 사람이 다 가갔지만 노인은 돌아보기는 고사하고 곁눈질도 하지 않았다. 노인의 안하무인격인 태도가 세 사람에겐 불쾌하게 받아들여질 만도 했다.

블로어는 이런 생각을 했다.

'이상하잖아……. 법열法悅에라도 들어가 계신가…….'

그는 헛기침을 두어 번 하고 나서 대화하는 정도의 목소리로 말을 걸었다.

"장군님, 명상하시기에는 아주 멋진 곳을 고르셨습니다."

매카더 장군은 얼굴을 찡그리면서 어깨 너머로 세 사람을 힐끗 바라보고는 말했다.

"시간이 없어. 없어도 너무 없어. 날 방해하지 않았으면 하네."

블로어가 다정하게 응수했다.

"장군님을 방해할 생각은 없습니다. 저희들은 지금 섬을 일주하고 있습니다. 혹시 이 섬에 누가 숨어 있지나 않을까 해서 일주를 겸해서 수색까지 하고 있는 중이지요."

"내 말뜻을 못 알아 자시는군. 하기야 무리도 아니지. 어서 이 자리에서 떠나 주게."

블로어는 장군을 떠나서 두 사람이 있는 곳으로 와서 이런 말을 했다.

"노망이 들어도 단단히 들었어요. 이제 저 귀에다 대고는 무슨 말이고 해 봐야 소용이 없겠습니다."

"뭐라고 했길래?"

호기심이 생겼는지 롬바드가 물었다.

블로어는 어깨를 으쓱해 보이고는 대답했다.

"시간이 없으니까, 자기를 방해하지 말아 달라는군요."

"설상가상이군……."

생각에 잠겨 있던 암스트롱이 눈살을 찌푸리며 한 말이었다.

III

섬 수색은 끝났다.

세 사람은 섬의 정상에 서서 내륙 쪽을 바라보고 있었다. 바다로 나온 배는 한 척도 없었다. 바람은 시간이 갈수록 거세어지고 있었다. 롬바드가 말했다.

"어선 한 척도 안 나와 있군. 폭풍이 몰아칠 것 같아. 제기랄, 여기에선 마을도 안 보이고. 신호를 보내든지 무슨 수를 써야지……."

"밤에 봉화를 올리면 어떨까요?"

블로어의 말이었다.

롬바드가 무덤덤하게 대꾸했다.

"진실을 알리면 믿어 줄 줄 아나? 이렇게 꽉 막힌 상황에서."

"무슨 뜻입니까, 롬바드 씨?"

"낸들 아나? 하도 답답해서 해 보는 농담쯤으로 알게. 아무리 신호를 보낸다, 봉화를 올린다 해 봐야 관심을 가져 주는 사람 하나 없을 거야. 우리는 여기에서 귀양살이를 해야 될 모양이야. 어쩌면 오웬이란 자가 마을 사람들에게, 우리가 섬에서 오래 버티기 내기라도 한다고 말했을지도 모르지. 무슨 이야길 했건 새빨간 거짓말일 테지만."

"마을 사람들이 그 말을 믿을까요?"

블로어가 물었다.

롬바드가 여전히 담담한 어조로 대답했다.

"진실보다는 오히려 더 그럴 듯하게 들리지 않을까? 만일 정체불명의 오웬이란 자가, 손님들을 끽 소리도 안 나게 모조리 죽이기까진 아무도 섬에 들어가면 안 된다……, 이렇게 말했다면, 섬 사람들이 믿을 것 같나?"

닥터 암스트롱이 말문을 열었다.

"믿어지지 않는 일도 있을 수는 있어요……. 그리고 아직은……."

필립 롬바드가 가볍게 놀란 듯한 얼굴을 하고 물었다.

"의사 선생, '아직'이라니……! 바로 그겁니다. 당신은 분명히 '아직'이라고 했어요."

블로어가 바닷물을 내려다보며 말했다.

"그렇습니다. '아직'은 아무도 이곳을 빠져 나가지 못했을 겁니다."

"그래. 절벽이 너무 가파르니까. 그렇다면 어디에 숨었을까?"

암스트롱이 고개를 가로젓고는 말했다.

블로어가 대답했다.

"절벽에 동굴이 있을지도 모릅니다. 보트만 있어도, 섬을 한 바퀴 돌아 볼 수 있을 텐데……."

"이봐, 보트가 있었다면 지금쯤 육지 쪽으로 저어 가고 있을 거야. 아마 반쯤은 갔을지도 모르지." 롬바드의 말이었다.

"딴은 그렇군요."

롬바드가 새로운 제안을 했다.

"이 절벽을 샅샅이 뒤집시다. 누가 숨을 만한 곳이 있다면, 여기에서 조금 오른쪽으로 벗어나 있는 절벽뿐일 것이오. 두 분이 밧줄을 잡아주면, 내가 내려가서 확인하고 오리다."

블로어가 자기 의견을 말했다.

"좋겠지요. 위험하긴 합니다. 적의 면전으로 내려가는 것이니까요. 기다리세요, 준비 좀 할 게 있습니다."

그는 이 말을 남기고 저택 쪽으로 내려가기 시작했다.

롬바드는 하늘을 올려다보았다. 구름 덩어리가 모이고 있었다. 바람도 점점 거칠어지고 있었다. 그는 암스트롱을 곁눈질하고 나서 물었다.

"의사 선생, 아까부터 뭘 골똘히 생각하는 모양인데, 무얼 생각하오?"

"매카더 장군의 노망이 어느 정도일까, 하고……."

닥터 암스트롱이 천천히 대답했다.

IV

베라는 오전 내내 불안에 사로잡혀 있었다. 오전 내내, 어쩐지 싫고 만나면 섬뜩해서 에밀리 브렌트 여사를 피하던 터였다. 브렌트 여사는, 바람을 받지 않으려고 집 한 모퉁이에 의자를 내어 놓고 앉아 있었다. 그녀는 얌전하게 앉아 뜨개질을 했다. 베라는 그녀를 볼 때마다, 해초가 칭칭 감긴 익사자의 얼굴을 떠올렸다……. 말하자면, 한때는 아름다웠다고—기껏해야 경망스러운 아름다움 정도지만—하더라도, 이제는 연민도 공포도 범접할 수 없는 비정한 얼굴이었다. 에밀리 브렌트 여사는 태연하고 당당하게 앉아 뜨개질을 계속하고 있었다.

테라스 중앙에는, 워그레이브 판사가 현관지기 의자에 앉아서 몸을 앞뒤로 흔들고 있었다. 그의 머리는 아예 목 안으로 파묻혀 버린 듯했다. 베라 클레이돈은 워그레이브 판사에게서, 피고석에 서 있는 한 청년을 보았다. 머릿결이 아름답고, 눈이 파란, 조금은 겁먹고 당혹해하는 듯한 청년……, 바로 에드워드 시튼이었다. 상상 속에서 베라는, 시튼의 검은 모자에다 얹고 사형을 선고하는 워그레이브 판사의 쪼그라진 손을 보았다…….

그로부터 얼마 후 베라는 천천히 바다 쪽으로 걸었다. 그녀가 걷는 길은, 매카더 노인이 지평선을 바라보며 앉아 있는 험한 벼랑길이었다. 매카더 장군은 베라의 접근을 눈치챘는지 고개를 돌렸다. 그의 표정에는 이상한 의문과 이상한 해답이 복잡하게 뒤엉켜 있는 것 같았다. 이런 표정은 베라를 놀라게 했다. 장군은 1, 2분 동안 빤히 베라를 노려 보았다. 베라는 이런 생각을 했다.

'이상하다. 뭔가 낌새를 '눈치챈' 듯한 얼굴이구나.'

"아, 아가씨였군. 어서 와요."

장군이 먼저 말을 걸었다.

베라는 장군 옆에 앉아서 물었다.

"여기에 앉아서 바다를 바라보는 게 좋으신 모양이죠?"

그는 고개를 끄덕이며 다정하게 대답했다.

"응, 기분이 아주 좋아. 이렇게 앉아서 기다리기엔……. 장소도 안성 맞춤이고……."

"기다리시다니요? 무얼 기다리시는데요?"

베라가 캐물었다.

그의 말은 여전히 다정했다.

"종말을 기다리지. 아가씨도 아는 줄 알았는데, 몰랐나? 정말 그래? 우리는 모두 종말을 기다리고 있는 중이야."

매카더 장군은 엄숙하게 대답했다.

"우리 중 한 사람도 이 섬을 빠져 나갈 순 없어. 이미 계획되어 있으니까. 아가씨도 잘 알잖아? 어쩌면 모르는 게 약일는지도 모르지."

"약이라고요?"

"암, 물론. 아가씨는 너무 젊어. 그래서 아직은 뭐가 뭔지 모를 테지. 하지만 올 것은 오고 말아. 아가씨도 말할 수 없이 평화로워질 거야……. 드디어 빚을 갚게 되었다는 걸 알면……. 더 이상 그 무거운 짐을 지고 다니지 않아도 된다는 걸 알면……. 아가씨 역시 머지 않아 그걸 느낄 수가 있을 거야."

베라가 소리쳤다.

"저는 무슨 뜻인지 한 마디도 못 알아듣겠어요."

베라의 두 손이 떨리기 시작했다. 베라는 갑자기 그 조용한 퇴역 군인이 무서웠다.

매카더 장군은 그런 베라의 모습을 즐기고 있는 듯이 계속해서 종잡을 수 없는 말만 했다.

"레슬리를 사랑했지. 아가씨도 알 거야. 정말 사랑했다니까…….

"레슬리가 부인이셨나요?"

베라가 물었다.

"응, 내 아내. 사랑했어, 아주 사랑스러운 아내였지. 아름답고 상냥하고……."

잠시 입을 다물고 있던 그가 다시 말을 이었다.

"응, 아주 많이 사랑했지. 그래서 그랬던 거야……."

"그래서 그만……."

베라는 이렇게 말하고는 입을 다물어 버렸다.

매카더 장군은 조용히 고개를 끄덕였다.

"지금 와서 아니라고 해 봐야 무엇하나……. 모두 죽을 판인데. 내가 리치먼드를 사지로 보냈어. 그래, 일종의 살인이지. 이상하지? '살인'을 하다니. 나는 참 법을 잘 지키는 사람이었는데……. 하지만 그때는 그게 안 되더군. 후회도 안 했어. 그저 '제 무덤 제가 판 거지' 하고 생각했을 뿐이야. 하지만 세월이 흐르고 보니……."

"세월이 흐르고 보니까요?"

베라가 다그쳐 물었다.

그는 고개를 가로저었다. 그는 또 혼란에 빠진 것 같았다.

"모르겠어……. 모, 모르겠어. 다르더란 말이야. 레슬리가 짐작했는지도 모르겠지만……, 아마 못 했을 거야. 하지만 나는 레슬리를 잘 몰랐어. 나와는 너무 멀리 떨어져 있었어……. 내가 도저히 다가갈 수 없는 곳에……. 그런데, 그런 레슬리가 죽었어……. 외롭더군……."

"외로움……, 외로움이라……."

베라의 이 말이 바위에 부딪쳐 메아리가 되어 들려 왔다.

"종말을 맞으면, 아가씨도 홀가분할 거야." 매카더 장군이 속삭였다. 베라는 앉은 자리에서 발딱 일어나며 쏘아붙였다.
"무슨 말씀을 하시는 건지 하나도 못 알아듣겠어요!"
"나는 알아, 아가씨. 나는 알지."
"뭘 아세요? 아무것도 모르고 있을 거예요!"
매카더 장군은 다시 바다를 바라보았다. 그는 뒤에 서 있는 베라의 존재를 잊어 버린 듯했다. 갑자기 그가 다정하고 부드럽게 물었다.
"레슬리, 당신이야?"

V

블로어가 팔에다 밧줄을 둘둘 감고 저택 쪽에서 돌아왔을 때, 암스트롱은 여전히 절벽 아래를 내려다보고 있었다.
"롬바드 씨는 어디에 계십니까?" 블로어가 숨을 가누며 물었다.
암스트롱은 되는 대로 대답했다.
"자기 추리가 맞는지 틀리는지 확인하러 갔을 테지. 곧 올 거야. 저길 좀 봐, 블로어. 걱정되는군 그래."
"이 섬에 걱정 없는 사람이 어디 있겠습니까?"
닥터 암스트롱은 손을 내저었다.
"그야 물론, 물론이지만……, 내 말은 그게 아니야. 매카더 장군 이야기를 하고 있는 거지."

"장군이 어때서요?"

암스트롱이 심각한 얼굴을 하고 대답했다.

"우리가 찾고 있는 사람은 맑은 정신이 나간 사람이야. 자, 매카더 장군은 어떨까?"

"그분이 살인광이라는 겁니까?" 블로어의 두 눈이 휘둥그레졌다.

"내가 언제 그랬나? 당분간 두고 봐. 하지만 나 역시 정신 질환 전문가는 아니야. 아직 저 노인과는 얘기를 나눈 적도 없고, 그런 관점에서 관찰해 보지도 않았으니까."

"노망이라……, 그렇습니다. 하지만, 저도 아무 말씀 안 드리겠습니다." 블로어도 말을 뽑았다.

암스트롱은 위험한 화제를 다른 데로 돌리느라고 애를 쓰고 있었다.

"자네 말이 옳을지도 모르지. 그래, 옳아. 이 섬에는 어느 놈인가가 숨어 있는 게 '분명해!' 마침 롬바드 씨가 오는군."

두 사람은 조심스럽게 밧줄을 늘어뜨렸다. 롬바드가 두 사람에게 주문했다.

"나도 최선을 다하겠습니다만, 아래에서 밧줄을 팽팽하게 당기거든 바로 끌어올려 주시오."

롬바드가 절벽을 타고 내려가는 걸 보고 있다가 블로어가 속삭였다.

"절벽 한 번 팔자로 타는군요. 꼭 고양이 같죠?"

그의 말투에는 이상한 낌새가 묻어 있었다.

"한창 시절에는 산악 훈련깨나 받았을 테지." 닥터 암스트롱이 받아 넘겼다.

"그럴지도 모르죠."

잠시 침묵이 흘렀다. 범죄 수사대 출신인 블로어가 다시 말했다.

"참 묘한 분입니다. 제 생각을 말씀드려 볼까요?"

"뭔데?"

"좋은 사람은 아닙니다."

"어떤 점에서?" 암스트롱이 물었다.

"정확하게는 저도 모르겠습니다만, 저라면 저 사람이 뭐라고 하든 한 마디도 믿지 않겠습니다."

블로어의 말은 짜장 불평에 가까웠다.

"산전수전 다 겪은 사람이라서 그럴 테지……."

닥터 암스트롱은 심드렁하게 받아 넘겼다.

블로어는 그게 아니었다.

"그 산전수전 중에는 장막에 가려져 있는 것도 있을 겁니다."

그러고는 잠시 생각을 뜸들이다 말을 이었다. "의사 선생님께서도 늘 권총을 가지고 다니십니까?"

"나 말인가? 아이고 맙소사! 그걸 왜 가지고 다녀?" 암스트롱은 펄쩍 뛸 듯이 놀랐다.

"그런데 왜 롬바드 씨는 권총을 가지고 다닐까요?"

"습관일 테지."

블로어는 콧방귀를 뀌었다.

절벽 아래쪽에서 소식이 왔다. 갑자기 밧줄이 당겨진 것이었다. 두 사람은 순간적으로 밧줄을 홱 채어 올렸다. 밧줄이 다시 느슨해지자 블로어가 말했다.

"습관도 습관 나름이죠. 롬바드 씨가 전혀 필요도 없는 곳에까지 연발 권총과 프리무스 취사 스토브와 슬리핑백과 구충 분말까지 메고 다니는 것도 습관일까요? 아무리 습관이라고 해도 여기에까지 짊어지고 오진 않을 겁니다. 노리개 삼아 권총을 차고 다니는 건 소설 속에서나 나올 법한 일이죠."

닥터 암스트롱은 뭐가 뭔지 모르겠다는 듯이 고개를 가로저었다. 두 사람은 허리를 굽히고 롬바드를 내려다보았다. 그는 이미 수색을 끝마친 다음이었다. 역시 수확은 없었던 모양이었다.

이윽고 그가 벼랑 위로 올라섰다. 이마에 맺힌 땀을 씻으며 그가 중얼거렸다.

"끝났소. 이젠 집 안만 남았소."

VI

집 수색은 간단했다. 그들은 먼저 집 바깥을 돌아보고는 집 안으로 주의를 돌리기로 했다. 주방 찬장 안에 있던 로저스 부인의 자가 마침 요긴하게 쓰였다. 그러나 역시 집 안에는 괴한이 숨을 만한 공간이 거의 없었다. 현대식 건축물은 모든 것이

개방된 구조여서, 숨을 곳이 마땅치 않은 법이다. 그들은 맨 먼저 1층을 수색했다. 2층 침실로 올라가던 그들은 유리창을 통해서, 테라스로 칵테일 쟁반을 들고 나가는 로저스를 보았다. 필립 롬바드가 건성으로 말했다.

"대단한 일벌레, 타고난 집사군 그래. 봐요, 태연한 얼굴로 자기 할 일은 다 합니다."

"로저스는 일급 집사더군요. 자리를 옮기겠다면 추천해 주고 싶을 정도로." 닥터 암스트롱도 그를 칭송했다.

블로어도 참견했다.

"그 부인 요리 솜씨도 어지간했지. 어제 저녁 식사 때……."

그들은 첫번째 침실로 들어갔다. 그로부터 5분 뒤에 계단 위에서 서로 얼굴을 마주했다. 숨은 사람은커녕, 숨을 데도 없다는 게 그들이 내린 결론이었다.

"여기에 비좁은 계단이 있는데요……."

블로어의 말이었다.

"하인들 방으로 오르는 계단이야."

암스트롱의 말이었다.

"지붕 바로 밑에 공간이 있을 겁니다. 창고, 물 탱크가 있는, 거기밖에는 숨을 곳이 없습니다."

블로어의 말이었다.

그러다가 세 사람은 그 자리에 우뚝 섰다. 위쪽에서 무슨 소린가가 들렸던 것이다. 분명히 조심스럽게 이동하고 있는 발소리였다.

세 사람은 그 소리를 동시에 들었다. 암스트롱이 블로어의 팔을 잡았다. 롬바드는 손가락을 입에다 대면서 속삭였다.

"쉿, 들어 봅시다."

그 소리는 다시 들려 왔다. 분명히 누군가가 발소리를 죽이고 조심스럽게 걷고 있었다.

암스트롱이 소곤거렸다.

"틀림없이 침실에 있어요. 로저스 부인의 시신이 안치된 침실에."

"물론입니다. 숨을 만한 곳으로는 이보다 나은 데가 있을 수 없죠. 아무도 거기엔 올라가지 않을 테니까……. 조용히 합시다."

블로어 역시 목소리를 죽이고 말했다.

세 사람은 조용히 계단을 올라갔다. 계단은 침실 바로 앞에서 끝났다. 세 사람은 거기에서 걸음을 멈추었다. 역시, 그 침실 안에 누군가가 있었다. 안에서 부스럭거리는 소리가 들려 왔다.

"지금입니다!"

블로어가 속삭였다.

그는 갑자기 문을 박차고 안으로 뛰어들었다. 롬바드와 암스트롱도 그의 뒤를 따라 뛰어들었다. 세 사람은 문 앞에서 우뚝 서고 말았다. 옷가지를 잔뜩 들고 로저스가 서 있었기 때문이었다.

VII

블로어가 맨 먼저 마음의 평정을 되찾고는 말했다.
"미……, 미안한데, 로저스. 여기에서 무슨 소리가 들리길래 혹시나……."
그는 말을 하다가 말았다.
"선생님들, 죄송합니다."
로저스의 말이었다.
"제 옷가지를 옮기고 있었습니다. 아래층에 있는 빈 손님 방을 하나 써도 크게는 결례가 되지 않을 거라고 생각하고는……. 제일 작은 방입니다."
암스트롱에게 한 말이었다. 암스트롱이 대답했다.
"물론, 물론 좋고 말고. 그 방을 쓰도록 하게."
그는 침대 위의 시트에 덮인 시신으로부터 자꾸만 눈길을 피하고 있었다.
"고맙습니다, 선생님."
로저스가 고개를 숙였다.
그는 옷가지와 소지품을 한 아름 안고 아래층으로 내려갔다. 암스트롱은 침대 곁으로 다가가 시트를 벗기고는 죽은 여인의 평화로운 얼굴을 내려다보았다. 공포의 그림자는 가신 지 오래였다. 그저 아무것도 없는, 빈 얼굴이었다. 암스트롱이 나직한 소리로 말했다.
"내 의료 기구가 가까이 있었더라면, 무슨 약을 먹었는지 알아 낼 수 있었을 텐데……."
그러고는 두 사람을 돌아다 보았다.
"자, 어서 수색을 끝냅시다. 아무래도, 이 이상은 수색해 봐야 헛일일 것 같다는 예감이 듭니다."
블로어는 전선용 맨홀 뚜껑과 씨름하고 있었다. 그가 말했다.
"그 친구 되게 조용히 걷네. 아니, 조금 전에 정원에 있었잖습니까? 언제 계단을 올라갔죠? 발소리도 안 들렸는데."
롬바드가 대답했다.
"그래서, 다른 누군가가 위에 있는 줄 알았던 거지."
블로어는, 맨홀의 어둠 속으로 사라졌다. 롬바드는 주머니에서 회중 전등을 꺼내어 켜 들고 그의 뒤를 따랐다. 5분 뒤 세 사람은 층계참에 다시 나타나 서로의 얼굴을 바라보았다. 꼴이 엉망이었다. 머리카락에는 거미줄이 묻어 있었고, 얼굴은 시커멓게 변해 있었다. 그 섬에는 그들 여덟 명을 제외하고는 아무도 없었다.

아홉

I

롬바드가 천천히 말을 꺼냈다.
 "우리 모두가 잘못 생각했던 겁니다. 처음부터 잘못 생각했어요. 로저스 부인의 죽음과 앤터니 마스톤의 죽음이 우연히 일치했기 때문에 우리는 미신적이고 환상적인 악몽을 꾸며 냈던 것이지요."
 암스트롱이 진지한 얼굴을 하고 대꾸했다.
 "그러나 아시다시피 우리가 벌였던 논쟁은 아직 유효합니다. 나는 의사예요. 그 논쟁이 유효하다는 것은, 자살에 대해서 나도 조금은 안다는 것과 통합니다. 앤터니 마스톤은 자살할 만한 사람이 아닙니다."
 "그렇다면 사고일 가능성은 없을까요?"

롬바드가 반신반의하면서 물었다.

블로어가, 별 괴상한 소릴 다 들어 보겠다는 투로 뱉듯이 말했다.

"사고치고는 별 빌어먹을 사고를 다 보겠군요."

아무도 그의 말에 대꾸하지 않았다. 그러자 블로어가 다시 입을 열었다.

"그 여자 건件 말씀인데요……."

"로저스 부인 말인가?"

"그렇습니다. 그 여자의 경우에는, 사고라고 하는 것도 가능합니다."

"사고라……, 가령 어떤 식의?"

롬바드가 물었다.

블로어는 다소 당황해하는 것 같았다. 그의 붉은 벽돌 색 같은 낯빛이 그 순간 좀 더 붉어졌다. 그가 내뱉듯이 말했다.

"의사 선생님, 그 여자에게 무슨 약을 먹이셨지요?"

"약이라니, 그게 무슨 말인가?"

암스트롱이 그를 바라보며 물었다.

"어젯밤에 말씀입니다. 선생님께서 그러시지 않았습니까? 약을 먹여 재워 놓으셨다고요."

"그래, 부작용이 없는 신경 안정제를 처방해 주었지."

"양은 정확했습니까?"

"단위가 별로 높지 않은 트리오날을 먹였지. 전혀 부작용이 없는 약이야."

블로어의 얼굴이 한층 더 붉어졌다. 그러나 그는 탐색을 늦추지 않았다.

"솔직하게 말씀드리겠습니다. 혹시 정량 이상으로 투여한 것은 아닙니까?"

"자네 말뜻은 알다가도 모르겠군."

암스트롱의 음성은 노기를 띠고 있었다.

블로어는 그래도 물러서지 않았다.

"선생님께서도 실수하시는 수가 있지 않겠습니까? 가끔씩은, 실제로 그런 일이 일어나곤 하니까요."

암스트롱이 메어다 꽂듯이 말했다.

"나는 그런 짓을 할 사람이 아니야. 자네 말에 뼈가 있구먼."

그는 잠시 숨을 가누었다가 냉담한 말투로 덧붙였다.

"자네 말을 듣자니, 내가 고의로 정량 이상의 진정제를 환자에게 먹였다고 하는 것 같은데……"

필립 롬바드가 재빨리 끼어들었다.

"두 분, 나 좀 보시오. 머리를 맞대고 의논할 때요. 낯 붉히고 다툴 때가 아닙니다."

블로어가 뚱한 얼굴을 하고 투덜거렸다.

"저는 단지, 의사도 실수할 수 있다고 한 것뿐입니다."

암스트롱은 억지로 웃고 있었다. 아니, 웃는다기보다는 어색하게 이빨만 내보이며 말했다.

"이것 보게, 의사는 그런 실수를 함부로 하지 않는다네."

블로어가, 먹은 마음이 있어서 그랬겠지만, 가시 돋친 말을 했다.

"축음기를 통해 들었던 말이 사실이라면, 그런 실수를 안 해 본 것도 아닌 모양이지요?"

암스트롱의 낯빛이 창백해졌다. 필립 롬바드가 재빨리, 화가 몹시 난 듯한 목소리로 블로어를 나무랐다.

"아니, 무엇 때문에 그렇게 엉뚱한 사람을 물고 늘어지는가? 우리는 모두 같은 배를 타고 있어. 서로 도와도 될까 말까 한데……. 자네가 가명으로 이곳에 잠입했던 위증죄는 어떻게 할 텐가?"

블로어가 한 발짝 앞으로 나서며 주먹을 쥐었다. 목소리가 몹시 퉁명스러웠다.

"위증이라뇨, 누굴 보고 위증했다고 하는 겁니까? 거짓말쟁이가 위증한 사람을 나무랄 수가 있는 겁니까? 롬바드 씨, 당신이 제 입을 막으려는 모양인데……, 제게도 알고 싶은 게 몇 가지 있습니다. 그 중 하나는 '당신'에 관한 것입니다."

"나에 관한 것?" 롬바드의 눈썹꼬리가 곤두섰다.

"그렇습니다. 이런 사교적인 모임에 권총은 왜 차고 왔는지, 그걸 알고 싶습니다."

"그래? 그게 그렇게 알고 싶은가?"

"그렇습니다, 알고 싶습니다, 롬바드 씨."

롬바드는 뜻밖에도 태도를 누그러뜨리며 웃었다.

"블로어, 자네는 보기와는 다르군. 멍청하지 않다는 말일세."

"그럴지도 모르죠. 권총은 왜 차고 오셨습니까?"

롬바드는 웃으면서 대답했다.

"한바탕 난리가 날 것 같아서 권총을 가져 왔네."

블로어는 미심쩍다는 듯이 다시 따지고 들었다.

"어제 저녁에는 그런 말씀을 하지 않은 것으로 압니다."

"하지 않았지."

롬바드는 고개를 가로저었다.

"우리에게 숨기는 게 있으시죠?" 블로어가 집요하게 물고 늘어졌다.

롬바드가 천천히 설명했다.

"나는, 목적이 있어서, 나 역시 다른 사람과 마찬가지로 초대받은 사람으로 행세했네. 그러나 이건 사실이 아닐세. 솔직하게 말하지. 조니란 수수께끼의 인물이 나에게 접근해 왔네. 이 사람의 성(姓)은 모리스, 그러니까 조니 모리스지. 모리스는 내가 이곳으로 와서 손님을 감시해 주면 일백 기니를 주겠다고 하더군. 뭐, 이런 험한 곳일수록 나라는 인간의 진가가 드러난다나?"

"그래서요?"

블로어가 다음 말을 재촉했다.

"그것뿐이네."

롬바드가 웃으면서 대답했다.

닥터 암스트롱이 그에게 물었다.

"모리스란 사람, 그 말 밖에는 안 했습니까?"

"하지 않았습니다. 그 말만 하고는 입을 다물어 버리더군요. 믿든지 말든지 하라던가……. 마침 형편이 어렵던 참이라 이 일을 맡은 겁니다."

"어젯밤에는 왜 그런 이야길 하지 않았습니까?"

블로어가 믿어지지 않는다는 듯이 캐물었다.

"이것 보게, 젊은 친구." 롬바드가 어깨를 으쓱해 보였다. 그 어깨의 움직임은 웅변적이라고 하기에 넉넉했다. "어젯밤에 처한 상황이, 내가 여기에서 만날 최악의 상황인지 아닌지 그걸 내가 어떻게 알아? 그래서 일반적인 얘기만 했던 거지."

"그런데, 지금 생각은 어떻습니까?"

닥터 암스트롱의 질문은 역시 날카로웠다.

롬바드의 표정이 변했다. 좀 더 어두워진데다 굳어진 것 같 았다.

그가 설명했다.

"그래요, 지금은 생각이 다릅니다. 지금 와서야 나는 당신네들과 같은 배를 타고 있다는 걸 알게 되었지요. 일백 기니라는 돈은, 당신네들과 함께 덫에다 걸어 넣기 위해 오웬이란 사람이 던진 미끼에 지나지 않아요. 그래요, 지금 우리 모두는 덫에 걸려 있어요. 이것만은 분명합니다. 로저스 부인이 죽었고, 앤터니 마스톤이 죽었습니다. 두 개의 인디언 인형이 식탁에서 사라졌고. 그렇습니다, 이제 오웬이란 자의 손이 보이기 시작합니다. 그런데, 이 오웬이란 악마는 도대체 어디에 있는 겁니까?"

아래층에서 점심 식사 시간을 알리는 종소리가 무겁게 무겁게 들려 왔다.

II

로저스는 식당 문 앞에 서 있었다. 세 사람이 계단을 내려서자 로저스는 몇 걸음 그들 앞으로 걸어나왔다. 그러고는 나지막한 소리로 말했다.

"소찬素饌이나마 준비했습니다. 모쪼록 차림에 모자람이 없었으면 합니다. 냉동 햄과 냉동 우설牛舌이 있고, 감자 요리도 조금 준비했습니다. 치즈와 비스킷과 통조림, 그리고 과일도 내놓았습니다."

롬바드가 그에게 물었다.

"아직은 넉넉하군 그래. 하지만 식료품 창고를 깡그리 비운 건 아닌가?"

"식료품은 얼마든지 있습니다. 특히 통조림은 종류가 다양합니다. 저장 상태도 아주 좋지요. 말씀드리기 송구스럽습니다만, 이런 섬은 상당 기간 동안 교통이 끊길 가능성이 있기 때문에 반드시 식품을 저장해 둘 필요가 있지 않을까 싶습니다."

롬바드는 고개를 끄덕였다. 세 사람을 따라 식당으로 들어가면서 로저스가 말을 이었다.

"프레드 나라코트가 이 시각까지 오지 않아서 여간 마음에 걸리지 않습니다. 심려들이 크시겠습니다……. 오늘 같은 날 이런 일이 생기다니."

"'오늘 같은 날 이런 일이 생겼다'는 말이 우리 심정을 잘 나타내고 있군 그래."

롬바드의 말이었다.

에밀리 브렌트 여사가 식당으로 들어왔다. 브렌트 여사는 조금 전에 털실 꾸러미를 떨어뜨렸던지 이를 되감는 데 정신을 쏟고 있었다. 자리에 앉자마자 그녀는 투정을 부렸다.

"날씨가 변덕을 부리고 있어요. 바람이 몹시 거세어져서 바다 꼴이 말이 아니에요. 흡사 백마가 떼지어 뛰어다니는 것 같더군요."

워그레이브 판사가 들어왔다. 그는 마치 보폭^{步幅}으로 거리를 재듯이 천천히 걸어 들어왔다. 그는 짙은 눈썹 아래에서 빛나는 눈으로 식당 안에 앉아 있는 사람들을 재빨리 훑어내렸다.

"오전 동안 모두 바쁘게들 보내시더군요."

조금은 심술궂은 야유가 그의 말투에 묻어 있었다.

베라 클레이돈이 잰걸음으로 들어왔다. 가볍게 숨을 할딱거리며 그녀가 좌중을 향해 말했다.

"저를 기다리신 건 아니죠? 늦었다면 용서해 주세요."

"아가씨는 꼴찌가 아니야. 매카더 장군이 아직 등장하시지 않았는걸."

브렌트 여사의 말이었다.

모두들 식탁에 둘러앉았다. 로저스가 브렌트 여사에게 물었다.

"식사를 시작하시겠습니까, 장군님을 기다리시겠습니까?"

베라가 그 말을 받아 설명했다.

"매카더 장군께서는 바닷가에 앉아 계셔요. 아마 종소리를 못 들으셨을 거예요. 그런데……."

베라는 잠시 머뭇거리다가 말을 이었다.

"오늘따라 어딘가 이상해 보이더군요."

"제가 가서, 점심 식사가 준비되었다고 말씀드리겠습니다."

로저스가 나섰다.

"내가 갈 테니까, 다른 분들은 식사를 시작하세요."

자리에서 벌떡 일어나면서 암스트롱이 외쳤다.

그는 식당을 나갔다. 그의 등뒤로, 브렌트 여사 앞에 서 있는 로저스의 목소리가 들려 왔다.

"햄을 드시겠습니까, 우설을 드시겠습니까?"

III

식탁을 둘러싸고 앉아 있는 다섯 사람들에게 적당한 화젯거리를 찾는다는 건 어려운 일이었다. 밖에서는 강풍이 불어 유리창을 때렸다가는 곧 잠잠해졌다. 베라 클레이돈이 가볍게 떨면서 중얼거렸다.

"폭풍이 몰아치려나 봐요."

블로어도 적당한 화젯거리를 찾아내는 데 한몫을 했다. 그는 특정인이 아닌 모두를 상대로 이런 말을 했다.

"어제 플리머스에서 오는 기차 안에서 괴상한 노인을 만났어요. 곧 폭풍이 몰아칠 거라고 하더군요. 신통도 하지. 그걸 어떻게 알아맞추었을까요?"

로저스는 식탁을 돌면서 고기 접시를 걷었다. 그러다가 접시를 손에 든 채 손길을 멈추었다. 그가 겁에 질린, 기묘한 목소리로 속삭였다.

"누군가가 이쪽으로 달려 오고 있습니다……."

다른 사람들도 그 소리를 들을 수 있었다. 테라스를 지나 달려 오는 발자국 소리를. 그 순간, 사람들은 아무 말을 듣지 않고도 어떤 상황이 벌어졌는가를 알았다. 약속이라도 한 듯이 모두 자리에서 벌떡 일어났다. 그러고는 식당 문 쪽을 바라보았다. 닥터 암스트롱이, 숨이 턱 끝에 닿은 채 뛰어들었다.

"여러분, 매카더 장군이……."

"돌아가셨군요!"

베라의 입에서 이런 말이 터져 나왔다.

"그렇습니다, 돌아가셨습니다."

암스트롱이 하던 말을 마저 했다. 침묵……, 오랜 침묵이 흘렀다. 일곱 사람은 각자 서로의 얼굴만 바라볼 뿐, 할 말을 찾지 못했다.

IV

노인의 시신이 문으로 들어서는 것과 때를 같이해서 폭풍우가 몰아쳤다. 사람들은 현관에 서 있었다. 폭우가 쏟아지면서 바깥에서 요란스러운 빗소리가 들려 왔다.

블로어와 암스트롱이 시신을 메고 계단을 오를 동안, 베라 클레이돈은 서둘러 텅 빈 식당으로 달려갔다. 식탁은, 조금 전 그들이 점심을 먹고 있을 때의 상태 그대로였다. 후식은 손도 닿지 않은 채 고스란히 보조 식탁 위에 그대로 있었다. 베라는 식탁을 보았다. 곧 로저스가 조용히 식당 안으로 들어왔다. 베라의 눈길과 마주친 로저스는 놀라는 것 같았다. 그의 눈길이 베라에게 한 마디 무언의 질문을 던졌다. 이어서 그는 이렇게 말했다.
"아가씨, 제가 온 것은······."
베라는 자기 자신도 깜짝 놀랐을 만큼 큰 소리로 대답했다.
"인형을 세어 보러 오셨겠죠? 그래, 직접 세어 보시죠. 7개밖에 없어요."

V

매카더 장군의 시신은 그에게 배당된 침실의 침대 위로 옮겨져 있었다. 마지막으로 시신을 검안(檢案)한 닥터 암스트롱은 그 방에서 나와 아래층으로 내려왔다. 다른 사람들은 모두 응접실에 모여 있었다. 에밀리 브렌트 여사는 여전히 뜨개질을 했고, 베라 클레이돈은 창가에 서서 쏟아지는 빗줄기를 바라보고 있었다. 블로어는 두 손을 무릎 위에 올려 놓은 채 의자에 앉아 있었다. 방 한 구석, 가장 큰 의자를 차지하고 앉은 사람은 워그레이브 판사였다. 그는 눈을 반쯤 내리감고 있었다. 의사가 들어오자 그는 눈을 떴다.

"어떻게 되었습니까. 의사 선생?"

그가 남의 의중을 꿰뚫는 듯한, 또렷한 목소리로 물었다.

암스트롱의 낯빛은 창백했다. 그가 대답했다.

"심장 마비 같은 증세는 전혀 없었습니다. 뒤통수를 구명대 같은 것으로 얻어맞은 것 같더군요."

방 안에 있던 사람들 사이에서 가벼운 소요가 일었다. 워그레이브 판사의 또렷한 목소리가 그 소요를 딛고 섰다.

"범행에 사용된 구명대가 근처에 있었나요?"

"없었습니다."

"그런데도 자신 있게 말씀하시는군요."

"자신 있게 말씀드릴 수 있습니다."

"이제야 우리가 처한 상황이 이해가 되는군요."

워그레이브 판사가 조용히 말했다.

누가 앞장서서 그런 상황을 헤쳐 나가야 할 것인가는 이제 명백하게 드러난 셈이었다. 그 날 오전 내내 워그레이브 판사는 아무 짓도 하지 않고 테라스의 의자에 앉아 몸만 흔들어 대고 있었다.

그러던 그가, 오래 버릇들여진 천부적인 위엄 덕분에 쉽사리 주도권을 장악한 것이었다. 그는 글자 그대로 개정을 선언하는 재판장이었다. 헛기침을 앞세우고 그가 발언을 시작했다.

"신사 여러분, 나는 오늘 오전 내내 테라스에 가만히 앉아 있었소이다만, 사실은 여러분의 행동을 예의 관찰하고 있었던 것이오. 여러분이 우왕좌왕한 목적은 분명하오. 여러분은 정체불명의 살인자를 찾느라고 섬을 수색하고 있었던 것입니다."

"그렇습니다, 판사님." 필립 롬바드의 말이었다.

워그레이브 판사의 말은 계속되었다.

"여러분 역시 내가 내린 것과 같은 결론에 도달했을 테지요. 즉, 앤터니 마스톤의 죽음과 로저스 부인의 죽음은 우연한 사고도, 자살도 아니라는 것입니다.

여러분은, 뿐만 아니라, 오웬이란 사람이 우리를 이 섬에다 모은 목적에 관해서도 분명한 결론에 이르렀을 것이오."

"오웬은 정신이 나간 사람입니다. 살인광입니다."

블로어가 외쳤다.

워그레이브 판사는 마른 기침으로 블로어의 말을 가로 막았다.

"아마 그럴 테지요. 그러나, 그렇다고 해서 우리가 안고 있는 문제가 달라지는 것은 아니오. 우리가 해야 할 가장 중요한 일은 우리 자신의 목숨을 지키는 일이오."

"이 섬에는, 우리 이외엔 아무도 없습니다. 아무도 없어요."

암스트롱이 떨리는 목소리로 말했다.

워그레이브 판사는 턱을 쓰다듬으며 부드럽게 말했다.

"의사 선생의 말뜻은 알겠소이다. 그런 의미에서라면, 없습니다. 나는 오늘 아침 일찍 그런 결론을 내렸소. 진작 여러분에게 일러 주었더라면 섬을 수색하는 헛수고는 피할 수 있었을 텐데……, 이건 내 허물이올시다. 그러나, 그럼에도 불구하고 나는 '오웬 씨(자기가 지은 이름대로 불러 준다면)'가 이 섬에 '있다'는 의견을 고집하오. 반드시 있소. 법이 죄값을 물을 수 없는 죄를 지은 혐의자에게 정의의 심판을 내리는 것이 그의 목적이라면, 그런 목적을 달성시키는 방법은 하나 뿐이오. 오웬이란 사람은 그 단 한 가지 방법 때문에 이 섬에 와 있어야 하는 것이오. 이제 모든 것이 분명합니다. 오웬이란 자는 우리들 중 한 사람입니다."

VI

"아니, 아니에요, 그럴 리가……, 없어요!" 베라 클레이돈이 금방이라도 울음을 터뜨릴 듯한 목소리로 부르짖었다.

워그레이브 판사는 베라에게 예리한 눈길을 던지면서도 그녀를 달랬다.

"아가씨, 지금은 싫다고 해서 현실의 직시를 무시해도 좋을 때가 아니오. 우리는 지금 무서운 위험에 직면해 있어요. 우리들 중 한 사람이 분명 U.N. 오웬이오. 그런데 우리는 누가 그 사람인지 알지 못하고, 이 섬에 온 열 사람 가운데 이미 세 사람이 죽었소. 앤터니 마스톤, 로저스 부인, 그리고 매카더 장군. 그들은 모두 오웬과 동일 인물이라는 혐의에서 풀려 났소. 이제 남은 사람은 우리 일곱 사람뿐이지요. 이렇게 말해서 좀 뭣하지만, 이 일곱 사람 가운데 한 사람은, 가짜 꼬마 인디언 인형인 것이오." 그는 말을 끊고 좌중을 둘러보며 물었다. "내 말에 동의하시오?"

암스트롱이 맨 먼저 대답했다.

"다소 비약이 있긴 합니다만, 판사님의 의견을 지지합니다."

블로어가 말했다.

"틀림없습니다. 판사님께서 허락하신다면 짐작이 갈 만한 단서를……."

워그레이브 판사의 손이 재빨리 블로어의 말을 가로막았다. 그러고는 조용히 말을 이었다.

"곧 그런 이야기도 할 수 있게 될 것이오. 그러나 내가 지금 확인해 두고 싶은 것은 이 사건에 대한 우리들의 의견이 일치하는지 일치하지 않는지……, 이것뿐이오."

"믿을 수가 없어요, 저는 믿을 수가 없어요." 베라 클레이돈이 울먹였다.

"롬바드 씨, 당신은 어떻소?"

워그레이브 판사가 물었다.

"저도 동의합니다, 전적으로."

워그레이브 판사는 만족스러운 듯이 고개를 끄덕였다.

"그럼 증거를 심리해 보기로 합시다. 먼저 한 분 한 분씩 심리에 들어가기로 하겠소. 그 사람에게 의심받을 이유가 있는지 없는지 따져 봅시다. 블로어, 자네에게 무슨 할 말이 있는 것 같은데……."

블로어의 숨결이 거칠어졌다. 그가 대답했다.

"롬바드 씨는 권총을 가지고 다닙니다. 어젯밤에도 그는 진실을 말하지 않았습니다. 자기 입으로 인정한 바도 있고요."

필립 롬바드는 별 같잖은 녀석 다 본다는 듯이 싸늘하게 웃으며 블로어를 바라보았다.

"아무래도 제가 다시 설명드리는 게 좋을 것 같군요."

그는 이렇게 말하고는 권총을 휴대하게 된 경위를 간단하게, 그리고 요령 있게 설명했다.

블로어가 외쳤다.

"무엇으로 그걸 증명합니까? 당신의 이야기를 뒷받침할 만한 게 아무것도 없지 않습니까?"

워그레이브 판사는 마른 기침을 토해 내고 나서 말했다.

"불행하게도 우리 입장은 서로 크게 다를 바 없소. 우리가 의지해야 하는 것은 우리 입으로 하는 이야기뿐이오."

그는 허리를 구부리고 목을 앞으로 쑥 뽑았다.

"우리가 처한 이 특수한 상황을 제대로 인식하는 분은 아직 한 분도 없는 것 같군요. 내 의견이오만, 우리가 취해야 할 방도는 하나뿐이오. 우리가 가진 증거를 통해서 혐의에서 풀리는 사람을 한 분씩 제외시켜 나가는 방법이오."

닥터 암스트롱이 재빨리 그 말을 받았다.

"나는 이름이 알려져 있는 의료 전문가요. 내가 이런 일에서 혐의를 받는다는 건……."

워그레이브 판사는 이번에도 발언자의 말이 채 끝나기도 전에 손을 내저었다. 그러고는 조용하나 분명한 목소리로 말했다.

"이름이라면 나 역시 알려져 있소. 그러나 이 이름은 아무것도 증명해 내지 못하오. 의사가 터무니없는 오진을 저지른 예는 허다하지요. 판사가 미치광이의 작태를 보인 예도 얼마든지 있고."

그는 이 대목에서 블로어를 바라보며 덧붙였다.

"이건 경찰관의 경우도 마찬가지요."

롬바드가 제안했다.

"그렇다 하더라도, 여성은 제외시키는 게 마땅하다고 생각하는데요."

판사의 눈썹꼬리가 곤두섰다. 저 유명한, 예의 그 독설이 터지려는 순간이었다.

"당신의 말을, 여자는 살인광이 될 자격도 없다는 뜻으로 받아들여도 좋소?"

"아, 아닙니다, 그런 게 아니고……, 도대체 여자가 어떻게 그런……." 롬바드가 질겁을 하고 두 손을 내저었다. 그는 더 이상 말을 계속할 수 없었다.

워그레이브 판사는 여전히 조용조용하나 송곳 끝 같은 말투로 암스트롱을 상대했다.

"암스트롱 씨, 당신은 매카더 장군이 외부의 손에 살해당한 게 분명하다고 했소. 이 정도의 물리적 힘이라면 여자에게도 가능한 것인가요?"

닥터 암스트롱이 조용히 대답했다.

"가능합니다. 고무로 된 곤봉 같은 적당한 흉기만 있다면 말

쏨입니다."

"크게 완력이 필요한 건 아니겠지요?"

"필요없습니다."

워그레이브 판사는 자라 목을 좌우로 움직이며 말했다.

"매카더 장군을 제외한 두 사람은 약물 중독으로 사망했습니다. 육체적으로 뛰어난 사람이 아니라도 약물을 투여할 수는 있다는 가정에 토를 달 분은 안 계시겠지요?"

"판사님, 정말 왜 그러시죠?" 베라가 화를 내며 판사에게 대들었다.

워그레이브 판사는 좌중을 둘러보다가 베라에게 시선을 꽂았다. 인간의 심리적 균형을 가늠하는 데 이골이 난 싸늘한 눈길이었다.

베라는 이런 생각을 했다.

'저 사람은, 모범 답안을 보는 듯한 눈으로 나를 노려보고 있다. 저 사람은 나를 좋아하지 않는다…….'

베라는 놀라지 않을 수 없었다.

워그레이브 판사는 마음먹고 꾸민 듯한 목소리로 베라에게 말했다. "아가씨, 그렇게 화를 낼 것까진 없으니 고정하시오. 나는 당신을 의심하고 있는 게 아니오."

그는 에밀리 브렌트 여사에게도 목례를 보내면서 덧붙였다.

"브렌트 여사, 우리 모두가 혐의자일 수 있다는 내 주장을 너무 불쾌하게 여기지 마시기 바랍니다."

에밀리 브렌트는 여전히 뜨개질을 하고 있었다. 그녀는 고개도 듣지 않은 채 싸늘한 목소리로 말했다.

"죽은 세 사람이 어떤 사람들인가는 차치하고라도, 내가 동료를 살해한 혐의로 의심을 받는다는 사실이 알려지면, 내 성격을 아는 사람들은 아마 웃어도 크게 웃을 거예요. 하지만 나는, 우리가 서로 모르는 사이니까, 결정적인 증거가 없는 한, 이런 상황에서는 의심을 피할 수 없다는 것도 알아요. 진작에 말씀드렸다시피, 살인마는 우리들 중의 한 사람이에요."

판사가 그 말에 힘을 얻었는지 이렇게 선언했다.

"이것으로 의견의 일치를 본 것으로 하겠소. 성격이 어떻든 지위가 어떻든, 이제 살인 혐의에서는 아무도 제외되지 않을 것이오."

"로저스는 어떻게 되는 겁니까?"

롬바드가 물었다.

"로저스가 어쨌다는 거요?"

판사는 눈 한 번 깜박거리지 않고 롬바드를 바라보았다.

"제 생각입니다만, 로저스는 여기에서 제외되어야 할 것 같습니다." 롬바드가 대답했다.

"무슨 근거에서 하시는 말씀이오?"

판사가 물었다.

"첫째, 로저스에겐 이만한 일을 저지를 머리가 없고, 둘째, 그의 아내 역시 희생자의 한 사람이 아닙니까?"

롬바드가 반문했다.

워그레이브의 숱 많은 눈썹꼬리가 다시 한 번 곤두섰다.

"이것 보시오. 나는 재직 중에 허다한 사람들이 아내를 살해한 혐의로 피고석에 서는 걸 보아 왔소……. 그들 중 상당수에게 유죄 판결을 내린 적도 있고."

"저 역시 동감입니다. 자기 아내를 살해하는 건 가능합니다. 아니, 그럴 수도 있다고 하는 편이 낫겠습니다. 그러나 이번 경우는 일반적일 수가 없습니다. 로저스가 자기 아내를 살해했다면……, 아내가 둘이서 지은 죄를 실토하여 자기를 난처하게 만들 염려가 있었거나, 아니면 갑자기 아내가 싫어져서……, 그것도 아니라면 따로 나이 어린 여자가 생겨서 아내를 살해했다면 차라리 믿겠습니다. 그러나 로저스가 저 미치광이 오웬과 동일인이 되어 정의의 심판을 내린답시고 함께 저지른 죄를 벌한다고 제 아내를 먼저 살해했다고는 도저히 생각할 수가 없지 않습니까?"

워그레이브 판사가 응수했다.

"당신은 잘 하면 소문까지도 증거로 채택하겠군……. 우리는, 로저스와 그의 아내가 고용주를 살해했는지, 누명을 쓰고 있는지 아직은 모르는 것이오. 축음기에서 울려 나온 소위 고발은, 로저스를 우리와 같은 상황으로 몰아 넣기 위해 조작한 것인지도 모르고, 어젯밤에 로저스 부인이 실신했던 것은, 어쩌면 자기 남편에게 정신적으로 의지할 만한 가치가 없다는 걸 깨달았기 때문인지도 모릅니다."

"그렇다면, 판사님 식으로 말씀을 계속하십시오. U. N. 오웬은 우리들 가운데 있습니다. 예외는 아무에게도 적용되지 않습니다. 우리 모두 의심 받을 수 있습니다."
롬바드가 마침내 손을 들었다.
워그레이브 판사가 롬바드를 따돌리고 설명하기 시작했다.
"단도 직입적으로 말씀드리겠소. 성격이나 지위가 어떻든, 이 사건에 연루될 확률이 높든 낮든 우리 모두에겐 오웬일 가능성이 있소. 이제 우리가 해야 하는 일은, 한 사람 한 사람을 실제 사건과 관련시켜서 혐의자 그룹에서 제외시킬 가능성을 타진하는 것이오. 자, 간단하게 말씀드리지요. 앤터니 마스톤에게 청산염을 먹였을 가능성이 없는 사람, 잠든 로저스 부인에게 수면제를 먹였을 가능성이 없는 사람, 매카더 장군을 치사케 할 가능성이 없는 사람은, 우리 중에 과연 누구 누구일까요?"
블로어가 얼굴을 들었다.
"바로 그겁니다. 그렇게 따져 들어가야 합니다. 자, 그럼 따져 보겠습니다. 마스톤의 경우는 간단합니다. 마스톤이 마지막으로 술을 따르기 전에 우리 이외의 누군가가 술잔에다 약을 넣었을 것이라고 추리한 사람이 있습니다. 저는, 로저스가 그때 그 방에 같이 있었는지 없었는지 기억나지 않습니다만, 우리들 중 누군가가 그런 짓을 한 것은 틀림없습니다."
그는 숨을 돌리고는 하던 말을 계속했다.
"로저스 부인의 경우를 따져 봅시다. 로저스 부인과 함께 있었던 사람은 남편인 로저스와 의사 선생님뿐입니다. 두 사람이라면 마음먹기에 따라서 손바닥 뒤집는 것보다 더 쉽게 약을 먹일 수 있었을 것입니다."

암스트롱이 벌떡 일어났다. 그는 와들와들 떨고 있었다.
"이의가 있네……. 이게 대체 무슨 망발인가? 내가 부인에게 먹인 신경 안정제는 맹세코 적량이었……"
"암스트롱 선생,"
조용조용하면서 송곳 끝 같은 판사의 목소리가 들려 왔다. 의사는 하던 말을 마저 하지 못했다.
"당신이 그렇게 화를 내는 것은 지극히 당연하오. 그러나 사실은 사실대로 인정할 줄 알아야 하오. 당신이나 로저스가 마음만 먹었다면 아주 쉽게 치명적인 약을 먹일 수 있었던 것은 사실이오. 여기에 있는 다른 사람들의 입장을 생각해 보기로 합시다. 나, 블로어 경위, 브렌트 여사, 클레이돈 양, 롬바드 씨가 독약을 먹였을 가능성이 있을까요? 이 가능성에서 완전히 배제될 수 있는 사람이 있을까요?"
그는 침을 삼키고 나서 다시 말을 이었다.
"나는 없다고 생각하오."
"저는 그 여자 근처에도 가지 않았어요. 모두 다 아시면서 그래요?" 베라가 화를 내며 소리쳤다.
워그레이브 판사는 좌중을 둘러보며 한동안 기다렸다가 다시 말문을 열었다.
"내 기억에 따르면, 당시의 상황은 이러했소.—혹 내 말이 사실과 다르거든 다르다고 지적해 주시오. 앤터니 마스톤이 로저스 부인을 안락 의자에 누이자 롬바드 씨와 닥터 암스트롱이 그쪽으로 갔습니다. 닥터 암스트롱은 로저스를 보내어 브랜디를 따라오게 했지요. 이어서 나머지 사람들은 문제의 목소리가 어디서 나왔는지 모르겠다고 웅성거렸습니다. 우리는 브렌트 여사만 남겨두고 우르르 옆방으로 몰려 갔습니다. 브렌트 여사는 의식을 잃은 로저스 부인과 이 방에 남아 있었지요."

에밀리 브렌트 여사의 뺨에 홍조가 어렸다. 그녀는 뜨개질하던 손길을 멈추고 소리쳤다.

"당치도 않아요!"

그러나 예의 그 조용조용하면서도 송곳 끝같이 날카로운 판사의 목소리는 무자비하게 계속되었다.

"우리가 바로 이 방으로 돌아왔을 때, 브렌트 여사, 당신은 안락 의자에 누운 여인 쪽으로 허리를 구부리고 있었습니다."

"인간적인 연민이 범죄 행위로 매도당하고 있군요!"

에밀리 브렌트 여사의 말이었다.

워그레이브 판사의 말은 에밀리 브렌트 여사의 방해를 받지 않았다.

"나는 사실대로 말하고 있는 것 뿐입니다. 그때 로저스가 브랜디 잔을 들고 들어왔습니다. 물론 그때 로저스가 들고 들어온 잔에는 이미 독약이 들어 있을 수도 있습니다. 암스트롱 의사는 브랜디를 로저스 부인에게 마시게 했고, 잠시 후에는 로저스와 암스트롱 의사가 그녀를 부축해서 2층 침실로 데리고 올라갔습니다. 여기에서 암스트롱 의사는 진정제를 투여했습니다."

블로어가 거들었다.

"그렇습니다. 바로 그대로요. 따라서 판사님과 롬바드 씨와

저, 그리고 클레이돈 양은 이 일과 관계가 없습니다."

블로어의 목소리는 자신에 차 있었다.

워그레이브 판사는 차가운 눈으로 그를 내려다보면서 나직하게 말했다.

"그럴까? 그러나 우리는 '있을 수 있는 모든 가능성'을 고려에 넣지 않으면 안 되네."

"무슨 뜻인지 모르겠습니다."

블로어가 영문을 모르겠다는 얼굴로 중얼거렸다.

워그레이브 판사가 설명했다.

"로저스 부인은 2층 침실에 누워 있었네. 의사가 투여한 진정제가 작용하기 시작한 것이지. 모르긴 하나, 비몽사몽간이었을 거야. 자, 이때 노크 소리가 들리면서, 누군가가 약을 가지고 들어와서 이렇게 말했다고 가정해 보지. '의사 선생님께서, 이걸 드시랍니다' 하고 말이야. 로저스 부인은 별 생각 없이 의사의 지시에 따라서 그 약을 먹지 않았을까?"

침묵이 흘렀다.

블로어는 얼굴을 잔뜩 찡그린 채 방 안을 서성거렸다.

필립 롬바드가 이의를 제기했다.

"그럴 가능성은 거의 없었습니다. 따라서 믿을 수가 없습니다. 우리 중 어느 누구도 이 방을 떠날 수가 없었으니까요. 마스톤은 갑자기 쓰러지지 않았습니까?"

"누군가가, 자러 올라간 다음에 침실을 빠져 나갔을 수도 있지 않았을까?"

판사의 말이었다.

"하지만, 부인 옆에는 로저스가 있었습니다."

롬바드의 반론도 만만치 않았다.

"사실과 다릅니다. 로저스는 식당과 주방을 치우느라고 아래층에 내려와 있었습니다. 만일 누가 부인의 침실로 들어갈 마음을 먹었다면 아무도 눈치채지 못하는 사이에 그럴 수는 있었을 것입니다."

에밀리 브렌트 여사도 나섰다.

"의사 선생님, 그때쯤 로저스 부인은 선생님이 처방하신 약을 먹고 세상 모르게 자고 있었을 텐데요?"

"그것도 가능합니다. 그러나 확실치는 않습니다. 한 환자에게 한 번 이상 약을 처방해 보지 않고는 약에 따라 각각 다를 수 있는 환자의 반응을 알 수가 없습니다. 그리고 진정제도 사람에 따라서 약효가 시작되는 시간이 다릅니다. 말하자면 특정한 약에 대한 환자 개인의 특이 체질 여부에 달린 것이지요."

"의사 선생이니까 당연히 그러시겠지. 교과서에 그렇게 씌어 있습디까?"

롬바드가 말했다.

암스트롱의 얼굴이 분노로 벌겋게 달아 올랐다.

그러나 또 한 번 예의 그 조용조용하면서도 날카롭고 매서운 목소리가 암스트롱의 입을 막았다.

"치고받고 해서 좋을 건 하나도 없소. 우리가 다루어야 하는 것은 있을 법한 사실이오. 좋소, 그런 일이 있을 수 있다는 걸 인정하기로 합시다. 사람에 따라 다르긴 하나, 그 확률이 그리 높지 않다는 데도 동의하오. 혹 에밀리 브렌트 여사나 클레이돈 양이 들어가서 약 심부름을 핑계삼는다면, 환자는 아무 의심도 없이 받아들였을 테지요. 나나 블로어 군이나, 롬바드 씨가 들어갔다고 해도, 물론 어느 정도까지는 가능하겠지만, 약을 거부할 만큼 의혹을 불러 일으키지는 않았을 것으로 사료되오."

"그래서, 어떻게 되었다는 겁니까?"

블로어가 물었다.

VII

워그레이브 판사는 입술을 쓰다듬으며, 좀처럼 감정에 동요되지 않는 비인간적인 얼굴을 하고 이야기를 풀어 나갔다.

"우리는 제2의 살인 사건을 다루면서 우리들 중 어느 누구도 범행 용의 선상에서 제외될 수 없다는 걸 다시 한번 분명히 서로 확인했소."

그는 잠시 말을 끊었다가 다시 이었다.

"자, 매카더 장군의 문제를 다루어 봅시다. 이 일은 오늘 오전에 일어났소. 먼저 자신의 알리바이를 주장할 만한 분이 있으면 말씀해 주시오. 나는, 명백한 알리바이가 없다고 할 수밖에 없소. 나는 오늘 오전 내내 테라스에 앉아서 우리가 처한 상황을 여러 모로 되씹어 보고 있었으니까. 나는 점심 식사 시간을 알리는 종소리를 들을 때까지 테라스의 의자에 앉아 있었소. 그러나 나에겐, 어느 누구의 눈에 띄지 않게 바닷가로 내려가 장군을 죽이고는 다시 내 자리로 돌아왔을 가능성이 있습니다. 내가 테라스를 떠난 적이 없다고 주장해 봐야 그건 어디까지나 내 말이오. 상황으로 미루어 보아 이런 주장만으로는 알리바이가 넉넉지 못하오. '증거'가 있어야 하오."

블로어가 먼저 자기 입장을 설명했다.

"저는 오전 내내 롬바드 씨, 닥터 암스트롱과 함께 있었습니다. 두 분이 이를 확증해 줄 것입니다."

"자네는, 밧줄을 가지러 이쪽으로 오지 않았던가?"

닥터 암스트롱의 말이었다.

"물론 왔지요. 하지만 왔다가 바로 밧줄을 가지고 되돌아 갔습니다. 잘 알면서 그러시는군요."

블로어가 항변했다.

"시간이 꽤 걸렸어."

암스트롱이 주장했다.

블로어가 낯빛을 고치면서 소리를 질렀다.

"암스트롱 선생님, 대체 무슨 뜻으로 하시는 말씀입니까?"

"시간이 꽤 걸렸다고 한 것뿐이네."

암스트롱이 같은 말을 되풀이했다.

"밧줄을 찾아야 하지 않습니까? 누가 밧줄을 들고, 어서 가져가라고 기다린답니까? 명령만 내리면 밧줄을 눈앞에다 바로 대령해야 하는 겁니까?"

워그레이브 판사가 화제를 돌렸다.

"블로어 군이 밧줄을 가지러 가고 있을 동안 두 분은 함께 계셨소?"

"롬바드 씨가 잠깐 어딜 갔다 오긴 했지만, 대부분의 시간은 같이 있었습니다. 그리고 롬바드 씨가 다녀올 동안 나는 내내 그 자리에 있었고요."

암스트롱이 대답했다.

롬바드가 입가에 웃음을 띠고 설명했다.

"나는 육지 쪽에 대한 일광 반사 신호의 가능성을 조사하고 싶었습니다. 적당한 장소를 물색하러 갔던 것입니다. 겨우 1, 2분 동안 다녀왔을 뿐입니다."

암스트롱이 고개를 끄덕였다.

"그렇습니다. 분명히 말씀드리지만, 살인할 만한 시간은 아니었습니다."

"두 분께선 시계를 보고 있었소?"

워그레이브 판사가 물었다.

"아닙니다."

암스트롱이 대답했다.

"나는 시계를 차고 다니지 않습니다."

롬바드의 말이었다.

워그레이브 판사가 태연하게 말했다.

"1, 2분이란 표현은 모호하기 짝이 없는 것이오."

그는, 뜨개질감을 무릎 위에 놓고 꼿꼿하게 앉아 있는 에밀리 브렌트 쪽으로 고개를 돌렸다.

"브렌트 여사께서는 어떻습니까?"

에밀리 브렌트가 대답했다.

"저는 클레이돈 양과 함께 섬 꼭대기로 올라갔었어요. 그 뒤로는 테라스에 앉아서 일광욕을 했지요."

"테라스에서 여사를 본 것 같지 않은데요."

오전 내내 테라스에 앉아 있었다는 워그레이브 판사의 말이었다.

"집의 동쪽 모퉁이에 앉아 있었어요. 바람이 싫어서였죠."

"점심 식사 시간까지 거기에 계셨던가요?"

"그렇습니다."

"클레이돈 양은?"

베라가 침착하게, 그리고 분명하게 설명했다.

"이른 아침에는 브렌트 여사와 함께 있었습니다. 섬 꼭대기에서 내려온 뒤에는 저 혼자 이리저리 좀 나다녔습니다. 바닷가로 내려가 매카더 장군과 이야기를 나누기도 했죠."

"그게 몇 시쯤이오?"

워그레이브 판사가 물었다.

베라는 그 시각을 제대로 기억하지 못했다.

"글쎄요, 점심 식사가 시작되기 한 시간 전……, 아니면 그 뒤였는지……."

"우리와 장군이 이야기를 나눈 후요, 전이오?"

블로어가 물었다.

"모르겠어요. 장군님은 어딘가 이상했어요."

베라는 이렇게 대답하고 가볍게 몸을 떨었다.

"어떻게 이상했다는 것이오?"

판사가 물었다.

베라는 나직한 목소리로 대답했다.

"우리 모두가 죽는다고 했어요. 우리 모두가 종말을 기다리고 있다는 말도 했고요. 그 말을 들었더니 몹시 겁이 나더군요……."

판사는 고개를 끄덕였다.

"그 다음엔 무얼 했지요?"

"집으로 돌아왔어요. 그러다 점심 식사 시간이 되기 직전에 다시 나가 섬 꼭대기 위로 올라갔습니다. 정말 뒤숭숭한 하루였어요."

워그레이브 판사는 턱을 매만지면서 말했다.

"그럼, 이제 로저스만 남았군. 로저스의 증언이 우리에게 보탬이 될 수 있을지는 의문이지만."

판사 앞으로 로저스가 불려 나왔다.

판사의 말대로 로저스로부터는 별로 들을 만한 이야기가 나오지 않았다. 그는 오전 내내 집안일과 점심 식사 준비로 몹시 바빴던 것이었다. 그는 또, 점심 식사 전에 테라스로 마실 것을 날라야 했고, 지붕 밑 침실의 자기 소지품을 아래층 침실로 옮겨야 했다. 그에겐 오전 내내 창 밖으로 눈길 한 번 던질 시간이 없었으니, 매카더 장군의 죽음과 관련된 이야기는 한 마디도 하지 못하는 게 당연했다.

그러나 그는, 점심을 차리려고 식탁을 치우면서 본 식탁 위의 꼬마 인디언 인형은 분명히 8개였다고 증언했다.

로저스의 증언이 끝나자 방 안에는 침묵이 감돌았다.

워그레이브 판사는 헛기침을 했다. 롬바드가 베라 클레이돈에게 속삭였다.

"사건의 요점 설명이 있겠군요."

판사가 설명을 시작했다.

"우리는 이 세 건의 살인 사건을 조사하는 데 최선을 다했소. 확률상으로 보아 특정인이 특정 사건에 연루되었을 가능성은 있으나, 한 사람이 세 사건에 두루 연루되었다고는 단정할 수 없소. 되풀이해서 말씀드리거니와, 나는 이 방에 모인 일곱 사람 중 한 사람은 지극히 위험한 인물이며, 어쩌면 이 무자비한 범죄 사건의 범인일지도 모른다고 믿고 있소. 그 인물이 누구라고 지목할 증거는 아직 없소. 현재로서 우리가 할 수 있는 일은, 한시바삐 육지 구원을 요청하는 한편, 구조가 지연되는 경우—날씨로 미루어 보아 지연될 가능성이 크지만—에 대비해서 우리들 자신의 안전을 도모하는 일일 것이오. 바라건대, 여러분께서는 나의 이러한 충고를 염두에 두시고, 좋은 의견이 있으면 들려 주시기 바라오. 그 동안 여러분은 각자가 자신의 신변을 지켜야 하오. 희생자들이 아무도 의심하지 않았기 때문에 살인자는 쉽게 자기 목적에 이를 수 있었다는 것에 유념하시오. 지금부터는 우리들 일행이라도 서로 의심하도록 하시오. 이 사전

경고는 여러분을 무장시키는 것에 해당되오. 유비무환이니까. 방심은 금물이오. 위험을 경계하시오. 이상입니다."
 필립 롬바드가 다시 중얼거렸다.
 "이것으로 폐정(閉廷)한다, 이거지……."

열

I

"저 말 믿으세요?"

베라 클레이돈이 물었다.

베라와 필립 롬바드는 거실 창가에 앉아 있었다. 밖에서는 폭우가 쏟아지고 있었다. 유리가 창틀 안에서 몹시 흔들렸다. 필립 롬바드는 고개를 모로 꼬고 있다가 대답했다.

"범인은 우리 가운데 한 사람이라는, 워그레이브 판사의 말 말입니까?"

"네."

필립 롬바드가 천천히 말했다.

"간단하게 말하긴 어렵습니다. 아시겠지만 논리적으로는 옳은 말이긴 해도, 어쩐지……."

베라는, 롬바드가 하지 못했던 이야기를 마저 했다.
"어쩐지……, 믿어지지 않는다는 거죠?"
필립 롬바드는 표정을 일그러뜨렸다.
"도무지 믿기는 게 없어요. 그렇지만 매카더 장군이 죽고 난 뒤로 의심할 여지가 없는 사실이 한 가지 있습니다. 사고사도 아니고 자살도 아니라는 거지요. 이건 분명히 타살입니다. 벌써 세 사람이 죽지 않았습니까?"
베라는 몸을 떨었다.
"악몽……, 네, 악몽이에요. 도저히 일어날 수 없는 일이 일어나는 악몽같이 느껴져요."
롬바드가 고개를 끄덕이며 말했다.
"일어나도 좋을 일은 어떤 것일까요? 노크소리가 들리고, 하인이 아침 차를 날라다 주는 것?"
"그런 일이 생긴다면야 오죽이나 좋겠어요."
베라가 시들하게 웃었다.
롬바드의 말투가 진지해졌다.
"그럴 테죠. 하지만 그런 일은 일어나지 않습니다. 우리는 모두 꿈을 꾸고 있어요. 어쨌든 지금부터는 경계를 단단히 해야 할 겁니다."
베라가 음성을 낮추었다.
"만일……, 저 사람들 중 한 사람이라면……, 누구라고 생각하세요?"
필립 롬바드가 갑자기 웃음을 터뜨렸다.

"'저 사람들'이라니, 우리 둘은 제외시키자는 겁니까? 그렇게 들리는데요. 맞습니다, 내가 살인자가 아니라는 걸 가장 잘 아는 사람은 바로 납니다. 그리고 내가 아는 한, 베라 클레이돈 당신도 그런 짓을 할 사람은 아니지요. 내가 아는 한, 당신은 내가 지금까지 만나 본 어떤 사람보다 건강하고 건전한 분입니다. 당신이 건강하고 건전한 사람이라는 데 내 명예를 걸겠습니다."

"고맙습니다."

베라가 희미하게 웃으며 속삭였다.

"베라 클레이돈 양, 칭찬을 들으셨는데도 돌려 주시지 않을 참인가요?"

롬바드가 우스갯소리를 했다.

베라는 잠깐 망설이다가 말문을 열었다.

"기억나시죠, 당신은 사람의 목숨을 필요 이상으로는 신성하게 여기지 않는다는 뜻으로 하신 말씀? 하지만 당신은 저 축음기가 비난하던 그런 사람으로는 보이지 않아요."

"잘 보셨습니다. 내가 살인을 했다면, 그것은 살인으로 얻는 바가 있기 때문일 겁니다. 그런 대량 살인은 전혀 내 식이 아닙니다. 그건 그렇고……, 우리 둘은 제외시키고, 나머지 다섯 사람에 대해서 얘기해 봅시다. 누가 U. N. 오웬일까요? 나는 이것저것 따지지 않고, 바로 워그레이브 판사를 지목하겠습니다."

"어머나!"

베라는 적지 않게 놀랐던 모양이었다. 1, 2분간 아무 말 없이 생각에 잠겨 있던 베라가 그 이유를 물었다.

"왜요?"

"정확하게는 답변하기 어렵습니다. 대충 말해 볼까요? 워그레이브는 노인이고, 수십 년간 법정에서 죄인들을 호령했습니다. 말하자면, 매년 몇 개월씩은 법정에서 전능하신 신 노릇을 했다는 겁니다. 이 정도면 사람의 머리를 이 방면으로 돌아버리게 하기에 충분합니다. 그는 자기 자신을 전능한 사람으로 믿고 있는지도 모릅니다. 생사여탈을 마음대로 할 수 있는 결재 말입니다……. 그러다가 머리가 돌아서, 그 이상의 사형 집행인, 최후의 심판자가 되려 하는 것인지도 모릅니다."

"네, 제가 생각해도 가능한 일이에요."

베라가 천천히 고개를 끄덕였다.

"베라 양은 누구를 지목하시지요?"

"닥터 암스트롱이에요."

베라는 조금도 주저하지 않고 대답했다.

롬바드는 나직하게 휘파람을 불었다. 그만큼 놀랐던 것이다.

"의사라……. 나는 그 사람을 뒷전으로 밀어 놓았는데……."

베라는 고개를 가로저었다.

"아니에요. 두 사람이 독살당했어요. 이것으로 의사를 용의자로 지목하기엔 충분해요. 우리가 확신하고 있는 것은, 로저스 부인이 먹은 것이라고는 의사가 준 신경안정제밖에 없다는 사실이에요. 이걸 부정하시진 않겠죠?"

"일리가 있습니다."

롬바드가 고개를 끄덕였다.

베라의 말은 계속되었다.

"만일 의사가 정신이 돈 사람이라면, 우리가 알기 전부터 그랬을 거예요. 게다가 의사란 과로와 긴장에 시달리는 직업이에요."

"그렇긴 합니다만, 내 생각으로는, 암스트롱이 매카더 장군을 죽인 것 같지는 않군요. 잠깐 그를 혼자 남겨두고 섬 꼭대기로 간 적이 있습니다만, 그 동안 살인했을 가능성은 희박합니다. 그러자면 산토끼처럼 분주하게 뛰어다녀야 했을 텐데, 그에겐 그러고도 숨결이 거칠어지지 않을 정도의 체력도 없고, 단련도 되어 있지 않은 것 같았어요."

"그때 한 게 아니에요. 그 뒤에 기회가 있었을 거예요."

"언제 말입니까?"

"점심 식사가 준비되었다고 매카더 장군을 모시러 갔을 때."

필립은 다시 한 번 나직하게 휘파람을 불었다.

"그러니까, 그때 해치웠다는 겁니까? 그랬다면, 그 친구 배짱 한번 대단하군요."

베라는 서둘러 말을 이었다.

"배짱이 있고 없고가 무슨 상관이에요? 여기에 의학 지식을 갖춘 사람은 그 사람뿐이에요. 죽여 놓고 나서, 죽은 지 한 시간쯤 되었다고 하면 우리가 무슨 수로 그게 거짓말인 줄 알겠어요?"

필립 롬바드는 베라의 얼굴을 바라보면서 혀를 내둘렀다.

"정말 대단한 추리력입니다……."

II

"블로어 씨, 그게 대체 누굽니까? 제가 알고 싶은 건 이것뿐입니다. 그게 누굽니까?"

로저스의 표정은 일그러져 있었다. 그는 오래 입어 반짝반짝 윤기나는 가죽 바지 앞으로 두 손을 꽉 틀어 잡고 있었다.

전직 범죄 수사대 경위인 블로어가 대답했다.

"그게 바로 문제 아닌가?"

"판사님께서는, 저를 포함해서 손님들 중 한 분이라고 하셨습니다. 누굽니까? 정말 알고 싶습니다. 인간의 탈을 쓴 악마가 대체 누굽니까?"

"그건 우리 모두가 알고 싶어하는 것일세." 블로어가 대답했다.

로저스는 질문 방법을 바꾸었다.

"블로어 씨, 블로어 씨께서는 아실 겁니다. 틀림없이 알고 계시지요?"

"알고 있을지도 모르지."

블로어가 대답했다.

"하지만 확언하기엔 아직 갈 길이 멀어. 어쩌면 내가 잘못 짚고 있는지도 모르고. 내가 말할 수 있는 것은, 내가 문제의 주인공을 제대로 짚었다면, 아주 냉정한, 엄청나게 냉혹한 사람이라는 것뿐이네."

로저스는 이마에 흐르는 땀을 닦았다. 그의 목소리는 쉬어 있었다.

"정말 악몽에 시달리고 있는 것 같습니다."

블로어는 그의 얼굴을 빤히 노려보며 물었다.

"로저스, 자네에겐 짚이는 바가 없나?"

집사는 고개를 가로저었다.

"저는 모릅니다. 전혀 모릅니다. 그래서 앉을 수도 설 수도 없을 정도로 무섭습니다. 아무것도 모르기 때문에……."

III

닥터 암스트롱이 부르짖었다.

"어떻게든 빠져 나가야, 빠져 나가야 합니다. 어떤 대가를 치르더라도!"

워그레이브 판사는 생각에 잠긴 채 흡연실 창밖을 내다보면서 안경 끈을 만지작거리고 있었다. 그가 입을 열었다.

"내가 일기 예보 전문가일 리가 있겠소만……, 마을에서 우리가 조난당해 있다는 걸 안다손치더라도 24시간 안에는 배를 댈 수 없소. 그 뒤에 바람이 자면 또 모르겠지만."

닥터 암스트롱은 손바닥에 얼굴을 묻으며 말을 내뱉었다.

"그 동안 우리는 모두 앉은 자리에서 죽음을 당하고 말지도 모릅니다."

워그레이브 판사가 그를 위로했다.

"그럴 리야 있겠소. 그런 일이 일어나지 않도록 만반의 조처를 강구해야겠지요."

 암스트롱은 문득, 판사같이 늙은 사람이 젊은 사람 이상으로 생명에 대한 애착이 강하다는 생각을 했다. 그에겐, 의사로서 환자를 대하면서도 이와 비슷한 생각을 한 경험이 있었다. 그는 판사보다는 20년은 연하인데도 어쩐지 자기 보호 본능은 판사보다 열등한 것 같다고 생각했다.
 워그레이브 판사는 이와 전혀 다른 생각을 하고 있었다.
 '앉은 자리에서 죽어? 의사란 건 어쩔 수가 없구나. 생각하는 거나 말하는 투가 지극히 상투적이야. 이 자도 보기보다는 꽤 아둔한 친구군 그래.'
 "벌써 세 사람이나 죽었습니다."
 암스트롱의 말이었다.
 "그렇소. 그러나, 그 사람들에겐 공격에 대한 준비가 전혀 되어 있지 않았다는 데 유념해야 하오. 우리는 방비를 튼튼하게 하고 있소."
 "방비하고, 경계하면 무얼 합니까? 우리도 조만간······."
 "그래도, 우리가 할 수 있는 일은 몇 가지 있소."
 워그레이브 판사의 말이었다.
 "정말 모를 일입니다. 도대체 누가······."
 판사는 턱을 매만지면서 중얼거렸다.
 "나는 누구라고 잘라 말한 적이 없소."
 "그럼 '누군지' 알고 계신다는 말씀이십니까?"
 암스트롱이 흠칫 놀라면서 물었다.

워그레이브 판사는 조심스럽게 대답했다.

"법정에서 채택하는 것과 유사한 증거를 필요로 한다면, 나는 그런 증거를 확보하지 못하고 있소. 그러나 지금까지의 일로 미루어 어느 특정인을 자신 있게 지목할 수는 있을 것 같소. 그래, 그럴 수 있을 것 같소."

"무슨 말씀이신지 모르겠습니다."

판사의 눈치를 살피며 암스트롱이 중얼거렸다.

IV

에밀리 브렌트 여사는 이층 자기 침실에 있었다. 브렌트 여사는 성경을 집어 들고 창가로 가서 앉았다. 그러고는 성경을 폈다. 그러나 잠깐 망설이던 브렌트 여사는 성경을 한쪽으로 치워 놓고 화장대 앞으로 다가갔다. 브렌트 여사는 화장대 서랍에서 표지가 검은 노트 한 권을 꺼냈다. 노트를 편 그녀는 곧 쓰기 시작했다.

끔찍한 일이 벌어졌다. 매카더 장군이 죽은 것이다. '장군의 사촌 동생은 엘리 맥퍼슨의 남편이다.' 그가 살해당했다는 것은 의심할 여지가 없다. 점심 식사 후 판사가 참으로 흥미로운 말을 했다. 그는, 우리 중의 누군가가 살인자라고 확신하고 있었다. 따라서 우리 중의 하나는 악마에 들려 있다. 나도 이미 그런 의심을 해 본 적이 있다. 누가 범인일까? 모두들 스스로에게 이런 질문을 던졌을 테지. 나만은 알고 있다…….

브렌트 여사는 한동안 꼼짝도 않고 앉아 있었다. 그녀의 눈동자가 시간이 갈수록 흐릿해졌다. 손가락 안에서 연필이 술취한 사람처럼 비틀거렸다. 획이 꼬불꼬불한 대문자로 브렌트 여사는 이렇게 썼다.

살인자의 이름은 비트리스 테일러다…….

그녀는 눈을 감았다. 그리고, 갑자기 무엇에 놀란 듯이 눈을 떴다. 그러고는 노트를 내려다보았다. 브렌트 여사는 비명을 지르며 마지막 문장의, 획이 꼬불꼬불한 글씨를 읽기 시작했다.
그러다가 나직하게 중얼거렸다.
"내가 이걸 썼단 말인가? 내가 정말? '나 역시 미쳐 가고 있구나…….'"

V

폭풍은 시간이 흐를수록 심해졌다. 바람이 시시각각으로 집 벽을 난타했다. 모두가 거실에 모여 있었다. 모두 한 덩어리가 되어 맵시도 안 나게 앉아 있었다. 그들은 눈을 번득이며 서로를 경계했다.

로저스가 차 쟁반을 들고 들어왔을 때에야 모두들 일어났다.

"커튼을 내릴까요? 분위기가 좀 가라앉을 겁니다."

로저스의 말이었다.

모두가 고개를 끄덕이자 로저스가 커튼을 내리고 전등을 켰다. 아닌 게 아니라 분위기가 조금 전보다 훨씬 나았다. 그림자가 걷힌 것이었다. 모두가 이런 생각을 했다.

'내일이면 폭풍이 자고, 누군가가 구조하러 올 테지. 배도 오고……'

베라 클레이돈의 음성이 들렸다.

"브렌트 여사님, 차를 좀 따라 주시겠습니까?"

브렌트 여사가 대답했다.

"난 싫은데. 아가씨가 좀 들지. 주전자가 너무 무거워. 회색 뜨개질 실 뭉치를 두 개나 잃어 버렸어. 짜증스러워 죽겠네."

베라가 티 테이블 앞으로 다가갔다. 찻잔 부딪치는 소리가 유난히 맑게 들렸다. 모두가 그 소리를 신호로 평정을 되찾는 것 같았다.

홍차! 오후의 차 맛은, 언제나 별미였다. 필립 롬바드가 홍차 맛을 칭찬했다. 블로어도 반응을 보였다. 닥터 암스트롱은 우스갯소리까지 했다. 평소에는 홍차를 마시지 않는 워그레이브 판사도 맛있게 들었다. 이렇게, 꽤 화기애애한 자리로 로저스가 들어왔다. 로저스는 어딘가 불안해 보였다. 그가 물었다.

"죄송합니다만, 혹 어느 분이 욕실 커튼을 치우셨는지요?"

롬바드의 머리가 맨 먼저 솟았다.

"욕실 커튼이라니, 그게 무슨 소린가, 로저스?"

"그게 사라졌습니다. 커튼을 모두 내리려고 돌아다니고 있는데, 유독 화장실, 아니 욕실 커튼이 없는 게 아니겠습니까?"

"아침에는 있었는가?"

워그레이브 판사가 물었다.

"있었습니다."

"어떤 커튼이지?"

이번엔 블로어가 물었다.

"주홍빛 비단 커튼입니다. 타일이 빨간 것이어서 색깔을 맞추었던 모양입니다."

"그런데 그게 없어졌다는 것인가?"

롬바드였다.

"네."

모두가 서로의 얼굴을 번갈아 바라보았다.

블로어가 무신경하게 말했다.

"그래서 어쨌다는 것인가? 이상스러운 게 어디 한두 가지인가? 어쨌든 별로 중요한 건 아니야. 비단 커튼으로 살인할 수는 없어. 그러니까 잊어 버려!"

"네, 감사합니다."

로저스는 이렇게 말하고는 밖으로 나가 뒷손질로 문을 닫았다.

거실 안의 분위기는 다시 무거워져 있었다. 그들은 다시 서로를 경계하기 시작했다.

VI

저녁 식사가 나왔다. 모두들 차려진 대로 먹고 상을 물렸다. 대개가 통조림인 간단한 식사였다. 식사 후 모두들 거실에 모였지만, 그때 이미 각자가 느끼는 긴장은 한계에 이르러 있었다. 아홉 시가 되자, 에밀리 브렌트 여사가 자리를 박차고 일어나며 이렇게 말했다.
"잠이나 자야겠어요."
"저도 자러 가겠어요."
베라 클레이돈도 따라 일어났다.
두 여자는 계단을 올라갔다. 롬바드와 블로어가 따라 올라갔다. 층계참에서 두 사람은 에밀리 브렌트와 베라 클레이돈이 각기 자기 방으로 들어가는 걸 보았고, 안으로 문을 걸어 잠그는 소리도 들었다. 안에서 빗장이 걸리는 소리, 열쇠가 돌아 가는 소리까지 들은 것이었다. 블로어가 빙긋이 웃으며 롬바드에게 말했다.
"안에서 잠그라는 말은 따로 할 필요도 없군요. 알아서 척척 들 하니까요."
롬바드가 대답했다.
"어쨌든 오늘 밤만은 안전하겠지."

롬바드가 돌아서서 층계를 내려오자 블로어도 그 뒤를 따라 내려왔다.

VII

네 사람은 한 시간 늦게 잠자리에 들었다. 네 사람은 함께 이층으로 올라갔다. 아침 식사를 준비하느라고 식당에 있던 로저스는 네 사람이 올라가는 걸 보았다. 네 사람은 이층 층계참에서 잠시 발길을 멈추었다.

워그레이브 판사의 목소리가 들려왔다.

"여러분, 문을 잠그고 주무시라는 말은 따로 할 필요가 없겠지요?"

블로어의 목소리도 들려 왔다.

"안으로 문을 잠그는 것만으로는 부족합니다. 문 손잡이 밑에다 의자를 하나씩 갖다 놓으세요. 밖에서 문을 여는 수도 있으니까요."

"이것 보게, 블로어, 자네는 너무 아는 게 병일세."

롬바드의 나직한 목소리가 들려 왔다.

"잘들 주무시오. 내일 아침, 무사히 만나길 빌겠소."

워그레이브 판사의 차분한 목소리였다.

로저스는 식당에서 나와 계단을 반쯤 올라섰다. 거기서 그는 네 사람이 각자의 침실로 들어가는 걸 보았다. 이어서 네 개의 빗장이 안으로 걸리는 소리를 들었다. 로저스는 고개를 끄덕이며 중얼거렸다.
"저 정도면 안심해도 되겠어."
그는 다시 식당으로 내려왔다. 됐어, 아침 식사 준비는 이 정도면……. 그의 시선이 식탁 한가운데 있는 유리 장식함에 머물렀다. 일곱 개의 도제 인디언 인형은 그 안에 있었다. 그는 빙긋이 웃으며 중얼거렸다.
"오늘 밤에는 아무도 장난질을 못 하게 해야지."
식당을 가로질러 간 그는 주방으로 통하는 문을 잠갔다. 그러고는 다른 문을 통해서 현관으로 나가서는, 그 문 역시 잠근 다음, 열쇠를 주머니에 넣었다. 이어서 불을 끈 그는 서둘러 이층으로 올라가 새로 짐을 옮겨 놓은 침실로 들어갔다.
그 침실에, 사람이 숨을 만한 곳은 옷장뿐이었다. 그는 옷장 문을 열고 안을 들여다보았다. 문을 닫은 그는 그 문마저 잠그고 잠자리에 들었다. 이런 생각을 하면서…….
'오늘 밤에는 인디언놀이도 못할 테지. 문이란 문은 모조리 꼭꼭 때려잠갔으니까…….'

열하나

I

필립 롬바드에게는 새벽에 일단 잠을 깨는 버릇이 있었다. 이 날 새벽에도 어김없이 잠을 깼다. 그는 팔베개를 한 채 귀를 기울였다. 다소 잠잠하긴 했으나 바람은 여전히 불고 있었다. 빗소리는 들리지 않았다……. 그러다 여덟 시가 되자 다시 빗발이 사나워지기 시작했다.

그러나 롬바드는 그 빗소리를 듣지 못했다. 다시 잠에 곯아떨어졌던 것이다.

아홉 시 반, 잠에서 깨어나 침대 머리에 앉은 그는 시계를 보았다. 시각이 엉뚱했다. 그는 시계를 귀에다 대어 보고 나서는 입술을 이빨 아래 위로 말아 올리며 늑대처럼 웃었다. 이것도 그의 독특한 버릇 중의 하나였다.

그가 중얼거렸다.

"이 시각이 되어도 차를 안 가져 와? 뭐라고 한 마디 안 할 수 없지."

10시 25분 전, 그는 블로어의 침실 문을 두드렸다. 블로어가 살며시 문을 열었다. 머리카락은 헝클어져 있었고, 눈은 여전히 잠에 취한 채였다. 필립 롬바드가 한 마디 했다.

"이 시간까지 잠을 자? 신경이 무딘 양반이군."

"왜 그러세요, 무슨 일이 있습니까?"

"누가 자네 방문을 두드리지 않던가? 차를 안 가져 오더냐는 말일세. 지금이 몇 신 줄 아시는가?"

블로어는, 침대 머리 맡에 두었던 자기 시계를 들여다보고는 중얼거렸다.

"10시 25분 전이군. 이렇게 정신없이 잘 수 있으리라고는 생각도 못 했습니다. 로저스는 어디에 있습니까?"

"부르면 메아리나 대답할까?"

필립 롬바드가 대답했다.

"무슨 뜻이죠?"

블로어가 정신이 번쩍 든 듯한 얼굴을 하고 물었다.

롬바드가 대답했다.

"로저스가 사라졌단 말일세. 자기 방에도 없고, 아래층에도 없어. 화덕 위에 차 주전자가 올려져 있기는커녕 화덕에 불을 피우지도 않았네."

블로어가 숨을 몰아쉬면서 말했다.

"이 친구가 대체 어디로 간 걸까요? 섬 구경을 나갔나? 잠깐 기다리세요, 옷 좀 걸칠 테니까. 우선 다른 사람들에게 좀 물어보죠."

필립 롬바드가 고개를 끄덕였다. 그리고 나란히 붙어 있는 다른 사람들의 침실 쪽으로 걸어갔다.

암스트롱은, 이미 일어나 옷을 거의 차려입고 있었다. 워그레이브 판사는 블로어처럼 노크소리에 잠을 깬 상태였고, 베라 클레이돈은 이미 옷을 차려입은 다음이었다. 에밀리 브렌트의 방은 비어 있었다.

판사와 블로어를 제외한 세 사람은 집 안 구석구석을 뒤졌다. 필립 롬바드가 이미 확인한 바 있듯이 로저스의 침실은 비어 있었다. 침대에는 사람이 잔 흔적이 있었다.

면도기와 수건, 비누도 젖어 있었다.

"일어나긴 일어났군."

롬바드의 말이었다.

베라가 나직한 목소리로 물었다.

"어딘가에 숨어서 우리를 기다리고 있는 게 아닐까요?"

베라는 분명히 다른 사람의 동의를 구하고 있었다.

롬바드가 그 말에 대답했다.

"아가씨, 그런 걱정이라면 이미 내가 어제부터 하고 있습니다. 로저스를 찾기까지는 함께 다니기로 합시다."

"분명히 이 섬 어딘가에 있겠지요."

닥터 암스트롱이 말했다.

뒤늦게 옷을 입고 합류한 블로어도 한 마디 했다. 그는 수염도 깎지 못한 채 달려왔다.

"브렌트 여사는 어디에 있습니까? 엎친 데 덮친 격이군요."

네 사람이 현관으로 내려왔을 때 에밀리 브렌트가 현관 문을 열고 들어왔다.

브렌트는 매킨토시 비옷을 입고 있었다.

"파도는 아직 높아요. 오늘도 배가 오긴 틀렸어요."

에밀리 브렌트 여사의 말이었다.

블로어가 물었다.

"아니, 브렌트 여사, 혼자 이 섬을 돌아다녔다는 말씀입니까? 그게 얼마나 위험한 일인지도 모르시고요?"

"블로어 군, 너무 걱정 말아요. 충분히 조심했으니까요."

에밀리 브렌트가 대답했다.

블로어가 퉁명스럽게 다시 물었다.

"로저스 못 보셨어요?"

브렌트의 눈꼬리가 올라갔다.

"로저스라뇨? 오늘 아침엔 못 봤는데요, 왜요?"

워그레이브 판사가 면도를 마치고 옷을 단정하게 차려입은 뒤 틀니까지 끼운 채 계단을 내려왔다. 그는 열려 있는 식당 문으로 들어갔다.

"아, 아침상은 차려져 있군."

"어젯밤에 차려 놓았을 겁니다."

롬바드의 말이었다.

모두가 식당으로 들어갔다. 과연 접시와 포크, 나이프가 가지런히 차려져 있었다. 그들은 보조 식탁에 놓인 찻잔, 커피 주전자, 그리고 그 밑에 깔개가 깔려 있는 것까지 보았다. 인디언 인형을 맨 먼저 본 사람은 베라였다. 베라는 워그레이브 판사의 팔을 움켜잡았다. 베라의 아귀 힘이 어찌나 세었던지 판사가 얼굴을 찡그렸다.

"인디언 인형을 보세요!"

베라가 소리쳤다.

식탁 한가운데 있는 인디언 인형은 여섯 개 뿐이었다.

II

그로부터 얼마 후 그들은 로저스를 발견했다. 그는 마당 건너편의 세탁장에 있었다. 주방 화덕에다 불을 피우려고 장작을 준비하고 있었던 모양이었다. 그의 손에는 조그만 손도끼가 들려 있었다. 그리고 그보다 훨씬 큰 도끼가 문 옆으로 엇비슷하게 놓여 있었다. 그 도끼 날 끝에는 갈색으로 변색한 피가 엉겨 있었다. 핏자국의 넓이는 로저스의 후두부에 난 깊은 상처의 넓이와 일치했다.

III

"뻔한 일 아닙니까?"

암스트롱의 말이었다.

"살인자는 로저스의 뒤로 다가가서 장작을 패느라고 허리를 구부리고 있는 로저스의 후두부를 단숨에 찍은 겁니다."

블로어는 어느 새 주방에서 가져 온 밀가루로 도끼 자루의 지문을 뜨느라고 바빴다. 워그레이브 판사가 닥터 암스트롱에게 물었다.

"의사 선생, 힘이 있는 사람이라야 할 수 있는 짓일까?"

암스트롱이 천천히 대답했다.

"여자도 이런 짓을 할 수 있느냐, 그 말씀이시죠? 할 수 있을 겁니다."

그는 재빨리 주위를 둘러보았다. 베라 클레이돈과 에밀리 브렌트는 이미 주방으로 돌아간 다음이었다.

"저 아가씨라면 능히 할 수 있을 겁니다. 상당히 단련된 몸매니까요. 브렌트 여사도 겉보기엔 허약 체질 같습니다만 저런 여자가 의외로 순발력이 있고 힘이 센 경우가 있습니다. 그리고, 정신이 이상한 사람은 의외로 힘이 센 경우가 많다는 것에도 유념하실 필요가 있습니다."

판사가 알았다는 듯이 고개를 끄덕였다.

블로어가 무릎을 세우며 일어나 한숨을 쉬었다.

"지문이 없습니다. 범행을 저지른 뒤에 지웠어요."

그때 난데없는 웃음 소리가 들렸다. 모두 그 웃음 소리가 들리는 쪽을 돌아다보았다.

베라 클레이돈이 마당 한가운데 서 있었다. 그녀는 비단 폭이 찢기는 듯한 소리를 내며 웃고 있었다. 웃느라고 몸이 걷잡을 수 없을 정도로 흔들리고 있었다.

"이 섬에 벌이 있나요? 어디 가면 꿀이 있을까요? 하하하하하……."

모두들 휘둥그레진 눈으로 그녀를 바라보았다. 그렇게 차분하고 침착하던 여자가 바로 그들의 눈앞에서 정신 이상 발작을 일으키고 있는 것 같았다. 베라 클레이돈은 앙칼진 목소리로 계속해서 외쳤다.

"그런 눈으로 보지 마세요! 내가 미치기라도 했나요, 그런 눈들로 보시게? 여러분에게 묻고 싶어요. 제 정신은 이렇게 물을 수 있을 만큼 말짱해요. 벌, 꿀벌이 어디 있느냔 말이에요. 무슨 말인지 모르시겠어요? 벽에 걸린 동요도 읽어 보지 않았나요? 여러분의 침실에 걸려 있어요. 여러분들이 보시라고, 웬만큼 눈여겨 보았더라면 이 일까지도 미연에 방지할 수 있었을 거예요. 내가 외어 볼까요?

'일곱 꼬마 인디언이 장작을 팼다……'

다음 구절도 줄줄 욀 수 있어요. 자, 들어 보세요.

'여섯 꼬마 인디언이 벌집을 가지고 놀았다……'

그래서 묻는 거예요. 이 섬에 벌이 있나요? 재미있지 않아요? 정말 재미있는 일이 아닌가요……?"

베라 클레이돈은 다시 깔깔거리기 시작했다. 암스트롱이 베라 쪽으로 다가갔다. 그는 오른손을 들었다가 눈 깜짝할 사이에 베라의 뺨에다 올려 붙였다.

베라는 숨을 가누며 흐느끼다가 곧 울음을 삼켰다. 한동안 꼼짝도 않고 서 있던 베라가 나직하게 말했다.

"고맙습니다……. 이제 괜찮아요."

베라의 목소리는 여느때의 차분한 목소리, 체육 교사의 품위 있는 목소리로 돌아와 있었다.

베라는 마당을 가로질러 주방 쪽으로 가면서 이렇게 말했다.

"브렌트 여사와 함께 아침 식사 준비를 하겠어요. 불을 피우게 장작 좀 가져다 주시겠어요?"

베라의 뺨에는 닥터 암스트롱의 손자국이 또렷하게 나 있었다.

그녀가 주방으로 돌아간 뒤 블로어가 말했다.

"의사 선생님, 정말 잘 하셨습니다."

닥터 암스트롱이 변명이라도 하듯이 중얼거렸다.

"어쩔 수가 없었네. 모든 게 이 지경인데 히스테리까지 봐 주어야 하다니……!"

"히스테리를 부릴 만한 사람은 아닌데요."

롬바드의 말이었다.

암스트롱이 고개를 끄덕이고 나서 설명했다.

"옳은 말이오. 건강하고 사리 분별이 분명한 여자지요. 충격을 받은 것뿐입니다. 누구든 이 지경이 되면 그럴 수가 있지요."

로저스는 살인자의 공격을 받기까지 도끼질은 어느 정도 했던 모양이었다. 그들은 그 장작들을 모아 주방으로 안고 갔다. 베라와 에밀리 브렌트는 주방에서 분주하게 움직이고 있었다. 브렌트는 화덕의 재를 퍼내고 있었고, 베라는 베이컨의 포장을 벗겨 내고 있었다. 에밀리 브렌트가 말했다.

"장작을 안아다 줘서 고마워요. 바쁘게 움직이고 있으니까, 30분 내지 45분이면 아침 식사가 준비될 거예요. 먼저 주전자를 올려 놓아야겠네……."

IV

전직 범죄 수사대 경위인 블로어가 필립 롬바드에게 목소리를 죽이며 이렇게 말했다.

"제가 지금 무슨 생각을 하고 있는지 아십니까?"

"묻지 말고 말해 보게. 생각하기도 귀찮으니까."

필립 롬바드가 퉁명스럽게 대답했다.

전직 범죄 수사대 요원 블로어는 우직한 사람이었다. 암시만 주어도 될 텐데, 그는 그렇지 않았다. 곧이곧대로 말해야 직성이 풀리는 것이었다.

"미국에서 일어났던 사건입니다. 노부부가 도끼에 맞아죽었습니다. 벌건 대낮의 일이었지요. 집 안에는 딸과 하녀밖에 없었습니다. 하녀는 도저히 그런 짓을 할 수 있는 여유가 없었습니다.

알리바이가 있었으니까요. 그런데 딸이란 여자는 중년에 가까운 노처녀였지요. 그렇지만, 딸이 그런 살인을 했을 거라고는 아무도 생각하지 않았어요. 그래서 딸도 무혐의로 풀려 났습니다. 수사관들은 끝내 이 사건의 경위를 설명해 내지 못했지요."

그는 침을 꿀꺽 삼키고는 다시 말을 이었다.

"도끼를 보니 그 생각이 나는군요. 황급히 주방으로 갔더니, 그 여자 아무렇지도 않은 듯이 일을 하고 있더군요. 머리가 돌아버린 게 아닐까요? 아까 히스테리를 부리던 아가씨 말인데요……, 이런 상황이니 히스테리를 부리는 것도 당연하지 않겠습니까? 어떻게 생각하세요?"

"그럴 수도 있겠지."

롬바드가 심드렁하게 대답했다.

블로어의 말은 계속되었다.

"문제는 그 아가씨가 아니고 브렌트 여사란 말입니다. 깔끔하게 차려입고 태연하게 일을 하고 있었어요. 걸치고 있는 앞치마, 아마 로저스 부인이 쓰던 앞치마일 겁니다. 내가 들어갔더니 그러더군요. '30분 내지 45분이면 아침 식사가 준비될 거예요.' 하는데, 그 여자 미쳐버린 게 분명해요. 결혼 못 하고 늙은 여자는 잘 미칩니다. 그렇다고 대규모 살인을 좋아할 정도로 미친다는 뜻은 아니지만 그저 머리가 살짝 돈다는 거지요. 불행히도 그 여자는 그렇게 된 겁니다. 게다가 그 여자는 광신도 아닙니까? 광신도들은 자기 자신을 곧잘 하느님의 대리자로 생각합니다. 아시다시피, 저 여자는 방에만 들어가면 성경을 펴 놓고 읽습니다."

필립 롬바드가 한숨을 토하고 나서 말했다.

"성경을 읽는다고, 미쳤다고 단정할 수는 없는 일 아닌가?"

그러나 블로어도 간단하게는 물러서지 않았다.

"그런데 비옷까지 입고 나갔다 오지 않았습니까? 말이야 바다 구경을 하러 나갔었다고 하지만……."

롬바드는 고개를 가로저었다.

"로저스는 일어나자마자 장작을 패러 나갔다가 변을 당했어. 브렌트 여사가 범인이라면, 범행 후에 몇 시간씩 나돌아 다닐 필요가 있었을까? 내 생각은 달라. 내가 로저스를 살해한 범인이라면, 범행 직후 내 방으로 돌아와 코를 골며 잠이나 잤을 것이네."

"롬바드 씨, 중요한 점에 눈을 대지 못하시는군요. 브렌트에게 죄가 없다면, 어떻게 혼자서 나돌아 다녔겠어요? 무서워서 딴 정신이 없을 텐데. '아무것도 무서울 게 없다'고 생각했기 때문에 그런 짓을 하지 않았겠어요? '아무것도 무서울 게 없다'는 건 곧 '내가 바로 그 범인이다.' 하는 것과 마찬가지예요."

"아닌게 아니라 그렇군……. 그래, 나도 거기까지는 생각을 못했어." 롬바드는 빙긋이 웃으면서 덧붙였다.

"그러나저러나 자네가 날 의심하지 않아서 살 것 같네."

블로어가 얼굴을 붉히며 고백했다.

"아닌게 아니라 처음에는 당신을 의심했었어요. 권총과 당신이 한 이야기 때문에……. 물론 안 한 이야기도 있겠지만. 하지만 곰곰이 생각해 보니, 그게 그렇지가 않더군요." 잠시 말을 끊었다가 그가 다시 물었다. "당신도 저를 의심했겠죠?"

필립 롬바드는 조심스럽게 말했다.

"그런 실수를 할 뻔했지. 그러나 나는 곧 생각을 바꾸었다네. 자네는 그런 짓을 할 만큼 상상력이 풍부한 사람이 못 된다고 생각한 걸세. 만일 자네가 그런 짓을 했다면, 자네는 대단한 배우 대접을 받아야 마땅할 것이네. 나는 대배우 앞에서 모자를 벗을 테고……." 그는 이 대목에서 목소리를 낮추며 말을 이었다. "우리끼리 하는 얘기이지만……, 오늘 죽을지 내일 죽을지 모르는 우리들이네. 블로어, 자네가 위증을 했던 건 사실인 것 같은데……, 어때?"

블로어는 불안한 듯이 서성거리다 마침내 이렇게 실토했다.

"지금 와서 더 숨기면 무얼 하겠어요? 다 말씀드리죠. 랜더는 무죄였어요. 놈들이 뇌물을 찔러 넣는 바람에, 여럿이서 랜더를 쳐 버린 거지요. 이건 당신에게만 하는 이야기예요……."

"알아도 우리 둘 뿐일세."

롬바드가 빙그레 웃었다.

"들어온 게 좀 있었겠군?"

"생각만큼은 어림도 없었어요. 퍼셀이라는 놈, 그거 아주 도둑놈이었습니다. 덕분에 승진은 했지만."

"그리고 랜더는 징역을 살다가 감옥에서 죽었고?"

"그런데 그가 그렇게 죽을 줄은 몰랐단 말입니다. 그걸 제가 어떻게 알았겠습니까?"

"아니야, 자네 재수가 없어서 그런 것이네."

"제 재수라뇨? 그 친구 재수겠죠."

"자네 재수이기도 해. 그 결과가 어떤가? 지금 자네 목숨이 오락가락하고 있지 않나?"

"내 목숨이?"

블로어는 롬바드를 노려보았다.

"설마 저도 로저스나, 그보다 먼저 죽은 사람처럼 당할 거라고 생각하고 계시는 건 아니겠죠? 저는 어림도 없어요. 저는 제 몸 하나는 건사할 줄 알아요. 분명히 말씀드려 두지만……, 내기를 할까요?"

"이 사람, 나는 도박꾼이 아닐세. 그리고 자네가 죽으면, 돈은 누구한테서 받아 내?"

"이것 보세요, 롬바드 씨, 무슨 뜻으로 하는 말입니까?"

필립 롬바드는 이를 드러내고 웃으며 대답했다.

"블로어 군, 이건 내 의견인데, 자네에겐 이길 찬스가 오질 않아."

"뭐라고요?"

"자네는 상상력이 부족한 사람이야. 따라서 서 있는 과녁이나 다름없어. U. N. 오웬 같은 범죄자의 상상력이라면, 자네 하나 없 애기는 손바닥 뒤집기보다 쉬워."

"그러는 당신은?" 블로어가 낯빛을 붉히며 화를 냈다. 필립 롬 바드의 얼굴이 험상궂게 변했다. 그는 말 한 마디 한 마디에 힘 을 주어 가며 대답했다.

"나는 상상력이 풍부한 사람일세. 나는 지금까지도 그 덕분에 안전했고, 앞으로도 또 그럴 것이네. 긴 말 않겠네. 어떻게 해서든지 이겨 내겠다는 말밖에는."

V

계란이 프라이팬 안에서 익고 있었다. 화덕 앞에서 베라는 생각했다.

'어쩌자고 바보같이 히스테리를 다 부리고……. 이런 실수가 또 어디 있담. 침착해야지. 마음을 차분하게 먹고. 매사에 침착하고 냉정할 수 있다고 자부하던 내가 아니었던가?'

'클레이돈 양은 역시 훌륭했다. 그녀는 침착하게 즉시 시릴을 쫓아 헤엄쳐 갔다.'

'어쩌자고 지금 이런 생각을 하지? 모두 끝난……, 다 끝난 일인데…….'

시릴은, 베라가 바위 근처에 이르기 전에 바닷물 속으로 사라졌다. 베라는 해류에 밀린다고 생각하면서 바다 위를 헤쳐 나갔다. 그녀는 해류에 몸을 맡긴 채 조용히 헤쳐 나가면서, 구조 보트가 올 때까지 그렇게 떠 있었다. 그들은 베라의 용기와 생프르와(침착)를 칭찬했다……. 그러나 휴고는 칭찬하지 않았다. 휴고는 그저 그녀를 바라보기만 했다……. 그때의 휴고를 생각할 때마다 베라의 가슴은 늘 아팠다…….

'휴고는 어디에 있을까? 무얼 하고 있을까? 약혼 아니면 결혼했을까?'

"베라, 베이컨이 타겠어."

에밀리 브렌트가 소리쳤다.

"아, 죄송합니다, 브렌트 여사. 베이컨을 굽고 있었군요. 내가 왜 이렇게 바보같이 굴죠?"

에밀리 브렌트는 지글거리는 팬에서 마지막 계란을 올리고 있었다.

새 베이컨 조각을 프라이팬에다 얹으면서 베라가 말을 걸었다.

"브렌트 여사께서는 놀라우리 만큼 침착하세요."

"어릴 적부터 그랬어. 허둥거리거나 짜증을 부리면 안 되는 줄 알고 자라 왔거든."

'어릴 적부터 억눌려 지낸 것 같군. 그 증거가 여기저기서 나타나고 있어……'

베라는 막연하게 이런 생각을 하다가 물었다.

"무섭지 않으세요……, 뭐랄까, 죽는다는 게 무섭지 않으세요?"

죽는다? 이 한 마디 말은 날카로운 송곳 끝이 되어 에밀리 브렌트 여사의 뇌수에 와 닿는 것 같았다.

'죽어? 그러나 나는 죽지 않아, 다른 사람이 다 죽어도 나는 안 죽어, 이 에밀리 브렌트는. 이 아가씨는 모른다. 에밀리는, 아니 브렌트 집안 사람은 두려움을 모른다는 걸. 우리 집안 사람들은 모두 신앙심이 두텁다. 지금까지도 두려워할 줄 모르고 죽음과 맞서 왔다. 내가, 이 에밀리 브렌트가 당당하게 살듯이 그들 역시 당당하게 살았다……. 부끄러울 만한 짓은 한 적이 없다……. 그러니까 죽는 일도 없을 것이다…….'

'주님은 당신께서 하신 말씀을 잊지 않으신다.' '밤에 덮치는 무서운 손, 낮에 날아드는 화살을 두려워 말아라.' 낮이다. 두려워할 게 없다.

'우리는 아무도 이 섬을 빠져 나갈 수 없을 거요.' 누가 이런 말을 했더라? 그래, 매카더 장군이다. 이 노인의 사촌 동생은 엘리 맥퍼슨의 남편이지. 이 노인은 죽는 걸 대수롭지 않게 여기는 것 같았어. 어쩌면 죽음을 '받아들인' 것인지도 몰라. 사람들은 죽는다는 생각을 않고 있다가 죽어간다.'

'비트리스 테일러…….'

에밀리 브렌트는 전날 밤 꿈 속에서 비트리스 테일러를 보았다. 비트리스는 창 유리에다 얼굴을 대고 들어가게 해 달라고 애원했다. 그러나 브렌트는 그녀를 들어오게 해주지 않았다. 들어오게 하면, 무서운 일이 생길 것 같아서였다.

에밀리 브렌트가 제 정신을 차렸다. 베라가 이상한 눈으로 바라보고 있었다. 베라가 말했다.

"이제 준비가 다 됐죠? 어서 가지고 들어가요, 네?"

VI

참으로 기묘한 아침 식사였다. 둘러앉은 사람들의 말투가 그렇게 정중할 수가 없었다.

"커피 좀 더 올릴까요, 브렌트 여사?"

"클레이돈 양, 햄 한 장 더 드시겠습니까?"

"저, 베이컨 한 쪽 더 드시겠습니까?"

여섯 사람 모두, 표면적으로는 아무 일도 없었던 듯 태연했다. 그러나 속은 그렇지 않았다. 그들 각자의 머릿속에는, 다람쥐 쳇바퀴 돌 듯 이런 생각이 맴돌고 있었다.

'다음엔 어떤 일이 생길까? 무슨 일이 터질까? 다음 차례는 누굴까? 범인은 누구일까?'

'제대로 될지 모르겠구나. 시간만 허락한다면……, 아, 시간만 허락한다면…….'

'광신도……, 바로 그거다. 하지만……, 저 여자를 보고 있노라면 도무지 믿어지지 않는다……. 어쩌면 내가 잘못 생각하고 있는지도 몰라…….'

'미쳤어……, 모두가 미쳤어, 나도 곧 미칠 거야……. 털실 뭉치가 없어졌고……, 붉은 비단 커튼이 없어졌고……, 도무지 뭐가 뭔지 알 수가 없다……. 이게 대체 무슨 변고일까…….'

'멍청한 자식, 내가 한 말을 곧이곧대로 믿어? 속이는 것쯤이야 간단하지. 하지만 조심하자……. 조심해야 해…….'

'여섯 개의 꼬마 인디언 인형……. 남은 건 겨우 여섯 개. 저

녘 때쯤엔 몇 개나 남을까?'
"계란이 하나밖에 안 남았어요. 어느 분이 드시겠어요?"
"마멀레이드 잼, 누가 더 드시겠어요?"
"고마워요, 햄 좀 더 드릴까요?"
아침상 머리에서 아무 일도 없었던 것처럼 태연하게 구는 여섯 사람…….

열둘

I

식사가 끝났다. 워그레이브 판사가 마른 기침을 한 차례 하고 나서, 조용조용하면서도 위엄 있는 목소리로 말했다.

"한 자리에 모여 우리 처지를 서로 상의해 보는 게 어떨까 생각하오. 응접실에서 30분 가량 이야기를 나눌 수 있겠소?"

모두가 말은 하지 않았지만, 찬성한다는 뜻을 나타냈다. 베라 클레이돈은 접시를 모으면서 말했다.

"저는 식탁을 치우고 접시를 좀 닦아야겠는데요."

필립 롬바드가 나섰다.

"접시를 모두 설거지대로 가져다 드리죠."

"고맙습니다."

에밀리 브렌트가 의자에서 일어났다가 다시 털썩 주저앉았다.

"어머나……."

브렌트 여사는 나직하게 비명을 질렀다.

"아니, 왜 그러십니까, 브렌트 여사?"

워그레이브 판사가 물었다.

에밀리 브렌트가 죄라도 지은 사람처럼 말했다.

"죄송합니다. 클레이돈 양을 도와서 접시를 닦으려고 했는데……. 왜 이런지 모르겠어요. 현기증이 나는 것 같아서……."

"현기증이라뇨?"

닥터 암스트롱이 브렌트 여사 가까이 다가갔다. "아, 당연하죠. 긴장과 충격이 겹쳤으니까요. 원하시면 제가 약을……."

"싫어요!"

에밀리 브렌트 여사의 입에서 폭탄이 터지는 듯한 소리가 터져 나왔다. 모두가 놀라서 한 발짝씩들 뒤로 물러섰다. 암스트롱이 얼굴을 붉혔다.

브렌트 여사의 얼굴에서 공포와 의심의 그림자를 읽어 내기는 그리 어렵지 않았다.

"좋으실 대로 하십시오, 브렌트 여사."

암스트롱이 무안한 듯이 이렇게 말했다.

"아무것도 먹고 싶지 않아요……, 아무것도. 여기 잠깐 앉아 있으면 현기증이 가실 거예요."

브렌트 여사의 말이었다.

블로어가 합세하자, 아침상을 치우는 건 간단히 끝났다. 블로어는 농담까지 했다.

"나는 이래뵈도 상당히 가정적인 사람입니다. 접시 닦는 것도 도와 드리죠, 클레이돈 양."

"고맙습니다."

에밀리 브렌트는 의자에 앉은 채 식당에 남아 있었다. 한동안 설거지대 쪽에서 수런거리는 소리가 들려 왔다. 현기증은 꽤 가신 것 같았다. 그런데 갑자기 졸음이 왔다. 마음만 먹으면 금방이라도 잠들 수 있을 정도였다. 어디에선가 붕붕거리는 소리가 들려 왔다.

'아니, 이 식당 안에서 나는 소리일까? 벌 같군. 땅벌.'

드디어 브렌트 여사는 벌을 보았다. 벌은 창틀을 기어오르고 있었다. 베라 클레이돈이 벌 이야기를 한 게 그 날 아침이었다.

벌과 꿀……. 에밀리 브렌트는 꿀을 좋아했다. 벌집 속의 꿀……. 무명 주머니로 꿀을 거르면, 꿀 방울이 뚝 뚝 뚝…….

그런데 식당 안에 누군가가 있었다……. 물에 흠뻑 젖은 사람이……. '비트리스 테일러가 강에서 올라왔다…….' 고개만 돌리면 비트리스가 보일 것만 같았다.

그런데도……, 고개를 돌릴 수가 없었다.

소리를 지르면 좋겠는데……, 그러나 소리도 나오지 않았다. 집 안에는 아무도 없었다. 그녀 혼자뿐이었다. 발자국 소리가 들렸다. 부드러운, 발이 땅에 끌리는 듯한 발자국 소리……. 물에 빠져 죽은 처녀의, 걸음을 비틀거리는 듯한 발자국 소리……. 퀴퀴한 냄새가 났다……. 창틀에서는 여전히 벌이 붕붕거렸다……. 그러다 에밀리 브렌트는 벌에 쏘이고 말았다. 목 옆을, 벌이 쏜 것이었다…….

II

응접실에서 그들은 에밀리 브렌트를 기다렸다. 베라 클레이돈이 좌중을 둘러보며 물었다.
"제가 가서 브렌트 여사를 불러 올까요?"
"잠깐만."
블로어가 한 손을 들며 말했다.
베라는 다시 자리에 앉았다. 모두가 블로어를 바라보았다. 블로어가 재빨리 말했다.
"여러분, 저를 주목해 주십시오. 제 의견은 이렇습니다. 우리는 이 살인 사건의 범인을 찾느라고 더 이상 피를 말리지 않아도 됩니다. 분명히 말씀드립니다만, 지금까지 우리가 찾던 범인은 바로 저 여잡니다."
"뭔가 살인할 만한 동기라도?"
암스트롱이 물었다.
"그 여자는 광신도요. 의사 선생님, 이걸 전문 용어로 뭐라고 합니까?"
암스트롱이 대답했다.
"가능한 일이지. 내게도 이의는 없네. 그러나 현재로서는 증거가 없지 않은가?"

베라가 나섰다.

"아침 식사를 준비하면서 주방에서 보았을 때도 어딘가 이상했어요, 그녀의 눈빛이……."

베라는 떨고 있었다.

롬바드가 이의를 제기했다.

"눈빛이 이상했다고 살인범으로 단정할 수는 없어요. 지금 우리 모두가 정상이 아니오."

블로어는 자기 주장을 굽히지 않았다.

"그뿐만이 아닙니다. 축음기 사건 이후 자기 입장을 설명하지 않은 사람은 그 여자뿐입니다. 왜 설명하지 않았을까요? 변명할 여지가 없었기 때문일 겁니다."

"그건 사실이 아니에요. 나중에 저에게 이야기했어요."

베라가 일어서면서 말했다.

워그레이브 판사가 말문을 열었다.

"클레이돈 양, 그래, 뭐라고 합디까?"

베라는 비트리스 테일러 이야기를 들은 대로 그들에게 들려주었다. 워그레브 판사가 고개를 끄덕였다.

"그렇고 그런 이야기로군. 나 개인은, 이 이야기를 액면 그대로 받아들일 수 있소. 클레이돈 양, 어떻소, 브렌트 여사는 이일로 죄의식이나 양심의 가책 같은 걸 느끼고 있었소?"

"전혀. 전혀 그런 걸 느끼지 않는 것 같았어요."

블로어가 나직하게 외쳤다.

"심장이 부싯돌만큼이나 단단해요, 이 시집 못 간 예수쟁이는. 그 처녀의 젊음을 질투했던 겁니다!"

워그레이브 판사가 단안을 내렸다.

"지금이 11시 5분 전이오. 브렌트 여사를 여기에 참석시켜 물어 보기로 합시다."

"아니, 손을 쓰지 않으시겠다는 겁니까?"

블로어가 물었다.

판사가 대답했다.

"글쎄, 무슨 손을 어떻게 쓰자는 건지 모르겠군. 현재 상태에서 우리가 두고 있는 혐의는 혐의 이상도 이하도 아니야. 그러나, 암스트롱 씨에게 부탁하오만, 브렌트 여사의 일거수 일투족을 주의 깊게 관찰해 주시오. 자, 그럼 식당으로 가 봅시다."

그들이 들어갔을 때 에밀리 브렌트는 처음 그대로 의자에 앉아 있었다. 뒤에서 보기에는 아무렇지도 않은 것 같았다. 그러나 에밀리 브렌트는, 그들이 들어가면서 소리를 냈을 텐데도 뒤를 돌아다보지 않았다.

이윽고 모두가 그녀의 얼굴을 보았다. 핏기가 하나도 없는 얼굴과 파랗게 변한 입술, 허공을 응시하는 눈을······.

"세상에, 죽었어!" 블로어의 말이었다.

III

워그레이브 판사의 나직한 목소리가 들려 왔다.

"또 한 사람의 혐의가 풀린 셈이오. 때가 늦긴 했지만."

암스트롱이 여자의 시신 앞에서 허리를 구부렸다. 그는 브렌트 여사의 입술 냄새를 맡아 보고는 고개를 가로저은 뒤 눈꺼풀을 열어 보았다.

롬바드가 조바심이 나는 듯이 암스트롱에게 물었다.

"의사 선생, 어떻게 죽은 겁니까? 우리가 여길 떠나 응접실로 갈 때만 해도 멀쩡하지 않았습니까?"

암스트롱은 브렌트 여사의 목 오른쪽에서 조그만 핏자국을 찾아냈다.

"피하 주사를 맞은 자국입니다."

그가 말했다.

창가에서는 벌이 붕붕거리는 소리가 들려 왔다. 베라가 소리를 질렀다.

"보세요, 벌이에요, '땅벌'. 내가 오늘 아침에 뭐라고 하던가요? 맞죠, 맞죠?"

암스트롱이 단호하게 말했다.

"브렌트 여사의 목을 찌른 것은 벌이 아니에요. 누군가가 주사기로 찌른 겁니다."

"무슨 독약을 주사했나요?"

판사가 물었다.

암스트롱이 대답했다.

"청산염의 일종입니다. 앤터니 마스톤의 경우와 같습니다. 청산염으로 인한 순간적인 질식사임이 분명합니다."

"그럼 저 벌은요? '우연의 일치'일 리가 없어요!"

베라가 부르짖었다.

롬바드가 거들었다.

"그래요. 이건 우연의 일치가 아닙니다. 우리를 위협하는 살인자가 교묘하게 배치한 소도구요. 아주 장난이 심한 놈이군요. 되도록이면 인디언 동요를 그대로 살인에다 재현시키려 하고 있소."

처음으로 그의 목소리는 평정을 잃고 있었다. 아니, 떨리기까지 했다. 험한 임무, 위험한 작전에서 단련된 백절불굴의 신경이 마침내 무너진 것 같았다. 그가 내뱉듯이 말했다.

"미친 수작이야. 이건 미친 수작이야……. 우리 모두 미쳤어……. 돌았어……."

워그레이브 판사가 조용히 말했다.

"너무 걱정들 마시오. 우리에겐 아직 이성이라는 게 있소. 혹 어느 분이 피하 주사기를 가지고 오셨습니까?"

"제가 가져 왔습니다."

암스트롱이 허리를 펴면서 기어들어가는 목소리로 대답했다.

여덟 개의 눈이 일제히 그를 향했다. 그는 이 의혹의 눈초리와 맞서야 했다.

"여행할 때엔 언제나 하나쯤 갖고 다닙니다. 의사들은 대개 이런 걸 가지고 다니지요."

그가 말했다.

"일리가 있소."

워그레이브 판사가 고개를 끄덕였다.

"의사 선생, 그 주사기가 어디에 있는지 우리에게 보여 주실 수 있겠소?"

"내 방, 가방 속에 있습니다."

"우리 모두 확인해 보기로 합시다."

워그레이브 판사가 일어서면서 말했다.

다섯 사람은 조용히 이층으로 올라갔다. 가방의 내용물을 깡그리 바닥에 쏟았다. 그러나 피하 주사기는 없었다.

IV

암스트롱이 외쳤다.

"누군가가 훔쳐간 겁니다!"

방 안에 침묵이 감돌았다. 암스트롱은 창을 등지고 섰다. 여덟 개의 눈, 의혹과 비난의 눈동자가 그를 겨누었다. 그는 워그레이브에서부터, 롬바드, 블로어, 베라 클레이돈까지 차례로 바라보면서, 이미 한 말을 힘없이 되풀이했다.

"누군가가 훔쳐간 겁니다!"

블로어는 롬바드를 바라보았다. 롬바드도 블로어에게 시선을 던졌다. 판사가 말했다.

"이 방에는 다섯 사람이 있소. '우리 중 어느 한 사람이 살인자요.' 우리는 지금 심각한 위험에 처해 있소. 죄 없는 네 사람은 무슨 수를 써서라도 각자 자신을 지켜야 하오. 암스트롱 선생에게 묻겠소. 어떤 약을 가지고 있습니까?"

닥터 암스트롱이 대답했다.

"여기에 조그만 약 상자가 있습니다. 직접 보십시오. 아마, 트리오날, 설포날 같은 수면제, 브로마이드 한 갑, 중탄산 소다, 아스피린……, 그 정도요. 내겐 청산염 같은 건 없습니다."

판사가 말했다.

"내게도 약간의 수면제가 있소. 아마 설포날일 게요. 모르긴 하나 과용하면 치명적일 수도 있겠지요. 롬바드 씨, 당신은 권총을 가진 것으로 아는데……."

"있다면요?"

롬바드가 퉁명스럽게 되물었다.

"별게 아니오. 내가 한 가지 제안을 하겠소. 자, 의사 선생이 가진 약, 내가 가진 설포날, 당신의 권총, 그리고 그 밖의 사람들이 가진 약이나 무기를 모두 모아 한 곳에다 두자는 것이오. 그런 다음 우리 각자가 나머지 사람들로부터 수색을 당합시다. 몸 수색과 방 수색을……."

"저더러 권총을 내놓으라는 겁니까? 그렇게는 못 하겠습니다." 롬바드의 말이었다.

워그레이브 판사의 말씨가 사나워졌다.

"롬바드 씨, 당신은 신체 건강하고 힘깨나 쓸 법한 사람이오. 그러나 범죄 수사대 경위를 지낸 블로어 씨 역시 만만치 않을 거요.

두 사람이 붙어 싸우면 어떻게 될지는 모르겠소만, 이것만은 분명하오. 나와 암스트롱 씨와 베라 클레이돈 양이 블로어 씨를 돕는다면 당신은 지고 맙니다. 당신이 내 요청을 거절하면 방금 말한 응징을 당하게 될 것이오."

롬바드가 고개를 젖혔다. 그러고는 이가 보일 정도로 차갑게 웃었다.

"그렇다면 어쩔 도리가 없지요. 당신들이 한 패가 된 바에야."

워그레이브 판사가 고개를 끄덕였다.

"말이 통하는 젊은이군요. 권총은 어디에 있소?"

"침대 머리맡의 탁자 서랍에 있습니다."

"좋소."

"내가 가서 가져 오지요."

"우리가 함께 가는 편이 바람직할 것 같소."

"정말 의심이 많으시군요."

롬바드가 웃었다. 여전히 냉소였다.

그들은 복도를 따라 롬바드의 침실로 갔다. 롬바드가 탁자 앞으로 다가가서 서랍을 뽑았다. 그러고는 욕지거리를 뱉어 내고는 물러섰다.

V

"이제 속이 시원하십니까?"

롬바드가 한 말이었다. 그는 발가벗은 채, 자기 몸과 침실을 빈틈없이 수색하게 했다. 베라 클레이돈은 바깥 복도에 있었다. 수색에는 빈틈이 없었다. 롬바드에 이어 암스트롱, 판사, 블로어도 같은 식으로 수색을 당했다.

블로어의 침실에서 나온 네 사람은 베라 클레이돈의 방 앞으로 갔다. 베라에게 남자들의 뜻을 전한 사람은 워그레이브 판사였다.

"클레이돈 양, 이해해 주길 바라오. 클레이돈 양만을 예외로 할 수는 없어요. 권총은 어떻게 하든지 찾아야 하니까. 수영복 가져 오신 게 있을 테지요?"

베라가 고개를 끄덕였다.

"그럼, 방으로 들어가서 수영복으로 갈아입고 이리 나오시오."

베라가 방으로 들어가서 문을 닫았다. 얼마 후 몸에 딱 붙는 수영복으로 갈아 입은 베라 클레이돈이 다시 문 밖으로 나왔다.

워그레이브 판사가 고개를 끄덕였다.

"고맙소, 클레이돈 양. 이제 여기에서 기다려 주시오. 기다리는 동안 우리가 방 안을 수색하겠소."

베라는 수색이 끝나기까지 복도에서 끈기 있게 기다렸다. 그들이 나오자 베라는 다시 들어가 옷을 갈아입고 복도로 나왔다.

판사가 결론을 내렸다.

"이제 우리 모두 한 가지는 확신할 수 있게 되었소, 우리 다섯 사람은 누구도 치명적인 무기나 약품을 소지하고 있지 않다는 것이오. 출발이 매우 좋소이다. 이제 이 약을 안전한 곳에다 두어야 합니다. 설거지대 옆에 은식기 상자가 있는 것으로 아는데?"

블로어가 나섰다.

"좋은 생각입니다만, 상자에 넣고 잠그면 열쇠는 누가 갖습니까?"

워그레이브 판사는 대답하지 않았다. 그는 설거지대가 있는 곳으로 갔다. 모두 그의 뒤를 따랐다. 설거지대 옆에는 은식기와 접시를 넣게 되어 있는 상자가 있었다. 판사의 지시에 따라 모두가 약을 그 안에다 넣고 문을 닫은 다음 뚜껑을 자물쇠로 채웠다. 그러고는 역시 판사의 지시에 따라 그 은식기 상자를 찬장에다 넣고는 그 문까지 자물쇠로 채웠다. 두 개의 열쇠를 받아든 판사는, 은식기 상자의 열쇠는 필립 롬바드에게, 찬장 열쇠는 블로어에게 각각 주었다. 열쇠를 나누어 준 다음 그가 말했다.

"우리 중 당신들 두 사람이 가장 힘이 좋습니다. 두 분 중 어느 분이 다른 분의 열쇠를 빼앗기는 어려울 거요. 나머지 우리 세 사람이 두 분의 열쇠를 빼앗는다는 건 거의 불가능한 일이오. 찬장이나 은식기 상자를 때려부수는 건 가능하나, 그러자면 소리가 날 뿐 아니라, 일이 몹시 번거로워지고, 따라서 두 분 중 어느 분도 상대와 합의하지 않고는 저 약을 꺼낼 수 없을 것이오."

그는 잠시 말을 끊었다가 계속했다.

"우리는 아직 극히 까다로운 문제에 직면해 있소. '롬바드 씨의 권총이 어떻게 되었느냐' 하는 문제가 바로 그것이오."

블로어가 바이냥거렸다.
"그걸 가장 잘 아는 사람은 권총 주인이 아닐까 싶습니다만."
필립 롬바드는 코를 씰룩거렸다. 그가 빽 소리를 질렀다.
"야, 이 돼지 대가리 같은 자식아, 도둑맞았다고 하지 않았어?"
워그레이브 판사가 물었다.
"마지막으로 본 게 언제였소?"
"어젯밤입니다. 잠자리에 들 때만 해도 서랍에 있었습니다. 여차하면 쓸 수 있도록 가까이 두고 있었지요."
판사가 고개를 끄덕이고는 말했다.
"우리가 로저스를 찾아 다닐 때, 혹은 로저스의 시체가 발견되었을 당시, 혼란을 틈타서 누군가가 가져 간 게 분명하오."
"이 집 어딘가에 숨겨져 있을 거예요. 어떻게든 찾아야 해요."
베라의 말이었다. 워그레이브 판사는 턱 끝을 쓰다듬으며 말했다.
"글쎄요, 찾는다고 나올까? 살인자에겐 권총을 꼭꼭 숨길 만한 시간이 있었소. 쉽게 그 권총을 찾을 수 있을 것 같지는 않군."
블로어가 자신 있게 말했다.
"저는, 권총은 어디에 있는지 모릅니다. 그러나 다른 것, 즉 피하 주사기는 어디에 있는지 압니다. 저를 따라 오세요."
그는 현관 문을 열고 나가 일행을 앞장서서 집 모퉁이를 돌았다. 과연 식당 창에서 조금 떨어진 곳에 주사기가 있었다. 그 옆에는 부서진 인디언 인형의 파편이 널려 있었다. 다섯 번째로 부서진 인디언 인형이었다.

블로어의 목소리는 자신에 차 있었다.

"있을 데는 여기밖에 없다는 걸 알았죠. 범인은 브렌트 여사를 살해한 다음 식당 창을 열고 주사기를 던지고는, 이어서 식탁 위의 인디언 인형을 집어 던진 것입니다."

주사기에는 역시 지문이 남아 있지 않았다. 이미 문질러 닦은 뒤였다. 베라가 크게 마음먹은 듯한 말투로 소리쳤다.

"이제 권총을 찾을 차례예요!"

워그레이브 판사가 말했다.

"어떻게 하든, 찾긴 찾아야 하오. 그러나 찾되, 서로 떨어지지 않도록 조심합시다. 우리가 서로 떨어진다는 건 곧 살인범에게 기회를 주는 것이니 명심하도록 합시다."

그들은 지붕 아랫방에서부터 창고까지 샅샅이 뒤졌다. 그러나 허사였다. 권총은 여전히 발견되지 않았다.

열셋

I

'우리들 가운데 하나……. 우리들 가운데 하나……. 우리들 가운데 하나…….' 이 세 단어는 끊임없이 되풀이되면서, 몇 시간이고 각자의 머릿속에서 윙윙거렸다. 다섯 사람……. 공포에 짓눌려 있는 다섯 사람. 다섯 사람은 서로가 서로를 감시했다. 이제는 정신적 긴장 상태를 감추려고도 하지 않았다. 아무도 자기 행동을 변명하려 하지 않았다. 겉치레 대화도 끊긴 지 오래였다. 그들은 이제 자기 보호 본능만으로 얽혀 있는 다섯 사람의 적에 지나지 않았다.

언제부터 그랬는지 다섯 사람 모두가 비인간적으로 변모해 있었다. 시간이 흐를수록 그들은 짐승의 형상으로 바뀌어 갔다. 늙은 자라처럼 워그레이브 판사는 목을 쑥 밀어 넣고 앉아 있었다. 몸은 가만히 있었지만, 눈만은 항상 비상 경계 태세에 들어가 있었다.

전직 범죄 수사대 요원 블로어가 하는 짓은 전에 비해서 훨씬 거칠고 꼴사나웠다. 그의 걸음걸이는 느리기 짝이 없어 흡사 미련한 짐승 같았다. 눈에는 늘 핏발이 서 있었다. 그의 모습에서는 잔인성과 어리석음만이 엿보였다. 그는 꼭 추적자와 맞서는, 막다른 골목으로 몰린 짐승 같았다.

필립 롬바드의 감각은 둔해지기는커녕 훨씬 예민해진 것 같았다. 그의 귀는 바스락거리는 소리에도 반응했다. 그의 발걸음은 가볍고 재빨랐으며, 그의 몸은 유연하면서도 기품이 있었다. 그는 이따금씩 입술을 이빨 아래 위로 말아 올리면서 웃기도 했다.

베라 클레이돈은 조용했다. 그녀는 대부분의 시간을 의자에 앉아 빈둥거리며 보냈다. 눈은 늘 앞쪽의 허공을 응시했다. 졸고 있는 것 같았다. 그녀는, 유리창에 머리를 박았다가 인간의 손아귀에 붙잡힌 새와 흡사했다. 겁에 질린데다 움직일 수가 없어서 손아귀에 붙잡힌 채 가만히 있지만, 바로 그러한 위장을 통해서 구원을 받으려는 새 같았다.

암스트롱의 신경은 메마를 대로 메말라 있었다. 그는 끊임없이 움직였으나, 두 손은 이미 걷잡을 수 없이 떨기 시작한 지 오래였다. 그는 연달아 담배에 불을 붙였지만, 붙이자마자 바로 비벼 꺼 버리곤 했다. 타의에 의한 행동의 구속으로 가장 괴로움을 당하는 사람이 바로 그였다. 이따금씩 그는 견디다 못해 신경질적으로 이렇게 부르짖기도 했다.

"아무 짓도 않고 이렇게 앉아 있을 수만은 없어! '뭔가'를 해야 해. 틀림없이, 틀림없이 우리가 할 수 있는 '뭔가'가 있을 거야. 봉화를 올리면 어떨까……."

"이 날씨에?"

블로어가 쥐어박듯이 대꾸하곤 했다.

비는 다시 쏟아지기 시작했다. 바람도 엄청난 기세로 불어닥쳤다. 끊임없이 쏟아지는 빗소리는 그들을 미쳐버리게 만들기에 알맞았다. 무언의 합의에 따라, 그들은 조금씩 몸을 놀리기로 했다. 모두 응접실에 모여 있었다. 몸을 놀리되, 한 사람밖에는 응접실을 떠날 수 없었다. 네 사람은 그 한 사람이 돌아올 때까지 응접실에서 기다리고 있어야 했다.

롬바드가 더 이상 참지 못하고 이런 말을 했다.

"이거 시간 문젭니다. 날씨는 갤 겁니다. 날씨가 개면 손을 써볼 수도 있습니다. 신호를 보내든지, 봉화를 올리든지, 하다 못해 뗏목을 만들든지……."

암스트롱이 신경질적으로 웃으며 응수했다.

"'시간' 문제라……. '시간'? 우리가 시간과 어떻게 싸워? 모두 여기에서 죽게 될 텐데……."

워그레이브 판사가 말문을 열었다. 그의 나직하면서도 똑똑한 음성은 결의에 차 있어서 유난히 무겁게 들렸다.

"죽지 않을 거요, 조심하면. '조심해야 합니다…….'"

점심은 먹는 둥 마는 둥 했다. 물론 의례적인 예법 같은 건 있을 리 없었다. 다섯 사람은 함께 식당으로 갔다. 식품 저장실에는 통조림이 많았다. 그들은 우설牛舌 통조림 하나와 과일 통조림 두 개를 땄다. 그러고는 식탁에 둘러선 채로 나누어 먹었다. 통조림을 다 먹은 다음, 그들은 한데 모여 응접실로 돌아왔다. 응접실에서는 의자를 하나씩 차지하고 멀뚱멀뚱 서로를 바라보았다.

이즈음 그들의 머릿속을 맴도는 생각은 지극히 비정상적이고 병적이었다. 요컨대 생각들이 모두 병든 것이었다.

'……암스트롱일 거다……. 그때 내 쪽을 곁눈질하는 그의 눈을 본 적이 있다……. 미친 사람의 눈이었다……, 미쳐도 단단히 미친……. 어쩌면 처음부터 의사가 아니었는지도 모른다……. 그렇다, 바로 그거다……. 정신 병원에서 도망나와 의사로 행세하는 정신 병자……. 틀림없어. 모두에게 말할까……? 소리를 지를까…… 안 돼, 괜히 그랬다가는 놈의 의심만 사게……? 게다가 겉보기에는 아주 멀쩡하다……. 몇 시나 됐을까……? 겨우 3시 15분……. 맙소사……! 이러다 나도 미치고 말겠어……. 그래, 살인범은 암스트롱이다……. 놈이 지금 나를 노려보고 있구나…….'

'설마 내게야 손대지 못하겠지. 내 몸 하나 건사하는 건 자신 있다……. 험한 곳을 두루 거쳐 나온 내가 아니냐……. 그건 그렇고 권총은 어디에 있을까……? 어느 놈이 훔쳐 갔을까……? 어느 놈이 가지고 있을까……? 아무도 갖고 있지 않다……. 이건 우리가 확인해 봐서 안다……. 누가 가지고 '있을 수'도 없

다……. 하지만 누군가가 알고 있다. 어디에 있는지를 알고 있다…….'

'미쳐 가고 있다……. 모두가 미쳐 가고 있다……. 죽음이 두려워……. 우리 모두 죽음을 두려워하고 있다……. 죽음이 두렵다. 그렇다고 죽음이 오다가 우뚝 서는 건 아니다……. "주인님, 영구차가 밖에서 기다리는데요……." 어디서 읽었더라……. 아가씨……, 아가씨를 눈여겨 보아야지……. 그렇다……, 아가씨를 눈여겨 보아야지…….'

'4시 20분 전……. 겨우 4시 20분 전……. 시계가 고장인가? 알다가도 모르겠군……. 알다가도 모르겠어……. 이런 일이 있을 수 있다니…… 그런데도 있다……! 왜 우리 모두가 깨어 있지 못하는 거지……? 깨어 있으라……. 최후의 심판의 날……. 아니야, 이게 아니야……. 생각이나 좀 할 수 있었으면……. 머리―내 머릿속에서 무슨 일이 벌어지고 있다―가 터질 것 같구나. 쪼개질 것 같아……. 이런 일이 일어날 수 있다니……! 몇 시쯤 됐을까……. 젠장, 이제 겨우 4시 15분 전…….'

'정신차려야지……. 정신차려야 한다……. 정신만 차리고 있으면……, 정신만 말짱하게 차리고 있으면……, 끝난다. 하지만 누군가를 의심해야 한다……, 그 누군가가 수를 쓸 테니까……. 의심하지 않으면 안 된다……. 그런데 누구를……. 이게 문제다……. 누구를 의심할까……? 그래, 어디 보자……, 옳다……, 그자다……!'

시계가 5시를 치자 모두들 소스라치게 놀랐다. "차 드실 분 안 계세요?"

베라가 물었다.

침묵이 흘렀다.

"한 잔 합시다."

블로어가 침묵을 깨뜨렸다.

베라가 일어서서 말했다.

"가서 끓여 올게요. 모두 여기에서 기다리셔도 좋아요."

워그레이브 판사가 다정하게 말을 걸었다.

"아가씨, 우리 아가씨, 우리 모두 주방으로 가서, 차 끓이는 걸 보고 있는 게 좋겠는데……."

베라가 판사를 바라보며 신경질적으로 짧게 웃었다.

"그래요. 그래도 좋아요."

다섯 사람은 주방으로 갔다. 차가 준비되자 블로어와 베라만 마셨다. 나머지 세 사람은 위스키—새 병을 따서 새 통의 사이 편으로 따라 내어—를 마셨다.

판사는 파충류처럼 웃으면서 중얼거렸다.

"조심해야 해요. 늘 조심해야 합니다."

그들은 응접실로 돌아갔다. 여름인데도 방이 어두었다. 롬바드가 스위치를 올렸지만 불은 들어오지 않았다. "모두 나가서 발전기를 좀 손보는 게 좋겠는데요."

워그레이브 판사가 손을 내저었다.

"식품 저장고에 양초가 많더군요. 그걸 갖다 씁시다."

롬바드가 응접실을 나갔다. 나머지 네 사람은 서로의 얼굴만

멀뚱멀뚱 바라보며 기다렸다. 잠시 후 롬바드가 양초 한 갑과 여러 개의 접시를 포개어 들고 들어왔다. 그들은 다섯 개의 양초에 불을 당겨서 방 안 구석 구석에 놓았다. 시간은 6시 15분 전이었다.

II

6시 20분. 베라는 더 이상 그곳에서 앉아 배길 수가 없었다. 머리가 아프고 관자놀이가 지끈거려 찬물에 목욕이라도 하고 싶었다. 그녀는 일어나서 이층으로 올라가려 했다. 그러다 문득 생각난 듯이 응접실로 되돌아가 양초갑에서 양초 하나를 뽑아 들었다.

양초에 불을 붙인 베라는 접시에다 촛물을 몇 방울 듣겨 양초를 그 위에다 단단하게 세웠다. 그러고는 네 사람만 그 방에 남겨 두고 응접실을 나와 문을 닫았다. 계단을 오른 그녀는 복도를 지나서 자기 침실로 다가갔다.

방 문을 연 그녀는 갑자기 얼어붙은 듯이 그 자리에 우뚝 섰다. 바다……. 성罷 트레드닉의 바다 냄새가 났다.

바로 그 냄새였다. 잘못 맡았을 리가 없었다. 물론 섬에서도 바다 냄새를 맡을 수 있었다. 그러나 냄새가 달랐다. 그 날 그 바닷가의—바닷물이 빠져나가고, 바위에 덮인 해초가 햇볕에 마르고 있던—냄새였다…….

'클레이돈 선생님, 저 섬까지 헤엄쳐 가도 돼요?'

'왜 저 섬까지 헤어쳐 가면 안 된다는 거죠……?'

지독하게도 말을 들어먹지 않던 녀석! 그 녀석이 아니었더라면 휴고는 부자가 되었을 텐데……. 사랑하는 여자와 결혼할 수도 있었을 텐데…….

휴고다……! 분명히 휴고가 내 옆에 있다……. 아니, 방에서 기다리고 있다…….

베라는 앞으로 한 발 나섰다. 창 틈으로 불어 들어온 바람이 촛불을 덮쳤다. 촛불은 일렁거리다 꺼져 버렸다……. 어둠 속……. 갑자기 무서워졌다……. 베라 클레이돈은 자신을 달랬다.

'바보같이 굴지마, 괜찮아, 모두 아래층에서 기다리는데 뭘. 그것도 네 사람이나. 방 안에는 아무도 없어. 있을 리가 없잖아. 쓸데없는 상상을 하고 있는 거야.'

그러나 그 냄새……, 성 트레드닉 해변의 냄새……, 그것은 상상 속의 냄새가 아니었다……. 진짜 냄새였다!

게다가 방 안에는 누군가가 '있었다'……. 무슨 소린가를……, 틀림없이 무슨 소린가를 들은 것이었다……. 베라는 귀를 기울이며 그 자리에 우뚝 섰다……. 차갑고 매끄러운 손이 그녀의 목을 잡았다……. 바다 냄새가 나는 축축한 손…….

III

베라는 비명을 질렀다. 비명을 지르고 또 질렀다. 극도의 공포에 몰린 비명, 도움을 요청하는, 야성의 절망적인 절규. 베라는 아래층에서 나는 소리, 의자가 삐걱거리는 소리, 문이 열리는 소리, 계단을 오르는 남자들의 발자국 소리를 듣지 못했다. 그녀가 의식하는 것은 오직 견딜 수 없는 공포뿐이었다.

정신을 조금씩 차리면서 베라는 문 앞에서 일렁이는 촛불, 방 안으로 들어오는 남자들을 보았다.

"왜 그래요?"

"무슨 일이 있었소?"

"맙소사, 이게 뭐야!"

베라는 부들부들 떨면서 앞으로 한 발짝 내딛다가 그대로 바닥으로 쓰러져 버렸다. 베라는 겨우, 누군가가 그녀에게 허리를 굽혀 그녀의 머리를 두 무릎 사이로 밀어 넣고 있다는 것만 어렴풋이 의식했다.

그때 누군가가 소리쳤다.

"맙소사, 이걸 좀 봐!"

베라는 그 소리에 정신을 차렸다. 베라는 눈을 뜨고 위를 올려다보았다. 그제서야 베라는, 촛불 든 사내가 보고 있는 물체에 눈길을 던졌다. 물에 젖은 넓적한 해초가 천정에 매달려 있었다. 어둠 속에서 그 해초가 그녀의 목을 스친 것이었다. 그녀가, 축축한 손, 자기 목을 조르는 익사자의 손이라고 생각했던 것은 바로 그 해초였다.

베라는 신경질적으로 웃으며 소리쳤다.

"해초—겨우 해초—였군요. 어쩐지 냄새가……."

현기증이 다시 한번 베라를 엄습했다. 구역질하고 싶은 충동이 목구멍에서 일렁거렸다. 또 누군가가 그녀의 목을 눌러 무릎 사이에다 머리를 처박을 것만 같았다.

오랜 시간이 흐른 것 같았다. 누군가가 베라에게 무엇인가를 마시게 하려고 했다. 잔이 베라의 입술에 가까이 왔다. 브랜디 냄새가 났다. 마악 브랜디를 한 모금 삼키려는 찰나, 베라의 머릿속에서 경보가 울렸다. 베라는 술잔을 밀어 내면서 벌떡 일어났다.

"어디서 난 거예요, 이 브랜디!"

베라가 물었다.

블로어가 대답했다.

"아래층에서 가져 온 거요."

대답과 함께 그는 베라의 얼굴을 응시하고 있었다.

"마시고 싶지 않아요."

베라의 말이 끝나자 침묵이 그 뒤를 이었다. 롬바드가 웃음을 터뜨렸다. 롬바드는 베라를 부추겼다.

"베라 만세! 정신이 반쯤 나갈 정도로 겁은 먹었어도 나머지 반은 아직 말짱하군. 내려가서 뚜껑을 따지 않은 새 병을 가져오리다."

그는 그 말과 함께 밖으로 나갔다.

"이제 괜찮아요. 물을 마시겠어요."

베라가 가볍게 대꾸했다.

베라가 일어나며 비틀거리자 블로어가 부축해 주었다. 베라는 세면기가 있는 곳으로 가서는 블로어에게, 부축해 주어서 고맙다고 인사했다. 그러고는 찬물을 틀어 컵에 하나 가득 받았다.

"그 브랜디는 괜찮은 겁니다."

블로어가 불평하듯이 말했다.

"그걸 자네가 어떻게 알아?"

암스트롱이 물었다.

블로어가 발끈 화를 내면서 내뱉았다.

"저는 거기에다 아무것도 넣지 않았어요. 당신이 따른 술이 아닙니까?"

"자네가 넣었다는 게 아니야. 자네가 넣었을 수도 있고, 다른 사람이 난리통에 슬쩍 넣었을 수도 있다는 거지."

암스트롱이 응수했다.

롬바드가 곧 올라왔다. 그는 새 브랜디 한 병과 코르크 드라이버를 들고 있었다. 새 브랜디 병을 베라의 코 앞에 들이대면서 그는 소리쳤다.

"봐요, 아가씨, 속임수를 쓸 수 있나 없나······."

그는 은박지를 뜯어 내고 코르크 마개에다 드라이버를 박으면서 키득거렸다.

"다행히도 이 집에 술 하나만은 얼마든지 있더군요. 오웬 씨가 이거 하나는 잘 해 놓았군."

베라는 걷잡을 수 없이 떨고 있었다. 암스트롱은, 필립 롬바드가 브랜디를 따를 동안 잔을 잡고 있었다.

"마시는 게 좋아요, 클레이돈 양. 충격을 적잖이 받았으니까요."

암스트롱이 브랜디를 권하며 타일렀다.

베라가 브랜디를 조금 마셨다. 얼굴에 화색이 돌기 시작했다.

필립 롬바드가 웃으면서 말했다.

"놈의 계획대로 안 되는 수도 있긴 있구나."

"진심으로 하는 소리예요?"

베라가 힘없이 물었다.

롬바드는 고개를 끄덕였다.

"이 정도는 이겨 낼 줄 알았습니다, 클레이돈 양. 다른 사람 같았으면 그냥 넘어갔을 겁니다. 그렇지요, 의사 선생?"

암스트롱은 곧바로 대답하는 대신 모호한 표현으로 얼버무렸다.

"흠, 뭐라고 딱 부러지게 말할 수는 없고……, 젊고 튼튼한데다, 심장 질환도 없으니까. 드문 일이오. 그건 그렇고……."

그는 블로어가 가져다 준 브랜디 잔을 집어서, 손가락을 살짝 담갔다 꺼내고는 혀에다 대어 보았다. 그의 표정은 변하지 않았다.

"흠, 맛에는 이상이 없군."

블로어가 앞으로 나서며 버럭 소리를 질렀다.

"거기에다 무슨 약을 탔다고 말씀하셨더라면 그 잘난 얼굴이 아마 남아나지 않았을 거요."

브랜디를 마시고 정신을 차린 베라가 화제를 바꾸느라고 물었다.

"판사님은 어디 계세요?'

세 사람은 서로의 얼굴만 바라보았다.

"이상한데……. 우리와 함께 올라온 줄 알았는데……."

롬바드의 말이었다.

"저도 그렇게 생각했어요……, 의사 선생님, 어떻게 된 거요? 선생님께선 내 뒤를 따라 올라오지 않았습니까?"

블로어가 물었다.

"날 따라 올라오는 줄 알았어……. 물론 우리보다야 걸음이 느리지. 나이가 있으니까."

암스트롱이 대답했다.

세 사람은 다시 한번 서로의 표정을 살폈다.

"정말 이상한데."

롬바드가 고개를 갸웃거렸다.

"찾아 봅시다!"

블로어가 소리쳤다.

블로어가 맨 먼저 문 쪽으로 갔다.

두 사람도 그의 뒤를 따랐다. 베라가 맨 마지막으로 따라 나섰다. 계단을 내려서자 암스트롱이 어깨 너머로 말했다.

"물론 거실에 아직 그대로 앉아 있을 테지."

그들은 현관을 가로질러 갔다. 암스트롱이 큰 소리로 불렀다.

"워그레이브 씨, 워그레이브 씨, 어디에 계십니까?"

대답이 없었다. 밖에서는 빗소리가 부드럽게 들려오는 데 비해 집 안에는 끔찍한 고요만 흘렀다. 이윽고 응접실 문 앞까지 간 암스트롱이 그 자리에서 굳어 버린 듯 걸음을 멈추었다. 나머지 사람들이 달려가 암스트롱의 어깨 너머로 응접실 안을 들여다 보았다. 누군가가 비명을 질렀다.

워그레이브 판사는 응접실 한 구석에 놓인, 등받이가 높은 의자에 앉아 있었다. 양옆에는 양초가 각각 한 자루씩 켜져 있었다. 그러나 바라보는 사람을 질겁하게 한 것은 그가 입고 있는 주홍빛 법복과 머리에 쓴 법관용 가발이었다.

닥터 암스트롱이 다른 사람들에게 물러서 있으라는 신호를 보냈다. 그는 술취한 사람처럼 조금씩 비틀거리며, 조용히 허공을 응시하고 있는 판사 앞으로 다가갔다. 그러고는 몸을 구부리고 그의 얼굴을 들여다 보았다. 이어서 그는 빠른 손놀림으로 가발을 벗겼다. 가발이 바닥에 떨어지자 대머리 이마가 드러났다. 이마 한 가운데에 피 묻은 동그란 상처가 있었고, 그 상처에서 무엇인가가 흘러 나오고 있었다.

암스트롱은 떨리는 손으로 맥을 짚었다. 그러고는 돌아서서 아무 빛깔이 없는 목소리, 아득한 목소리로 말했다.

"이번엔 사살당했습니다."

"맙소사! '그 권총이었구나!'"

블로어가 부르짖었다.

의사의 목소리에는 여전히 생기가 없었다.

"머리를 맞았어요. 즉사했습니다."

베라는 가발을 내려다보다가, 공포에 질린 목소리로 부르짖었다.

"브렌트 여사가 잃어버렸다던 회색 털실이에요……."

"그리고 이건 욕실에서 사라졌다던 주홍색 커튼이고……."

블로어의 말이었다.

베라가 속삭였다.

"이렇게 쓰려고 가져 갔던 것이군요……."

갑자가 롬바드가 웃음을 터뜨렸다. 예사롭지 않은, 카랑카랑한 웃음 소리였다.

"'다섯 꼬마 인디언이 법률을 공부했다. 하나가 법관이 되는 바람에 넷만 남았다.' 이것이 잔인무도한 워그레이브 판사의 최후올시다. 이제는 판결도 못 내리시겠군. 사형 선고용 검은 우단 모자도 못 쓰시겠고. 법정의 판사석에 앉는 것도 오늘이 마지막이야. 이제는 배심원의 평결을 모아, 무고한 사람을 형장으로 보내지도 못할 테지. 에드워드 시튼이 이 자리에 있었더라면 얼마나 배꼽을 싸쥐고 웃었을까? 상상할 수 있어요? 얼마나 웃을지."

그의 웃음 소리는 다른 사람들에게 충격을 안겨 주기에 충분했다.

베라가 쏘아붙였다.

"오늘 아침까지만 해도 당신은 판사님을 지목하지 않았어요?"

필립 롬바드의 표정이 변했다. 제 정신을 차린 것이었다. 그가 조용히 말했다.

"그랬지요……. 그런데 잘못 짚었던 겁니다. 무죄를 증명한 사람이 또 하나 생겼군요……. 너무 늦어서 유감이지만."

열넷

I

그들은 워그레이브 판사의 시신을 그의 침실로 옮겨서 침대 위에다 뉘었다. 그러고는 다시 아래층으로 내려와 현관에 우두커니 서서 서로의 얼굴을 바라보았다.

롬바드가 퉁명스럽게 말했다.

"뭘 먹어야지. 죽은 사람은 죽은 사람이고, 산 사람은 먹어야 살지."

그들은 다시 주방으로 갔다. 먹을 것이라고는 역시 우설牛舌 통조림뿐이었다. 모두 맛을 모르고 그저 기계적으로 먹어치웠다.

"이 우설 통조림, 평생 입에 못 댈 거야."

베라가 투덜거렸다.

식사가 끝났다. 그들은 주방 테이블 앞에 모여 앉아서 멀뚱멀뚱 서로의 눈치만 살폈다.

블로어의 말이 한숨에 섞여 나왔다.

"이제 우리 넷만 남았군요……. '다음 차례는 누굴까요?'"

암스트롱이 블로어를 바라보며 거의 기계적으로 중얼거렸다.

"조심해야지……."

그러다 그는 입을 다물어 버렸다.

블로어가 고개를 끄덕였다.

"판사 영감께서 입버릇처럼 하던 소리군요……. 이젠 그 영감도 죽었는데……."

암스트롱이 물었다.

"대체 어떻게 된 노릇이오? 일의 경위가?"

롬바드가 단언했다.

"교묘하게 우리를 따돌린 거지요. 놈은 클레이돈 양의 방에다 소도구를 장치해 놓고 기다렸는데, 우리가 여기에 걸려든 것이오. 클레이돈 양이 변을 당하는 줄 알고 우리 모두 2층으로 뛰어 올라갔지요. 이 소동을 틈타 놈이 노인을 무방비 상태로 만든 거요."

"왜 총소리가 나지 않았을까요?"

블로어가 물었다.

롬바드가 고개를 가로저었다.

"클레이돈 양은 비명을 질렀고, 밖에서는 바람소리가 들리고 있었네. 우리도 우왕좌왕하면서 빽빽 고함을 지르지 않았나? 들릴 까닭이 없지."

그는 꿀꺽 침을 삼키고 나서 말을 이었다. "하지만 똑같은 수법을 다시 쓰지는 않을 것이네. 이번에는 또 다른 수법을 쓸 테지."

"그럴 테지요." 블로어가 고개를 끄덕였다. 그의 목소리에는 불안의 그림자가 묻어 있었다. 블로어는 롬바드와 눈짓을 나누었다.

암스트롱이 기어들어가는 목소리로 말했다.

"우리 넷 중……, 모를 일이야……, 누가……?"

"저는 압니다……."

블로어의 말이었다.

"의심할 여지가 없어요."

베라가 단언했다.

"글쎄, 나도 알 듯합니다만……."

암스트롱이 천천히 고개를 끄덕였다.

필립 롬바드도 한 마디 했다.

"좋은 생각이 떠올랐는데……."

그의 말에 모두가 다시 한번 서로의 얼굴을 번갈아 바라보았다.

베라가 비틀거리며 일어났다.

"속이 좋지 않아요……. 올라가서 자야겠어요……. 쓰러질 것 같아요."

"좋지요."

롬바드도 일어섰다.

"앉아서 눈치만 흘끔흘끔 보고 있어 봐야 무슨 수가 생기는 것도 아니고……."

"저도 반대 않겠습니다."

블로어도 일어섰다.

의사가 중얼거렸다.

"그게 상책이오. 잠이 올지 안 올지는 모르지만."

모두가 문 쪽으로 다가갔다. 블로어가 말했다.

"권총, 권총이 대체 어디에 있을까?"

II

모두 2층 침실로 올라갔다. 그 다음에 일어난 일은 광대극의 한 장면 같았다. 네 사람은 각자 자기 침실 문의 손잡이를 잡고 서 있었다. 그러다 흡사 무슨 신호라도 받은 듯이 각자 문을 열고 들어가 뒷손질로 문을 닫았다. 이어서 똑같이 빗장을 걸고, 문 앞에다 의자를 끌어다 놓는 소리가 들렸다.

겁에 질린 네 사람은, 아침이 오기까지 각자의 방에다 성벽을 둘러쌓은 셈이었다.

III

문 앞에다 의자를 끌어다 놓고 돌아서면서 롬바드는 안도의 한숨을 내쉬었다. 그는 천천히 화장대 앞으로 다가갔다. 그러고는 깜박거리는 촛불에 반사되는 얼굴을 거울 앞에다 갖다 댔다. 거울을 바라보면서 그가 중얼거렸다.

"빌어먹을 놈의 사건에 쫓기느라고 얼굴 꼴이 말이 아니군."

그는 이리처럼 이를 드러내고 웃었다. 그리고 재빨리 옷을 벗었다.

침대 옆 보조 탁자에다 시계를 풀어 놓은 그는 침대 위로 올라갔다. 그러고는 에멜무지로 보조 탁자 서랍을 열어 보았다. 그러고는 아연실색했다.

권총이 서랍 안에 있는 게 아닌가!

IV

베라 클레이돈은 침대에 누웠다. 촛불은 여전히 그녀의 옆에서 일렁거리고 있었다. 촛불을 끌 용기가 나지 않았다. 어둠이 무서웠다…….

베라는 몇 번이고 되뇌었다.

'내일 아침까지는 아무 일도 없을 거야. 어젯밤에도 아무 일 없었는걸. 오늘 밤에도 아무 일 없을 거야……. 있을 수가 없지. 문을 걸어 잠그고 있으니……. 아무도 들어올 수 없다……. 그래, 여기에 그냥 있으면 되겠구나……. 먹는 건 별 문제가 되지 않아……. 여기에 있으면 돼……, 구조대가 올 때까지 안전하게,

하루가 걸리든 이틀이 걸리든……

여기에 있자. 그렇지만……, 견딜 수 있을까? 몇 시간이고 아무와도 이야기를 나누지 않고……, 아무 짓도 하지 않고……, 그저 '생각'만 하면서?'

베라는 콘월에서의 일, 휴고와의 일, 시릴에게 했던 말, 그때 하던 생각을 되뇌기 시작했다. 틈만 나면 졸라 대던 그 말썽쟁이 꼬마…….

"클레이돈 선생님, 저 바위까지 헤엄쳐 가면 안 돼요? 갈 수 있어요, 얼마든지 갈 수 있어요."

"시릴, 물론 갈 수 있을 거야. 내가 아는 걸……."

이렇게 대답했던가?

"클레이돈 선생님, 그럼 가도 되는 거죠?"

"잠깐, 어디 보자, 시릴. 엄마가 네 일로 신경을 많이 쓰셔. 내가 방법을 일러 줄게. 내일은 바위까지 헤엄쳐 갈 수 있어. 내가 네 엄마와 해변에서 이야기하면서 엄마 주의를 다른 데로 돌릴게. 네 엄마가 너를 보았을 땐, 너는 이미 바위 위로 올라가서 손을 흔들고 있는 거야. 엄마가 얼마나 놀라겠니!"

"멋진 생각이에요, 클레이돈 선생님. 정말 재미있을 거예요."

그래, 그렇게 말했다. '내일'이라고! 휴고는 뉴퀘이로 가게 되어 있었다. 돌아오면 모든 것이 끝나 있을 터였다.

하지만 뜻대로 안 되면? 뭔가가 잘못되면? 시릴은 구조될 수도 있었다. 구조되었더라면 이렇게 말했겠지.

"클레이돈 선생님이 나도 할 수 있다고 했어요."

이렇게 되면 어쩌지? 무슨 상관이야? 위험 부담 없는 일이 세상에 어디 있어? 최악의 사태가 생기면 이렇게 둘러 대면 된다.
"시릴, 어쩌면 그렇게 거짓말을 할 수가 있니? 내가 그런 말을 했다니, 말도 안 돼!"
아마 시릴보다는 나를 믿겠지. 시릴은 더러 거짓말을 한다. 착하디 착한 아이인 것만은 아니다. 물론 시릴 자신도 알고 있을 거다. 하지만 까짓것 아무려면 어때……. 어쨌든 차질 없이 성사되었다……. 나는 시릴을 구하려고 필사적으로 헤엄쳐 가는 척했고. 하지만 시릴에게 닿기도 전에 시릴은 죽었다……. 아무도 의심하지 않았다…….
휴고는 날 의심했을까? 뚱한 얼굴을 하고 날 바라보았던 건 그 때문이었을까? 휴고는 '알고' 있었던 걸까? 내가 소환 심문을 당하자 부랴부랴 떠나 버린 건 그 때문이었을까?
그는 내가 보낸 편지에 답장도 하지 않았다.
휴고…….
베라는 침대 위에서 뒤척거렸다.
'안 돼, 안 돼, 휴고 생각을 하면! 휴고를 생각하면 가슴의 상처가 덧나……. 끝났어……, 다 끝난 일이야……. 휴고는 잊은 지 오래야. 그런데 어쩌자고 휴고가 이 방에 나와 함께 있는 것 같지?'
베라는 천정을 올려다 보았다. 시커먼 갈고리가 천정 한가운데 매달려 있었다……. 처음 보는 갈고리였다. 해초가 걸려 있던 갈고리였다…….

베라는 목에 닿던 그 차갑고 축축하던 감촉을 생각하고는 전율했다……. 천정의 갈고리가 아무래도 마음에 걸려 견딜 수가 없었다……. 아무리 돌리려 해도 시선이 자꾸만 그쪽으로 쏠렸다……, 검은 갈고리에…….

V

전직 범죄 수사대 요원 블로어는 침대 모서리에 앉아 있었다. 핏발이 선 그의 새우눈이 얼굴 한가운데서 비상 경계에 돌입해 있었다. 그는 저돌 직전의 멧돼지 같았다. 자고 싶은 생각은 없었다. 적의 공격 시각이 시시각각 임박해 오고 있었다……. 열 사람 가운데 여섯 사람이 희생된 것이었다. 그토록 약삭빠르고, 조심스럽고, 교활하던 판사까지 다른 사람과 마찬가지로 당한 것이었다.

블로어는 빙긋이 웃었다. 기묘한 만족감을 느꼈기 때문이다.

'늙은이 잘코사니지……. 뭐라고? 조심해야 한다고?

제 잘난 맛에 사는 위선자 영감 같으니. 전지전능한 하느님이라도 된 기분으로 판사석에 앉아……, 그 죄값이 어떨까? 갚을 걸 갚은 거지……. 이제 영감을 경계할 필요는 없고…….

이제 넷만 남았다. 저 아가씨, 롬바드, 암스트롱, 그리고 나. 곧 또 한 사람이 당할 테지……. 하지만 이 윌리엄 헨리 블로어는 어림도 없다. 보나마나 뻔한 일이다…….

'그런데 그 권총……, 권총은 어떻게 된 걸까……? 이게 좀 마음에 걸린다……, 권총이…….'

블로어는 눈살을 찌푸리고 새우눈을 잔뜩 구겨 흰자위를 드러낸 채, 침대 가에 앉아 권총 문제를 생각했다……. 고요 속으로 아래층 시계의 타종 소리가 들려 왔다. 자정이었다. 그의 마음은 어느 정도 누그러져 있었다……, 침대에 벌렁 드러누웠을 정도로. 그러나 옷은 끝내 벗지 않았다.

그는 생각에 잠긴 채 그대로 누워 있었다. 그는 경찰관으로 재직할 당시의 버릇 그대로, 인디언 섬에서 일어난 일을 처음부터 체계적으로 꼼꼼하게 반추했다. 철두철미한 사람만이 맨 나중에 웃을 수 있다고 생각하면서.

양초는 여전히 타들어가고 있었다. 성냥이 손 가까이 있는 것을 확인한 그는 촛불을 불어 껐다. 이상하게도, 방이 어두워지자 잡생각이 밀려들었다. 해묵은 공포가 한꺼번에 되살아나 그의 뇌리에서 주도권을 다툼하는 것 같았다. 수많은 얼굴이 허공에 나타났다. 회색 털실을 가발 삼아 쓰고 있는 판사의 얼굴……, 로저스 부인의 싸늘한 얼굴……, 앤터니 마스톤의 푸르뎅뎅한 얼굴……. 또 하나의 얼굴……, 안경을 쓴 창백한 얼굴……, 숱이 많지 않은 노랑 수염을 기른……, 눈에 익은 얼굴이었다…….

'어디서 보았더라, 언제 보았더라……. 인디언 섬에서는 아니다……. 그보다 훨씬 전인데……, 이상하다……, 꼬집어서 말할 수가 없다……. 웃기는……, 아주 웃기는 녀석의 얼굴인

데…….'
 '그렇구나! 그는 부르르 떨었다. 랜더의 얼굴이었다!
 '이상하다……, 랜더의 얼굴을 완전히 잊어버린 줄 알았는데. 어제만 해도 이 자의 얼굴을 기억하려고 애쓰다 애쓰다 그만 두고 말았는데……. 그런데 바로 어제 만난 얼굴처럼 선명하게 떠오르다니…….'
 랜더에겐 아내―표정이 어둡고 깡마른―가 있었다. 아이도 있었다. 열네댓 살 된 딸이……. 처음으로 블로어는 그들의 뒷일이 궁금했다.
 '권총, 권총은 어떻게 되었을까? 이게 중요한 문제인데…….' 생각하면 할수록 이상한 게 권총의 행방이었다……. 도무지 이해할 수가 없었다. 그러나 누군가가 권총을 가지고 있는 것만은 분명했다.
 아래층에서 시계가 1시를 쳤다. 블로어의 생각은 허리를 잘렸다. 순간, 블로어의 몸이 침대에서 튕겨졌다. 무슨 소리를 들은 것이었다……. 침실 바깥 어디에선가 나는 바스락거리는 소리를. '누군가 어두운 집 안을 배회하고 있었다.' 블로어의 이마에 땀방울이 맺혔다. 복도에서 은밀히, 그리고 조용히 움직이는 자는 대체 누굴까? 누군가 못된 짓을 하려고 일어나 있는 게 분명했다.
 그는 그 큰 덩지를 소리없이 움직여 침대에서 내려와서는, 단 두 걸음으로 문 옆에 가서 붙어 섰다. 그러고는 귀를 기울였다. 그러나 그 소리는 다시 들려 오지 않았다. 블로어는, 자기가 잘못 들었을 리가 없다고 확신했다. 문 밖에서 나는 발소리를 분명히 들었던 것이다. 머리털이 곤두섰다. 공포가 현실로 나타났다.

누군가가 밤중에 집 안을 배회하고 있었다……. 그는 귀를 기울였지만, 그 소리는 두번 다시 들려 오지 않았다.

새로운 유혹이 그를 사로잡았다. 나가서 조사해 보고 싶었다. 어둠 속을 배회하는 자가 누군지 확인하고 싶었다. 그러나 문을 연다는 건 위험 천만이었다. 어쩌면 적은 그것을 노리고 있는지도 모르는 터였다. 블로어가 그 소리를 듣고 진상을 조사하러 나오기를 기다리는지도 모르는 일이었다.

블로어는 꼼짝도 하지 않고 서서 그저 귀만 기울였다. 여기저기서 바스락거리는 소리, 옷깃이 스치는 소리, 속삭이는 소리가 들려 왔다. 그러나 블로어의 극히 현실적인 두뇌는 알고 있었다. 그게 모두 상상의 산물임을.

바로 그때 블로어는 상상 속의 소리가 아닌 현실의 소리를 분명히 들었다. 조심스럽게 끄는, 들릴락말락한 발자국 소리……. 그러나 신경을 귀에다 모으고 있는 블로어에겐 분명히 들렸다. 발자국 소리는 분명히 복도를 지나고 있었다. 롬바드와 암스트롱의 방은 블로어의 방에 비해서 층계참에서 한참 떨어져 있었다. 발자국 소리는 조금도 머뭇거리지 않고 블로어의 방 앞을 지났다.

그 소리를 들으며 블로어는 결심했다, 그게 누군지 확인하기로. 발자국 소리는 이윽고 그의 방 앞을 지나 층계 쪽으로 멀어져 갔다. 어디로 가는 걸까? 일단 움직이면, 블로어는 그 덩지에 어울리지 않게 놀라울 정도로 민첩하게 움직였다.

그는 발뒤꿈치를 들고 침대 옆으로 다가가서 성냥을 집어 주머니에 넣고는, 침대 옆에 있는 전기 스탠드를 들고 코드를 그 스탠드 기둥에다 둘둘 감았다. 무거운 에보나이트 받침에 기둥은 크롬으로 된 것이어서 무기로는 안성맞춤이었다. 그는 소리없이 방을 가로질러 가서는 문 손잡이 아래에 놓아 두었던 의자를 치웠다. 그러고는 조심스럽게 자물쇠를 따고 빗장을 벗겼다. 그는 가만히 복도로 나왔다. 아래층 현관에서는 여전히 무슨 소린가가 들려 오고 있었다. 블로어는 양말 신은 발로 소리없이 걸어 층계참에 이르렀다. 그제서야 그는, 자기가 어떻게 그 작은 소리를 분명히 들을 수 있었는가를 깨달았다. 바람이 그쳐 있었던 것이다. 하늘이 맑게 갠 모양이었다. 계단 위의 창을 통해 달빛이 스며들어와 아래층 현관을 비추고 있었다. 블로어는 언뜻, 현관 문을 통해서 밖으로 나가는 사람의 그림자를 보았다.

계단을 달려 내려가 그 그림자를 추격하려다 말고 블로어는 그 자리에 우뚝 섰다. 또 한 번 바보 같은 짓을 할 뻔했다고 그는 생각했다. 수수께끼의 그림자를 추격하여 현관 밖으로 나가면……, 그곳이 곧 살인범의 함정일 것이라는 결론에 이르렀던 것이다.

그러나 그 수수께끼의 그림자는 자기 실수를 깨닫지 못한 셈이었다. 왜냐하면, 범인이 남은 네 사람, 아니 블로어를 제외한 세 사람 중의 하나라면, 세 개의 방 가운데 하나는 비어 있을 것이기 때문이었다. 블로어는 재빨리 복도로 되돌아갔다. 그는 먼저 닥터 암스트롱의 방 문을 두드렸다. 대답이 없었다. 그는 한동안 문 앞에서 대답을 기다리다 필립 롬바드의 방 앞으로 갔다.

방 문을 두드리자 롬바드가 바로 응답했다.

"누구요?"

"블로어요. 암스트롱이 방 안에 없는 것 같습니다. 잠깐만 기다려 보세요."

그는 복도 맨 끝 방 앞으로 가서 방 문을 두드리며 외쳤다.

"클레이돈 양, 클레이돈 양."

"누구세요, 왜 그러세요?"

조금 놀란 듯한 목소리로 베라가 물었다.

"됐습니다, 클레이돈 양. 잠깐만 기다리세요, 곧 돌아오겠습니다."

블로어는 롬바드의 방으로 되돌아갔다. 문 앞에 이르자 문이 열렸다. 롬바드가 방 안에 서 있었다. 그는 왼손에 촛불을 들고 있었다. 잠옷 위에다 바지를 꿰어 입은 차림이었다. 그의 오른손은 잠옷 저고리 주머니에 들어가 있었다.

"대체 이게 또 무슨 일인가?"

롬바드가 물었다.

블로어는 재빨리 상황을 설명했다. 롬바드의 눈꼬리가 치솟았다.

"뭐라고, '암스트롱'이? 그 자식이 우리를 이 지경으로 만들었단 말인가!"

롬바드는 암스트롱의 방 쪽으로 가면서 덧붙였다.

"하지만 미안하네, 블로어. 내 눈으로 확인하기 전에는 아무것도 믿을 수가 없네."

그는 문을 두드리며 소리쳤다.

"암스트롱 씨, 암스트롱 씨!"

응답이 없었다. 롬바드는 문 앞에 무릎을 꿇고 열쇠 구멍 안을 들여다보았다. 열쇠 구멍 안에 무명지를 찔러 넣어 보기로 했다.

"열쇠가 없어, 문 안쪽에."

"밖에서 문을 잠그고 열쇠를 가져 갔다는 뜻입니다."

블로어가 설명했다.

필립 롬바드는 고개를 끄덕이고는 서둘렀다.

"끔직한 비상 수단이지. 블로어, 이번에는 잡아야 하네. 어떻게든 이번에 잡아야 해. 한시바삐."

그는 베라 클레이돈의 방 쪽으로 달려가 다시 문을 두드렸다.

"베라 양!"

"네!"

"우리는 암스트롱을 잡으러 가요. 암스트롱이 방에서 나갔어요. 무슨 수를 쓰든 '절대로 문을 열어 주면 안 됩니다.' 내 말 아시겠어요?"

"알겠어요."

"암스트롱이 이리로 달려와서 내가 죽었다거나 블로어가 죽었다고 하더라도 '못 들은 척' 해야 합니다. 알겠어요? '나와 블로어' 두 사람이 함께 와서 문을 열라고 할 때만 문을 열어야 합니다. 알겠어요?"

"알겠어요. 나도 바보는 아니에요."

베라가 대답했다.

"좋아요."

롬바드는 이 말을 남기고 블로어에게 달려가서 그를 재촉했다.

"자, 추격하세. 어떻게든 찾아 내야만 하네."

"조심해야 할 겁니다. 놈에겐 권총이 있다는 걸 잊지 마세요."

블로어의 말이었다.

필립 롬바드는 계단을 내려서면서 쿡쿡 웃었다.

"자네가 잘못 알았네."

그는 현관 문을 열면서 덧붙였다.

"빗장을 벗겨 놓았군. 손쉽게 들어오겠다는 계산이오."

그러고는 또 말을 이었다.

"권총은 내가 가지고 있네."

그는 주머니에서 권총을 반쯤 꺼내 보이면서 말했다.

"어젯밤에 서랍을 열어 보았더니 돌아와 있더군."

블로어는 문지방에 우뚝 섰다. 안색이 변해 있었다. 필립 롬바드가 그걸 보고 버럭 소리를 질렀다.

"블로어, 바보같이 굴지 마! 자네를 쏘진 않아. 마음이 내키지 않으면 들어가서 문이나 걸어 잠그고 있게. 나는 암스트롱을 뒤

쫓을 테니까."

그는 달빛 속으로 걸어나갔다. 한순간 망설이던 블로어도 그의 뒤를 따랐다. 그의 생각은 이랬다.

'어쩔 수가 없지 않은가? 따라오라니 따라갈 수밖에. 하지만, 권총을 가진 범인과 한두 번 싸워 보았나! 내게 권총은 없을지 모르나 용기는 넉넉하게 있다. 이 녀석에게 위험이라는 게 무엇이고, 내가 이 위험과 어떻게 싸워내는지 보여주자.'

그가 무서워하는 위험이란 불확실한 위험, 초자연적인 위험이지, 눈에 보이는 구체적인 위험은 아니었다.

VI

방 안에 남아서 결과를 기다리기로 되어 있는 베라 클레이돈은 옷을 입었다. 그러고는 두어 번 방문을 바라보았다. 튼튼한 문이었다. 빗장이 걸리고 자물쇠가 채워져 있는 데다 손잡이 아래엔 육중한 참나무 의자까지 놓여 있었다. 누가 힘을 쓴다고 해도 간단히 부서져 나갈 문은 아니었다. 적어도 암스트롱이 부술 수 있는 문은 아니었다. 닥터 암스트롱은 근육형이기는커녕 약골이었다. 만일 살인에 혈안이 되어 있는 암스트롱이라면, 그는 힘을 쓰는 대신 꾀를 쓰게 될 터였다.

베라는, 암스트롱이 쓸 만한 꾀를 어림하여 헤아려 보았다. 필립 롬바드의 말대로, 롬바드나 블로어 중 어느 누가 죽었다고 하면서 문을 열라고 할 가능성이 있었다. 아니면, 베라의 방문을 붙잡고 신음하면서 중상을 입은 체할 가능성도 있었다.

그 밖의 가능성도 있었다. 가령, 집에 불이 났다고 할 수도 있었다……. 아니, 집에다 불을 지를지도 모르는 일이었다……. 그렇다, 암스트롱이 살인범이라면 능히 할 만한 짓이었다. 두 남자를 밖으로 유인해 내어서 자신을 추적하게 하고는, 살며시 집으로 돌아와 미리 뿌려 놓은 휘발유에 불을 지른다……. 그렇게 되면 베라는 문을 잠그고 방 안에서 버티고 있다가 불에 타 죽을 터였다.

베라는 창가로 다가갔다. 다행이었다. 창틀의 높이는 여차하면 뛰어내려도 좋을 정도였다. 게다가 바닥이 마침 꽃밭이었다.

베라는 자리에 앉아 일기장을 꺼내 놓고 예쁜 글씨로 그날 일을 기록하기 시작했다. 어떻게 하든 시간을 보내야 했기 때문이다.

그러다 갑자기 몸을 움츠렸다. 무슨 소린가를 들은 것이었다. 베라는 유리가 깨어지는 소리 같다고 생각했다. 아래층 어딘가에서 들려오는 소리였다. 베라는 귀를 기울였다. 그러나 소리는 더 이상 들려 오지 않았다.

베라는, 조용한 발자국 소리, 층계가 삐걱거리는 소리, 옷깃이 스치는 소리를 들었거나, 들었다고 생각했다. 그러나 확실한 것은 아니었다. 베라는, 그보다 몇 분 전에 블로어가 그랬을 수 있듯이, 망상에 사로잡혀 그런 소리를 들은 것으로 착각했다는 결론에 이르렀다.

그러나 잠시 후 베라는 보다 구체적인 소리를 들었다. 아래층에서 오가는 사람의 발자국 소리와 수런거리는 소리였다. 이어서 분명히 계단을 오르는 발자국 소리도 들려 왔다. 문을 여닫는 소리도 들려 왔다. 아무래도 지붕 아랫방에서 나는 소리 같았다. 거기에서 나는 소리임에 틀림없었다. 마침내 발자국 소리가 지붕 밑 계단을 내려오고 있었다. 이와 거의 동시에 롬바드의 음성이 들려왔다.

"베라 양, 괜찮습니까?"

"네, 어떻게 됐어요?"

"문 좀 열어 주시겠습니까?" 블로어의 음성이었다.

베라는 문 앞으로 다가가서 의자를 치운 다음 열쇠로 문을 열고는 빗장을 벗겼다. 그러고는 문을 열었다. 두 사내는 거친 숨결을 가누고 있었다. 그들의 발과 양복 자락은 젖어 있었다.

"어떻게 된 거예요?"

베라가 다시 물었다.

"암스트롱이 사라졌어요."

롬바드가 대답했다.

VII

"아니, 뭐라고요?"

베라가 외쳤다.

"섬에서 흔적도 없이 사라져 버렸어요."

롬바드가 중얼거렸다.

블로어가 롬바드의 설명을 거들었다.

"글자 그대로 사라졌습니다. 누가 요술이라도 부린 것처럼 말이죠."

베라가 고개를 세차게 내저으며 부르짖었다.

"그럴 리가 없어요. 어딘가에 숨어 있을 거예요."

"아닙니다. 숨어 있을 리가 없어요."

블로어가 단언했다.

"분명히 말씀드리지만, 이 섬에 그자가 숨을 만한 곳은 이제 없습니다. 손바닥 들여다보듯이 찾아 봤어요. 밖에는 달이 밝습니다. 대낮 같아요. 어디엔가 있었다면, 우리 눈에 띄지 않았을 리가 없습니다."

"다시 이 집 안으로 돌아온 게 아닐까요?"

블로어가 이 말에 대답했다.

"우리도 그렇게 생각했습니다. 그래서 이 집도 샅샅이 조사해 봤습니다. 우리 발자국 소리, 아마 들으셨을 겁니다. 단언하거니와 '이 집 안에도 없어요.' 사라진 겁니다. 증발해 버린 겁니다."

"믿어지지 않아요."

베라가 정말 믿어지지 않는다는 얼굴을 하고 중얼거렸다.

"사실입니다……."

롬바드는 이렇게 말하고는 잠시 두리번거리다 말을 이었다.

"마음에 걸리는 게 있긴 합니다. 식당 유리 한 장이 깨어졌고……, 식탁 위의 꼬마 인디언 인형이 세 개 밖에 남지 않은 겁니다."

열다섯

I

 세 사람은 주방에 앉아서 아침을 먹었다. 햇빛이 밝게 내리쬐고 있었다. 쾌청한 날씨였다. 폭풍이 말짱하게 가신 것이었다. 날씨의 변화가 섬에 고립되어 있는 세 사람의 기분까지 바꾸어 놓았다. 세 사람은 금방 악몽에서 깨어날 것 같았다. 위험은 여전히 그들 주위에 도사리고 있을 터였지만, 그래도 이제부터는 벌건 대낮이었다. 전날 하루 동안, 그러니까 폭풍이 몰아칠 동안, 두꺼운 담요처럼 그들을 싸고 있던, 피를 말리는 공포 분위기는 이제 말끔히 가셔져 있었다.
 롬바드가 말문을 열었다.
 "오늘은 이 섬 꼭대기에서 거울로 일광 반사 신호를 보내기로 합시다. 해변에 머리가 좀 돌아가는 친구가 있다면 우리의 구조

요청 신호를 알아봐 줄 테지요. 밤이 되면 모닥불도 피웁시다. 땔나무가 별로 없긴 하지만. 그런데 모닥불을 피우면, 섬에서 모닥불을 피우고 둘러앉아 춤추고 노래를 부르는 것으로 오해하지나 않을지……."

베라가 대답했다.

"모르스 신호를 알아볼 줄 아는 사람이 있을 거예요. 그렇게만 해 준다면, 날이 저물기 전에 구조대를 보내 줄 텐데요."

"날씨는 말짱하게 갰지만 바다는 아직 그대로요. 봐요, 파도가 저 모양이지, 오늘 중으로는 이 섬에 배를 댈 수가 없어요. 구조대가 온대도 내일까지 기다려야지."

"여기에서 또 하룻밤을 지샌다는 거예요?"

롬바드가 어깨를 으쓱하고 나서 대답했다.

"어쩔 수 없지 않아요? 24시간이면 될 겁니다. 24시간만 버티면 무사할 겁니다."

그때까지 잠자코 앉아 있던 블로어가 헛기침을 한 차례 하고는 말했다.

"그보다 먼저 짚고 넘어가야 할 게 있습니다. 암스트롱은 도대체 어떻게 되었을까요?"

롬바드가 대답했다.

"그 문제 말인데……, 추측할 단서는 하나 있네. 식탁을 보게. 인디언 인형이 세 개밖에 없지 않은가? 아무래도 암스트롱도 당한 것 같아."

"그럼, 왜 시체가 보이지 않는 거죠?"

베라가 물었다.
"그러게 말입니다."
블로어가 고개를 가로저었다.
롬바드 역시 고개를 가로저으며 대답했다.
"요상한 일이야. 도무지 알다가도 모르겠군."
"어쩌면 바다에 빠졌는지도 모르죠."
블로어의 말이었다.
"누가 밀어 넣었다는 것인가? 자넨가? 난가? 자네는 암스트롱이 현관 문을 나서는 걸 보았다고 했어. 그러고 나서 자네는 내 방으로 왔고, 나는 내 방에 있었네. 자네도 알다시피 내겐, 그를 죽이고 시체를 섬 어디에다 감출 시간이 없었어."
"모를 일입니다만, 한 가지 사실만은 분명합니다."
"그게 뭔가?"
롬바드가 물었다.
"권총, 당신의 권총이 한때 당신에게서 사라졌다가 되돌아왔다고 주장합니다만, 그걸 어떻게 믿습니까?"
"블로어, 함께 뒤져 보고도 그런 소리를 하나?"
"그래요. 하지만 수색이 시작되기 전에 당신이 어디에다 감추었을 가능성도 있습니다. 수색이 끝나자 다시 찾아 제 자리에 갖다 놓았을 수도 있는 것이지요."
"이렇게 의심이 많은 사람을 보았나! 내 맹세코 말하네만, 권총이 나도 모르는 사이에 서랍에 돌아와 있었네. 내 평생, 서랍 속에 권총이 돌아와 있는 걸 보았을 때만큼 놀란 적은 없었어."

"아니, 그런 말을 우리더러 믿으라는 겁니까? 살인범이 권총을 제 자리에 돌려 놓는다면, 기왕에 죽은 사람은 왜 못 살려 놓고, 사라진 암스트롱은 왜 못 데려다 놓는답디까?"

롬바드가 절망적으로 고개를 가로저었다.

"그걸 난들 알 수 있나? 도무지 뭐가 뭔지 뒤죽박죽이야. 믿으라고 하기도 뭣하네. 사실은 나부터도 믿지 못하겠으니까."

"그럴 겁니다. 그러니까 핑계를 대도 좀 그럴 듯하게 대 보시라는 겁니다."

"진실을 말하는 것 이상의 증거가 왜 필요한가?"

"제겐 진실로 들리지 않아서 하는 말이 아닙니까?"

"자네는 듣지 않으려고 하네."

"이것 보세요, 롬바드 씨, 만일 당신이 지금 연기하고 있는 것처럼 정직한 사람이라면……."

"내가 언제 정직한 사람이라고 했나? 나는 내 입으로 그렇게 말한 적은 없어."

"좋습니다, 롬바드 씨. 당신이 진실을 말하고 계시다면, 그걸 증명해 낼 길은 하나뿐입니다. 당신이 그 권총을 가지고 있는 한, 클레이돈 양이나 내 목숨은 당신의 손아귀에 달려 있을 수밖에 없습니다. 이건 공평하지 못합니다. 공평하게 하자면, 당신의 권총을 다른 약품과 함께 은식기 상자에다 넣어 잠그고 열쇠를 하나씩 나누어 가지고 있어야 합니다."

필립 롬바드가 담배에 불을 붙였다. 그가 허공으로 담배 연기를 뿜으며 말했다.

"바보 같은 소리 하지도 말게."
"싫다는 거군요?"
"싫어, 이 권총은 내 거야. 내 몸을 지키자면 권총이 필요해. 그러니까 내가 가지고 있겠네."
"그렇다면, 우리는 결론을 내리지 않을 수 없습니다."
"내가 U. N. 오웬이다, 이건가? 자네 좋을 대로 생각하게. 그러나 이것 한 가지만 물어 보자구. 내가 만일 오웬이라면, 왜 어젯밤에 자네를 쏘지 않았을까? 내게 쏠 마음만 있었다면 스무 번도 더 쏘아 죽일 수 있었을 텐데?"
블로어가 고개를 가로저으며 대답했다.
"그야 모르지요……, 스무 번도 더 쏠 수 있었다는 건 사실입니다. 쏘지 않은 건, 무슨 이유가 있었기 때문이겠지요."
베라는 이들의 입씨름에 끼어들지 않고 있다가 혼잣말처럼 중얼거렸다.
"어쩌면 두 분 다 그렇게 바보같이 싸우고만 있어요?"
"그게 무슨 말이요?'
롬바드가 그녀를 보면서 물었다.
베라가 대답했다.
"침실에 걸려 있던 액자의 동요를 벌써 잊었어요? 이 수수께끼의 단서가 그 동요 속에 있는 것도 모르고 있어요?"
이어서 베라는 동요를 읊기 시작했다.

"네 꼬마 인디언이 바다로 나갔다. 하나가 훈제 청어에 먹히는 바람에 셋만 남았다."

베라는 말을 이었다.

"'훈제 청어ᵃ ʳᵉᵈ ʰᵉʳʳⁱⁿᵍ', 혹은 '주의를 다른 데로 돌리기 위해서 사냥개에게 주는 먹이ᵃ ʳᵉᵈ ʰᵉʳʳⁱⁿᵍ', 이게 바로 단서예요. 암스트롱은 죽지 않았을 거예요. 그는, 자기가 죽었다는 걸 암시하려고 일부러 인디언 인형을 하나 가지고 사라졌을 거예요. 두 분은 두 분 나름대로 생각하세요. 하지만 암스트롱은 아직 이 섬 어디엔가 있어요. 그가 사라졌다는 건, 우리의 주의를 다른 데로 쏠리게 하는 데 쓰인 미끼ᵃ ʳᵉᵈ ʰᵉʳʳⁱⁿᵍ예요."

롬바드가 자리에 앉으며 고개를 끄덕였다.

"그럴 가능성도 있지. 클레이돈 양의 말에 일리가 있군요."

"그래, 그렇다고 칩시다. 어디에 있어요, 다 뒤졌잖아요? 이 집 안팎까지도."

블로어가 퉁명스럽게 응수했다.

베라가 코웃음쳤다.

"그래요, 우리는 모두 권총을 찾느라고 눈에 불을 켜고 집 안을 뒤졌어요. 그래서 찾았던가요? 못 찾았죠? 그러나 권총은 어딘가에 있었어요."

롬바드가 그 말에 대답했다.

"아가씨, 사람과 권총은 우선 부피부터가 다릅니다."

"부피 같은 건 상관하지 않아요."

베라가 응수했다.

"저는 제 생각이 옳다고 확신해요."

블로어가 중얼거렸다.

"살인범인 암스트롱이 스스로 포기하고 투신 자살이라도 한 게 아닐까? 그 동요에는 확실히 훈제 청어라는 말이 나오긴 합 디다. 이 동요를 쓴 사람은, 이 말을 아마 다른 의미로 썼을지도 몰라."

베라가 소리를 질렀다.

"아직도 모르시겠어요? 살인범은 제정신이 아니에요. 모두가 제정신이 아니에요. 제정신이고서야 어떻게 동요 그대로 되어 가고 있는 건가요? 판사에게 판사 분장을 시키고, 로저스를 장 작 패고 있을 때 죽이고, 로저스 부인을 잠든 채로 죽게 하고, 브렌트 여사를 죽일 때는 땅벌을 소도구로 준비까지 한 걸 보 고도 모르시겠어요? 흡사 아주 심술 사나운 아이의 장난 같지 않아요? 모든 게 동요와 딱 들어맞고 있잖아요?"

"그래요, 아가씨 말이 맞군요."

블로어는 이렇게 말하고 나서 1, 2분간 생각하다가 말을 이 었다.

"일곱 번째 인디언 소년은 동물원에 갔다가 큰 곰에게 당하 는 것으로 되어 있죠? 이 섬에는 동물이 없어요. 살인범도 이번 만은 좀 곤란하겠군요······."

베라가 앙칼지게 쏘아붙였다.

"아직도 모르세요? 우리가 바로 동물이에요······. 어젯밤 일 을 생각해보세요. 우리가 어디 인간이었나······. 우리가 바로 동 물이에요."

II

그들은 오전 내내 절벽 위에서, 육지를 향해 거울로 햇빛을 반사시켰다. 그러나 육지에서 일광 반사 신호를 포착한 것 같지는 않았다. 따라서 응답도 없었다. 안개만 조금 끼었을 뿐 날씨는 대체로 좋았다. 파도는 여전히 높았다. 바다로 나온 배는 한 척도 보이지 않았다. 그들은 다시 한 번 섬을 수색했다. 그러나 사라진 의사와 관련된 단서는 하나도 찾지 못했다.

베라가 집 쪽을 올려다보며 말했다. 겁에 질려 있는지 목소리가 가늘게 떨렸다.

"이렇게 사방이 확 트인 곳에 오니까 집 안에 있는 것보다 훨씬 마음이 가라앉아요. 집에 다시 안 들어가면 어떨까요?"

롬바드가 대답했다.

"나쁘지 않은 생각이군요. 마음이 편한 것도 사실이고, 집 안에서는 모두들 뭐가 뭔지 모르는 상태에서 당했지만, 여기에 있으면 우리를 공격하는 사람이 누구인지 훤히 볼 수 있겠지요."

"그럼, 여기에 있기로 해요."

베라가 롬바드를 졸랐다.

블로어가 제동을 걸었다.

"밤을 여기서 지샐 수는 없습니다. 다시 집 안으로 들어가는 수밖에 없어요."

"못 견딜 것 같아요. 저 집에서 또 하룻밤을 지내야 한다고 생각하면 견딜 수가 없어요."

베라가 부들부들 떨기 시작했다.

"문을 꼭 걸어 잠그고 있으면 아무 일 없을 겁니다."

필립 롬바드가 베라를 위로했다.

베라가 중얼거렸다.

"하긴 그렇기도 해요……."

베라는 두 팔을 벌리고 태양 쪽으로 돌아서면서 말을 이었다.

"참 좋아요, 다시 햇빛을 보니……."

베라는 한편으로는 이렇게 생각했다.

'이상한 일이다……, 햇빛 하나로 마음이 이렇게 푸근해진다는 건. 나는 지금도 위험한 처지에 놓여 있는데, 하나도 두렵지 않다……. 적어도 낮에는 온몸에 힘이 넘친다. 이대로 죽을 수는 없다……. 죽지 않을 것 같다…….'

베라는 단호하게 말했다.

"나는 집으로 돌아가지 않겠어요. 여기에 있겠어요. 사방이 확 트인 이곳에 있겠어요."

"클레이돈 양, 갑시다. 마음을 단단히 먹고……." 필립 롬바드가 그녀를 위로했다.

"또 그 우설 통조림을 보면 속이 뒤집히고 말 거예요. 먹는 건 필요없어요. 다이어트할 땐 며칠씩 굶기도 하잖아요?"

블로어가 그 말을 받아 롬바드에게 물었다.

"저는 제 시간에 먹지 않으면 힘을 못 씁니다. 당신은 어떻습니까, 롬바드 씨?"

"우설 통조림을 먹을 생각을 하니, 도무지 식욕이 동하질 않아, 나는 클레이돈 양과 함께 여기에 있겠네."

블로어가 망설이자 베라가 말했다.

"제 걱정은 마세요. 왜요, 마음에 걸리세요? 당신이 돌아서자마자 롬바드 씨가 날 쏠까 봐서? 나는, 이 분이 날 쏘리라고는 생각하지 않아요."

"그렇게 생각하신다면, 좋습니다. 하지만 뿔뿔이 흩어지지는 않기로 했죠?"

블로어의 말이었다.

"블로어, 사자 우리로 가겠다는 사람은 자넬세. 자네가 원한다면 함께 갈 수도 있어."

"아니 그럴 것 없어요. 그냥 여기에 계시지요."

필립 롬바드는 웃었다.

"자네 아직도 날 두려워하고 있군. 두려워 할 까닭이 없지 않은가? 나에게 자네를 쏠 생각이 있다면 언제든 쏠 수 있네."

"그럴 테죠. 그렇지만 그냥은 쏘지 않겠지요. 다 계획이 서 있을 테니까. 한 번에 한 사람씩, 그것도 처음 계획했던 방법에 따라서 확실하게 죽이겠죠."

"자네는 다 아는 것처럼 말하고 있구먼 그래."

필립 롬바드가 블로어를 흘겨 보며 말했다.

"물론이죠. 그래서 혼자 집 안으로 들어갈 생각이 없는 겁니다."

"그래서 내 권총을 빌려 달라, 이건가? 내 대답은 간단하네. 안 돼, 빌려주지 않겠네. 이 일은 자네가 생각하는 것처럼 그렇게 간단하지 않아."

 블로어는 어깨를 으쓱해 보이고는 집 쪽으로 통하는 가파른 길을 따라서 올라갔다. 롬바드가, 집으로 올라가는 블로어를 바라보며, 지나가는 말처럼 중얼거렸다.

 "동물에게 밥을 먹일 시간이다, 이건가? 그 짐승, 식사 시간 한번 철저하게 챙기는군."

 베라가 걱정스러운 얼굴을 하고 물었다.

 "위험하지 않을까요? 혼자 저렇게 올라가면……?"

 "무슨 말인지 알겠소. 하지만, 나는 블로어가 위험하다고는 생각지 않아요. 암스트롱에겐 무기가 없어요. 암스트롱은 저 친구의 적수가 못 되는데다, 저 친구 경계가 철저해서 기습을 당하진 않을 겁니다. 어디 그뿐입니까? 암스트롱은 집 안에 있지 않아요."

 "그렇다면, 대체 누가 살인범일까요?"

 "블로어일 가능성이 있습니다."

 필립 롬바드가 천천히 말했다.

 "아니, 그럼 정말……, 블로어가……?"

 "아가씨, 내 말 귀담아 들으세요. 블로어가 했던 이야기 기억하시죠? 그의 말이 사실이라면, '나와, 암스트롱이 사라진 일과는 아무 상관도 없습니다.' 블로어의 이야기는, 암스트롱의 실종과 나와의 관계를 분명하게 해 줍니다. '그러나 블로어 자신과의 관계는 그렇지가 못해요.' 우리는, 블로어가 발자국 소리를 들었고, 어떤 사람이 아래층으로 내려가 현관 문을 열고 밖으로 나가는 걸 보았다는 '그의' 이야기를 들었습니다. 그건 어쩌면 거짓말인지도 모릅니다. 그보다 몇 시간 전에 그가 암스트롱을 제거했을 가능성이 있는 것이지요."

"어떻게요?"

롬바드는 어깨를 으쓱하며 대답했다.

"그런데 그게 분명치 않아요. 하지만 물으시니까 대답하지요. 우리를 위협하는 사람은 한 사람뿐이오. 이 한 사람이 바로 블로어요. 저 전직 경찰관이 하는 말은 모두 빈말일 겁니다. 그가 정신이 살짝 돈 백만장자인지, 돈에 미쳐버린 실업가인지, 브로드무어 정신 이상 범죄자 수용소에서 도망나온 자인지 우리는 모릅니다. 그러나 한 가지 사실은 분명합니다. 이 인디언 섬에서의 살인 사건은 모두 그가 저질렀을 가능성이 있다는 것입니다."

베라의 얼굴은 이미 하얗게 질려 있었다. 베라는 숨도 제대로 쉬지 못했다.

"그렇다면 블로어가……, 우리까지도?"

롬바드는 주머니 속의 권총을 가볍게 두드려 보이면서 대답했다.

"못 하게, 내가 최선을 다해 경계해야지요."

그러고는 호기심에 가득 찬 눈으로 베라를 바라보며 물었다.

"베라, 날 믿을 수 있죠? 당신을 쏘지 않는다는 걸 믿을 수 있죠?"

베라가 대답했다.

"믿어야죠……. 하지만 솔직하게 말씀드리면, 블로어에 대해서는 뭔가 오해하고 계시는 것 같군요. 나는 아직도 암스트롱의 짓이라고 생각하고 있어요."

베라가 이 말과 함께 갑자기 롬바드 쪽으로 돌아섰다.

"혹시, 다른 '누군가'가 한 짓이라고는 생각지 않으세요? 누군가가 우리를 감시하면서 때를 기다리고 있는 게 아닐까요?"

"우리 둘 다 신경 과민이군요."

롬바드가 천천히 응수했다. 베라는 뜻밖에도 열심이었다.

"그렇다면, 당신도 그런 생각을 하셨군요."

베라는 가볍게 떨며 롬바드 앞으로 바싹 다가섰다.

"말씀해 보세요, 혹시……, 언젠가 미국의 조그만 어느 마을로 찾아온 두 재판관 이야기를 읽은 적이 있는데요……, 대심원에서 온 재판관……. 그런데 이 두 재판관은 그 마을에서 사람들을 심판했는데 그게 곧 최후의 심판이었어요. '그들은 이 땅의 대심원이 아닌, 저승의 대심원에서 온 재판관들이었죠.'"

롬바드의 눈꼬리가 올라갔다.

"저승으로부터의 방문객인가요? 나는, 초자연적인 것은 잘 믿지 않아요. 그리고 우리가 직면하고 있는 이 살인극에서는 천상적이라기보다는 인간적인 냄새가 나고 있습니다."

"그래도 이따금씩은……, 다른 생각이 들어서." 베라는 말을 잇지 못했다.

롬바드가 베라를 응시하면서 말했다.

"양심의 가책 때문일 겁니다……."

잠시 입을 다물고 생각에 잠겨 있다가 롬바드는 이렇게 덧붙였다.

"그 아이의 익사에 책임이 있는 건 사실이군요?"

"나는 그런 짓 한 적이 없어요. 당신에겐 그런 말 할 권리도 없고요."

롬바드는 피식 웃었다.

"알겠습니다, 역시 당신의 짓이었군요. 왜 그런 짓을 했는지, 그 이유를 모르겠군요. 상상이 가질 않아요. 남자 문제였겠죠, 모르긴 하지만……?"

베라는 그 말을 듣는 순간 온몸에 까닭 모를 피곤이 번져옴을 의식했다. 베라는 흐느적거리는 목소리로 실토했다.

"네……, 맞아요……. 배후에 남자가 있었어요……."

"고맙습니다. 하지만 내가 알고 싶은 것은……." 롬바드가 다정하게 말했다.

베라가 벌떡 일어나며 소리쳤다.

"이게 무슨 소리죠? 지진일까요?"

"글쎄요, 잠깐 땅이 울리는 것 같았지만, 설마 지진일까요……. 비명소리 같지 않았습니까?"

두 사람은 집 쪽을 올려다보았다. 롬바드가 목소리를 죽였다.

"거기서 난 소리요. 올라가서 확인……."

"싫어요, 싫어요. 나는 가지 않겠어요."

"좋을 대로 하십시오. 나는 가봐야겠으니까."

"좋아요, 나도 따라가겠어요."

베라가 풀이 꺾여 말했다.

두 사람은 집 쪽으로 난 가파른 길을 따라 올라갔다. 햇빛을 받고 있는 테라스는 평화롭게 보였다. 도무지 연쇄 살인 사건이 일어나고 있는 집 테라스 같지 않았다. 두 사람은 테라스에서 잠시 머뭇거렸다. 그러다 그들은 집 안으로는 들어가지 않고 집 주위를 한 바퀴 돌아보기로 했다.

곧 그들은 블로어를 발견했다. 블로어는 테라스의 동쪽 석판 바닥에 쓰러져 있었다. 커다란 대리석에 맞아 그의 머리는 형편없이 부서져 있었다.

필립 롬바드가 위쪽을 올려다보며 속삭였다.

"저 창, 누구의 침실 창입니까?"

베라가 떨리는 목소리로 대답했다.

"내 방 창이에요. 그리고 이 대리석은 내 방 벽난로 위에 있던 벽시계예요……. 이제야 생각나는군요……, 곰을 조각한 대리석이었어요……."

베라는 떨리는 목소리로 정신나간 사람처럼 똑같은 말을 되풀이했다. "곰을 조각한 대리석이었어요. 정말 곰 같은……."

III

필립 롬바드가 그녀의 어깨를 잡았다. 그가 다급하게, 확신에 찬 목소리로 말했다.

"이제야 알겠습니다. 암스트롱은 이 집 어디엔가 숨어 있습니다. 내가 꼭 잡아 내고 말겠어요."

그러나 베라는 필립 롬바드의 팔을 붙잡고 소리쳤다.

"바보 같은 짓이에요. 이제 우리 차례예요. 우리 중 한 사람 차례예요. 우리가 찾아 나서길 기다리는 거예요. 그걸 계산에 넣고 기다리는 거예요."

"일리가 있는 말입니다."

롬바드가 걸음을 멈추고 대답했다.

"이제, 내 말이 맞다는 걸 인정하시겠죠?"

베라의 물음에 롬바드는 고개를 끄덕였다.

"그래요……. 당신이 이겼습니다. 틀림없이 암스트롱입니다. 놈이 대체 어디에 숨어 있을까요? 정말 귀신처럼 숨어 다니는군요."

"어젯밤에 찾아내지 못했다면, '지금도 찾아 낼 수 없어요.' 상식적인 논리 아닌가요?"

"그건 그렇습니다. 하지만……."

"진작에 숨을 만한 곳을 마련해 둔 게 분명해요. 이 살인 사건의 범인이라면 충분히 할 만한 짓이죠. 가톨릭이 금지되고 있을 당시 대장원의 사제용 밀실 같은……."

"이 집은 대장원 같은 집이 아니질 않습니까?"

"집 지을 때 주문하면 얼마든지 가능하죠."

필립 롬바드는 고개를 끄덕였다.

"아닙니다. 여기에 도착한 날 우리는 집을 여러 모로 뜯어봤어요. 그런 게 마련되어 있을 만한 공간이 없어요."
"틀림없이 있을 거예요."
베라가 속삭였다.
"찾아 봅시다."
"암, 찾아 봐야죠. 암스트롱은 틀림없이 알고 있어요. 그 밀실에서 당신을 기다리고 있을 거예요."
"너무 걱정 마세요, 이게 있으니까."
롬바드는 주머니에서 권총을 반쯤 꺼내 보였다.
"범인이 암스트롱이라면, 블로어는 끄덕없을 거라고 했죠? 암스트롱보다는 블로어가 훨씬 강하니까. 그래요, 블로어가 힘이 센 사람이라는 건 사실이에요……. 경계도 철저하게 했을 거고요. 하지만……, 암스트롱이 '미친' 사람이라는 걸 잊으신 것 같군요. 게다가 이 미친 사람은 이 집이라는 장소를 유효 적절하게 이용하고 있어요. 멀쩡한 사람보다도 갑절 이상으로 교활하게 이용하고 있어요."
롬바드는, 권총을 다시 주머니에 찔러 넣으며 말했다.
"우리도 연구해 봅시다."

IV

"밤이 오면 어떻게 하죠?"
롬바드가 오래 참았던 말을 했다.

베라는 대답하지 않았다. 롬바드가 나무라듯이 물었다.
"생각해 보지 않았다, 이겁니까?"
베라는 이미 절망에 빠져 있었다.
"어떻게 하면 좋을까요? 겁이 나요, 무서워요……."
필립 롬바드가 차분하게 설명했다.
"다행히도 날씨가 좋습니다. 달도 있을 겁니다. 적당한 장소를 먼저 물색해야 합니다. 절벽 꼭대기가 좋겠죠. 거기에 앉아 날이 샐 때까지 기다리는 겁니다. '잠이 들면 안 됩니다…….' 잠을 자지 말고, 사방을 경계해야 합니다. 누구든지 우리에게 접근하면, 쏘겠어요."
그는 잠깐 입을 다물었다가 덧붙였다.
"춥겠어요, 그런 옷으로는."
베라가 싸늘하게 웃으면서 대답했다.
"추워요? 죽으면 그보다 훨씬 더 춥겠죠."
"네, 그것 참……."
롬바드가 고개를 끄덕였다.
"여기서 더 있으면 미칠 것 같아요. 자리를 옮겨요, 네?"
"그럽시다."
그들은 바다가 내려다보이는 바위 사이 길을 걸었다. 해는 서쪽 바다 위로 가라앉고 있었다. 태양은 황금빛이었다. 그 황금빛 황혼에, 인디언 섬도 황금빛으로 물들었다.
베라가 문득 신경질적으로 웃으며 혀를 찼다.
"이럴 때, 수영하지 못하다니……, 안됐어요."

필립 롬바드는 바다를 내려다보다 소리쳤다.
"저기, 저게 뭐죠? 큰 바위 옆에, 봐요, 아니……, 조금 더 오른쪽으로."
"옷가지 같은데요……."
베라가 그쪽을 보면서 대답했다.
"수영복?"
롬바드가 웃었다.
"저기에 수영복이 있다는 건 말이 안 되고……, 해초겠죠."
"가서 확인해 봐요."
그쪽으로 다가가면서 롬바드가 속삭였다.
"역시 옷이로군, 저건 구두……. 이리 와 봐요, 바위 위로 올라가서 봅시다."
두 사람은 바위 위로 올라가 내려다보았다. 베라가 발길을 멈추면서 외쳤다.
"옷뿐이 아니에요……, 사람이에요, 사람!"
시체가 바위 사이에 처박혀 있었다. 밀물과 함께 밀려 왔던 모양이었다. 필립 롬바드와 베라는 시체 가까이 다가갔다. 시퍼렇게 변색된 얼굴……, 무시무시한 익사체의 표정…….
롬바드가 소리쳤다.
"맙소사, 암스트롱입니다!"

열 여섯

I

　세월이 흘렀다……. 세계는 어지럽게 돌았다……. 그러나 시간은 요지부동이었다……. 요지부동인 채 천 년은 흘렀다……. 아니, 그래봐야 겨우 1, 2분이었지만.
　두 사람은 선 채로 시체를 내려다보고 있었다……. 천천히, 아주 천천히 베라 클레이돈과 필립 롬바드가 고개를 들고 서로의 얼굴을 바라보았다.

II

　롬바드가 웃었다.

"일이 이렇게 된 거군요, 베라."

"이 섬에는 이제 아무도 없어요, '우리 둘 말고는' 아무도 없어요……."

베라의 말은 속삭임에서 더도 덜도 아니었다.

"그렇습니다. 자, 이제 우리의 입장을 아시겠지요?"

"대체 어떻게 된 거죠? 대리석 곰이 어떻게 했길래 창에서 떨어진 거죠?"

롬바드가 어깨를 추스렸다.

"뭐가 뭔지 모르겠군요. 아, 참 대단한 속임수군요."

두 사람의 눈길이 마주쳤다.

베라는 이렇게 생각했다.

'아, 내가 왜 진작 이 사람의 얼굴을 제대로 관찰하지 않았던가…….

'늑대……, 그래, 늑대의 얼굴이야……. 저 이빨 좀 봐, 영락없는 늑대야…….'

롬바드가 무시무시한 목소리로 말했다.

"아시겠죠? 이제 끝났어요. 이제야 모든 게 드러났습니다. '이제 끝났습니다.'"

"나도 이제 알겠어요……."

베라가 조용히 대답했다. 베라는 바다를 보았다. 매카더 장군이 바다를 바라보며 멍한 얼굴을 하고 있던 게 언제였더라? 어제였던가, 아니면 그저께였던가? 그 역시 '끝장'이라고 하지 않았던가? 끝장을, 종말을 긍정하고, 이를 받아들이려는 눈치가 아니었던가? 그러나 베라는 그 끝장에 저항하려고 했다.
'끝장일 수는 없어.'
베라는 이렇게 생각하면서 시체를 내려다 보았다.
"불쌍한 암스트롱 씨……."
베라가 중얼거렸다.
"불쌍하다니……, 남성에 대한 여성의 연민 같은 겁니까?"
롬바드가 차갑게 웃었다.
"왜요, 그럼 안 되나요? 당신에겐 연민이 없나요?"
"나는 당신을 동정할 수 없습니다. 그러니까 기대하지 마시지요."
베라가 시체를 내려다보며 제안했다.
"옮겨야 해요. 집 안으로 옮겨야 해요."
"다른 희생자들 옆으로 모시자는 말이로군. 가지런히 정돈해야 직성이 풀리시겠습니까? 내 생각엔 이대로 둬도 상관없을 듯한데……."
"어쨌든, 바닷물에는 닿지 않게 해야 하지 않겠어요?"
베라의 말투가 매서웠다.
"원하신다면……."
롬바드가 웃으면서 팔 소매를 걷었다.
롬바드가 몸을 구부리고 시체를 안았다. 베라도 다가서서 그를 도왔다.
"쉬운 일은 아니군."
롬바드가 중얼거렸다. 베라는 있는 힘을 다해서 롬바드를 도왔다.

두 사람은 시신을 들어, 바닷물이 미치지 못하는 곳에다 놓았다. 허리를 펴면서 롬바드가 물었다.

"이제 속이 시원하십니까?"

"아주."

베라가 짤막하게 대답했다. 롬바드는 베라의 목소리가 심상치 않다고 생각하고는 주위를 둘러보다가, 권총이 들어 있던 주머니를 손으로 때려 보았다. 비어 있었다. 베라는 이미 두세 걸음 물러서서 롬바드를 노려보고 있었다. 권총을 든 채.

"암스트롱에게 인심 쓴 게 아니었군! 내 권총을 날치기하려고 수작을 부린 것이구나!"

롬바드가 소리치자 베라가 고개를 끄덕였다. 베라는 권총을 든 채 꼼짝도 하지 않았다.

죽음은 이제 필립 롬바드의 눈앞에 다가와 있었다. 죽음을 그렇게 가깝게 느껴본 적이 없는 롬바드였다. 그러나 롬바드는 포기하지 않았다. 아직 허세는 남아 있었다.

"그 권총, 이리 주시지."

베라는 웃기만 했다.

"자, 권총 이리 넘겨 줘요."

롬바드가 공손하게 말했다.

그의 머리는, 말하는 동안에도 분주하게 움직이고 있었다. '무슨 수로……, 어떻게……, 여자를 덮쳐……, 아니 꼬여……, 아니지……, 밀어붙여…….' 롬바드는, 목숨을 걸고 그 중에서도 가장 위험한 방법을 택하기로 마음먹었다.

"아가씨, 이러지 말고 내 말 좀 들어 봐요……."

그는 이렇게 말하다 말고 몸을 날렸다. 표범같이……, 고양이과의 짐승같이 날랜 동작이었다……. 베라의 손가락은 반사적으로 방아쇠를 당겼다……. 롬바드의 몸은 그 순간 공중에서 정지했다가, 무겁게 땅바닥으로 떨어졌다.

베라는 권총을 든 채 한 발짝 다가섰다. 그러나 더 이상 경계할 필요가 없었다. 필립 롬바드는 심장을 맞고 즉사한 것이었다.

III

베라는 안도의 한숨—오랜만에 쉬어 보는, 참으로 느긋한 안도의 한숨—을 내쉬었다. 마침내 끝난 것이었다. 이제 더 무서워할 대상도, 더 무서워할 필요도 없었다. 가슴을 졸여야 할 필요도 없었다……. 인디언 섬에는 그녀 혼자뿐이었다……. 아홉 구의 시체와 그녀뿐이었다……. 하지만 왜 그렇게 되었을까? 이유는 알 수 없었지만, 그녀 혼자 살아 있는 것만은 분명했다……. 베라는 그 자리에 앉았다……. 그렇게 평화로울 수가 없었다……. 이제 두려워할 필요는 없었다.

IV

 베라가 움직인 것은 해가 진 다음이었다. 그 동안은 꼼짝도 할 수 없었던 것이다. 베라의 가슴에는 만족감 이외에는 어떤 가정도 자리할 여유가 없었다.

 비로소 시장기가 느껴지고 졸음이 왔다. 평화로운 졸음……. 침대 위에 몸을 던지고는 자고, 자고, 또 자고 싶었다……. 내일이면 마을에서 사람들이 와서 구해 줄 테지……. 그러나 그런 것은 아무래도 좋았다. 베라는, 외롭지 않았다. 축복받은 평화……. 오직 축복받은 듯이 평화로울 뿐이었다.

 베라는 일어서서 저택을 올려다보았다. 이제 두려운 것은 아무것도 없었다. 그녀를 기다리는 공포도 이제는 있을 턱이 없었다. 그 집은 그저 완벽하게 지어진 현대식 저택일 뿐이었다. 그런 저택을, 그날 오전까지만 해도 전율하면서 보아 왔던 것이다.

 공포……, 공포란 참으로 기묘한 감정이었다……. 이제 그 공포는 베라와 함께 있지 않았다. 베라는 공포를 극복한 것이었다. 죽음과 다를 자 없는 위난을 극복하고 승리를 거둔 것이었다.

 기지와 임기응변하는 솜씨로 베라는 드디어 전세를 뒤집고 연쇄 살인범을 패퇴시킨 것이었다.

 베라는 저택 쪽으로 올라가기 시작했다. 태양이 갓 진 뒤여서 서쪽 하늘은 붉게 물들어 있었다. 아름답고도 평화로운 하늘이었다……. 베라는 이런 생각을 했다.

 '이건, 어쩌면 꿈인지도 몰라…….'

피곤해서……, 피곤해서 견딜 수 없었다. 사지가 욱신거리고 눈꺼풀이 자꾸만 무거워지고 있었다……. 이제 무서워할 것은 하나도 없었다. 남은 것은 잠 자는 일뿐이었다. 자고……, 자고……, 또 자고……. 이제 섬에는 베라 한 사람뿐이었다. 따라서 마음 놓고 자도 좋았다. 마침내 꼬마 인디언 하나만 남은 것이었다. 베라는 생긋 웃었다.

베라는 현관 문으로 다가갔다. 저택 역시 기묘할 정도로 평화스러워 보였다.

베라는 생각했다.

'침실이란 침실에는 다 시체가 누워 있는 집에서……, 내가 보통 때 같으면 잘 생각을 할 수 있을까? 어쩌지? 주방에 들러 뭘 좀 먹을까?'

베라는 잠시 망설이다가, 먹는 것은 포기하기로 했다. 그러기엔 너무 피곤했다. 식당 옆을 지나치다 베라는 잠깐 걸음을 멈추었다. 식탁 한가운데에 아직 꼬마 인디언 인형이 세 개나 남아 있었다. 베라는 웃으면서 중얼거렸다.

"이런, 세월 가는 줄 모르잖아……."

베라는 세 개의 인형 중 두 개를 집어 창 밖으로 던져 버렸다. 테라스 석판 바닥에 부딪쳐 인형이 깨어지는 소리가 들려왔다. 베라는 나머지 인형 한 개를 집어 두 손으로 감싸면서 속삭였다.

"너는 나랑 같이 있자, 꼬마야. 우리가 이겼어, 우리가 이긴 거야."

현관은 어둑어둑했다. 베라는 꼬마 인디언 인형을 손에 들고 계단을 오르기 시작했다. 다리가 몹시 아팠기 때문에 천천히 걸어 올라갔다.

'동요가 어떻게 끝나더라……. "한 꼬마 인디언만 홀로 남았다." 그 다음이 어떻게 끝나더라……. 옳다, 그래. "하나가 결혼했다. 그리고 아무도 남지 않았다."'

결혼……. 이상한 일이었다. 갑자기 베라는 휴고가 그 집 안에 있는 것 같다는 느낌을 받았다……, 아주 강하게.

베라는 생각했다.

'휴고는 이층에서 날 기다리고 있어……. 아니야, 바보같이. 너무 피곤하니까 그렇게 터무니없는 상상을 다 하는 거야…….'

베라는 천천히 계단을 올랐다. 층계참에서 무엇인가가 베라의 손으로부터 떨어졌다. 바닥엔 융단이 두껍게 깔려 있어서 아무 소리도 들리지 않았다. 베라는 권총을 떨어뜨렸다는 것도 알지 못했다. 인디언 인형을 쥐고 있다는 것만 어렴풋이 의식하고 있었을 뿐이었다. 집 안은 너무 조용했다. 그러나 도무지 빈 집 같지가 않았다……. 휴고가 안에서 기다리고 있다……, 베라는 이렇게 확신했다.

베라는 문을 열었다……. 숨이 멎었다…….

"저게 뭘까……?"

천정의 고리에 매달린 올가미……, 올가미까지 만들어진 밧줄이구나……. 그 아래엔 올라설 의자도 있고. 올라가서 올가미를 목에 걸고는 의자를 걷어차라 이거지……. 휴고가 원하는 게 이것이구나······. 옳아, 마지막 구절은 바로 이거야······. "그 소년이 목매어 죽었다. 그리고 아무도 남지 않았다.'"

꼬마 인디언 인형이 베라의 손에서 떨어졌다. 인형은 방바닥을 구르다가 벽난로 쇠그물에 부딪쳐서 부서졌다. 베라는 자동인형처럼 앞으로 나아갔다. 끝이었다. 물에 젖은 차가운 손(물론 시릴의 손이었다)이 그녀의 목에 닿았다.

"시릴, 바위까지 헤엄쳐 갈 수 있어······."

그것으로 살인은 이루어졌다. 간단하게. 그런데 그게 두고두고 베라의 뇌리에 남아 있었다.

베라는 몽유병자처럼 눈앞을 응시하면서 의자 위로 올라갔다. 그러고는 올가미를 목에 걸었다. 휴고는 거기에서 구경하고 있었다. 베라가 하고 있는, 피할 수 없는 행동을.

베라는 의자를 걷어찼다······.

에필로그

런던 경찰국 부국장 토머스 레그 경이 역정을 내며 소리쳤다.
"도대체 이런 일이 있을 수 있느냐, 그 말일세."
"그러게 말씀입니다."
메인 경위가 그 앞에서 공손한 말씨로 대답했다.
부국장의 말이 계속되었다.
"섬에서 열 사람이 죽고, 살아 남은 사람은 하나도 없다……, 이걸 도대체 어떻게 이해해야 하나?"
"설명할 수는 없어도 '사실은 사실입니다', 부국장님."
메인 경위가 얼빠진 사람 같은 얼굴을 하고 대답했다.
"메인, 누군가가 열 사람을 살해한 게 분명하지 않은가!"
토머스 레그 경이 소리를 버럭 질렀다.
"그걸 규명하는 것이 저희들의 소임 아니겠습니까, 부국장님."
"의사의 검시 보고서에 단서가 될 만한 게 보이지 않나?"

"현재로서는 그렇습니다. 워그레이브와 롬바드는 사살당했습니다. 워그레이브는 머리, 롬바드는 심장을 맞고 즉사했습니다. 브렌트 여사와 마스톤의 사인은 청산염 중독입니다. 로저스 부인은 클로랄 과용이 직접적인 사인이고요. 로저스는 후두부가 터져 있었습니다. 블로어도 머리가 부서져 있었습니다. 암스트롱은 익사했고, 매카더는 얻어맞은 충격으로 후두부가 파쇄되어 있었고, 베라 클레이돈은 교살을 당한 것으로 되어 있습니다."

부국장은 눈살을 찌푸리며 중얼거렸다.

"골치 아프군……."

1, 2분 정도 생각을 정리하고 나서 부국장이 또 짜증을 부렸다.

"그러니까, 스티클헤이븐 주민들로부터도 단서를 얻어 낼 수 없더라, 그 말인가? 좀 더 파보게. 틀림없이 뭔가를 알고 있을 것일세."

메인 경위가 어깨를 으쓱해 보이고는 대답했다.

"스티클헤이븐 주민은 모두 소박한 어민들입니다. 그들이 아는 건, 오웬이란 사람이 그 섬을 사들였다는 정돕니다. 그 이상은 모르고 있었습니다."

"누가 섬을 관리하고 있었나? 매매에 필요한 절차를 대행하는 사람이 있었을 게 아닌가?"

"모리스라는 사람입니다. 아이작 모리스라고……."

"그래 그자는 이 일에 대해 뭐라고 하고 있는가?"

"뭐라고 할 형편이 아닙니다. 죽었으니까요."

부국장이 눈살을 찌푸렸다.

"모리스라는 자에 대한 전과 기록은 없는가?"

"있습니다. 저희들도 그자를 알고 있습니다……. 요컨대, 모리스라는 자, 뒤꼭지가 참한 신사는 못 됩니다. 이 자는 3년 전 베니토의 주식 강매 사기 사건과 관계가 있었습니다. 증거는 없지만, 저희들은 그렇게 확신하고 있습니다. 그 뒤 마약 밀매에도 손을 댄 것으로 압니다만, 이 역시 증거는 보전하지 못하고 있습니다. 모리스는 대단히 빈틈이 없는 잡니다."

"그자가 인디언 섬 사건의 배후 인물이란 말인가?"

"그렇습니다. 그자가 이 매매를 주선했습니다. 자기가 사는 게 아니고, 성명 미상의, 제3의 매수인이 따로 있다는 걸 분명히 밝혔다고 합니다."

"그렇다면, 재정 상태를 점검해 보지 그랬나? 거기에서 무슨 단서를 찾아 낼 수는 없을까?"

메인 경위는 빙그레 웃으면서 대답했다.

"모리스를 잘 모르고 하시는 말씀입니다. 모리스는 그런 면에서 꼬리를 잡힐 인물이 아닙니다. 영국 최고의 회계사를 불러다 대도, 모리스가 바로 서서 걸었는지, 물구나무 선 채 다녔는지 밝혀 내진 못할 겁니다. 베니토 사건에서 저희들이 당해 본 가늠이 있어서 드리는 말씀입니다. 이번에도 모리스는 매수인을 철저하게 숨기고 있습니다."

부국장이 한숨을 쉬었다. 메인 경위는 하던 말을 계속했다.

"스티클헤이븐에서, 이 섬과 관련된 모든 문제를 대행한 것도 바로 모리스였습니다. 말하자면, '오웬 씨'의 대리인으로 행세했던 겁니다. 마을 사람들에게는, 섬에서 육지와 교통을 끊고 일주일 동안 버티기 내기를 한다고 설명했더랍니다······. 그러니까 섬에서 구조 요청이 오더라도 모른 체 해달라는 부탁까지 했던 것이죠."

토머스 레그 경이 경위의 말허리를 잘랐다.

"그러니까······, 마을 사람들은 그런 설명만 믿고 구린내는 맡지 못했다, 그말인가?"

메인 경위가 어깨를 으쓱해 보이고는 말을 이었다.

"부국장님께서도 기억하실 것입니다. 이 인디언 섬은 원래 엘머 롭슨이라는 미국의 젊은 백만 장자 소유로 되어 있었습니다. 롭슨이란 친구는 이 섬에서 별의별 노름을 다 벌였습니다. 물론 마을 사람들도 처음에는 별 이상한 짓거리를 다 본다고 생각했을 테죠. 그러나 하도 그런 일이 자주 있으니까 마을 사람들도 이제는 거기에 익숙해져서 웬만한 일에는 별로 놀라지도 않게 되었죠. 당연하지 않습니까?"

부국장은 그 말에도 일리가 있다고 생각했던지 고개를 끄덕였다.

메인 경위가 말을 이었다.

"프레드 나라코트가 일행을 섬까지 태워다 준 사람입니다만, 흥미있는 증언을 하고 있습니다. 나라코트는, 그 섬으로 가는 손님들을 보고 놀랐다고 했습니다. '롭슨 씨의 파티에 가는 손님들과는 전혀 달랐다'는 거죠. 섬에서 구조 신호가 있었다는 말을 듣자 모리스의 지시를 어기면서까지 그 섬으로 배를 몰고 달려 갔던 것은, 이 손님들이 모두 지극히 평범한데다 점잖은 사람들이었기 때문일 겁니다."

"나라코트와 구조대가 간 것은 언제인가?"

"보이스카웃 대원들이 신호를 포착한 것은 11일 오전입니다. 그러나 그 날은 배를 띄울 수가 없었죠. 구조대가 그 섬에 접안한 것은 12일 오후였습니다. 파도가 잠잠해지고 접안이 가능해 보이자, 바로 배를 띄웠던 것이죠. 그들은, 자기네들이 섬에 도착하기 전에는 아무도 섬을 떠날 수 없었다는 데 의견을 모으고 있습니다. 폭풍이 있은 직후라서 파도가 그만큼 험했던 것입니다."

"육지까지 헤엄쳐 올 수도 없었을까?"

"섬에서 육지까지는 1마일이 넘는데다 내해의 파도가 심해서 거의 불가능했다고 합니다. 게다가 육지 쪽에서는 많은 사람들과 보이스카웃 대원들이 절벽 위에서 섬을 바라보고 있었다고 합니다."

부국장은 한숨을 쉬고 나서 물었다.

"그 집에서 발견했다는 축음기 레코드 판은 어때? 도움이 될 만한 자료가 실려 있지 않던가?"

"그것도 조사해 봤습니다. 연극 무대나 영화용 효과 음반을 제작하는 회사에서 공급한 레코드 판이었습니다. 아이작 모리스 전교, U. N. 오웬 앞으로 배달이 되었는데, 내용은 초연되는 희곡의 아마추어 공연용으로 되어 있었다는 것입니다. 타이핑

된 원고는 레코드 판과 함께 배달된 것으로 되어 있습니다."

"그 내용 이야길 좀 들어보세."

"말씀드리려던 참입니다." 메인 경위가 헛기침을 하고 나서 말을 이었다. "이 레코드 판에 실린 고발의 사실 여부를 되도록 면밀하게 조사해 보았습니다. 우선, 그 섬에 가장 먼저 도착한 로저스 부부에 관한 조사부터 시작했습니다. 그들은 브래디 여사라는 미혼 노파의 하인으로 있었는데, 이 노파는 급사했습니다. 사망을 진단한 의사로부터도 별 뾰족한 말은 듣지 못했습니다. 의사는, 로저스 부부가 주인을 독살하지 않은 것은 분명하다면서 고개를 갸웃거리더군요. 자기 개인적인 의견으로는, 독살은 아니나 그 주인의 죽음과 로저스 부부의 무관심 사이엔 무슨 관계가 있을 것 같다고 했습니다. 여기엔 물론 뚜렷한 증거가 없다는 말도 하더군요.

그 다음이 워그레이브 판사 건입니다. 여기에도 하자가 없었습니다. 워그레이브는 시튼에게 사형을 선고한 판사입니다. 그런데 시튼은 유죄, 분명한 유죄였습니다. 시튼이 사형을 당한 뒤에 나타난 증거는 이 재판의 의혹을 말끔하게 불식시킬 만큼 결정적이었습니다. 그러나 재판 당시에는 말이 많았었죠. 십중팔구는, 시튼에겐 죄가 없는데 판사가 배심원 평결을 수합하는 과정에서 그만 유죄로 몰아 버렸다고 믿었습니다.

그 다음은 베라 클레이돈이라는 여자 건입니다. 클레이돈은 어느 집 가정 교사로 있었는데, 이 집 아이가 익사한 것으로 되어 있습니다. 아이의 죽음과 이 여자와는 아무 관계도 없는 듯합니다. 게다가 이 여자는 행실이 얌전했는데다 아이가 물에 빠지자 구조까지 하러 갔던 것으로 알려지고 있습니다. 이 여자 자신까지 익사 직전에 구조되었을 정도니까요."

"계속하게." 부국장이 한숨을 쉬면서 재촉했다.

메인 경위는 숨을 깊이 들이마시고 나서 계속했다.

"닥터 암스트롱 건입니다. 암스트롱은 유명한 의사입니다. 하알리 가(街)에다 개업하고 있었지요. 직업 의식이 투철하고, 솜씨도 정평이 나 있는 사람입니다. 불법 수술 같은 건 전혀 기록되어 있지 않고 혐의도 받은 바 없습니다. 1925년 레이드모어 병원에 있을 때 클리스라는 여자를 수술했는데, 이 여자가 복막염으로 수술 중에 사망한 기록은 있습니다. 서툰 솜씨로 수술하다 그렇게 된 건지도 모르죠. 이 사람에게 경험도 별로 없을 시절입니다. 하지만 서툰 솜씨나 경험 부족이 범죄 요건이 될 수는 없습니다. 게다가 그 여자를 죽일 만한 동기도 없었고요.

다음은 에밀리 브렌트 여사 건입니다. 이 여자에겐 비트리스 테일러라는 하녀가 있었지요. 그런데 이 하녀가 임신하자, 브렌트 여사는 그녀를 내쫓았답니다. 그 뒤 그 하녀는 투신 자살했죠. 뒤끝이 개운치 못한 이야깁니다만, 브렌트 여사에게 죄를 물을 수는 없는 사안입니다."

"그게 바로 문제가 아닌가."

부국장이 말했다.

"U. N. 오웬이란 자는, 법이 개입하지 못할 사안만 다루고 있는 것 같군 그래."

메인 경위는 들은 체도 않고 말을 계속했다.

"마스톤이란 젊은이는 자동차광으로, 상습적인 묘기 운전자인 듯합니다. 두 번이나 면허증을 압수당한 경력이 있는 것으로 보아, 제 생각 같아서는 면허를 취소시켰어야 했을 것 같았습니다. 여기에 이 자의 문제가 있습니다. 존 콤즈와 루시 콤즈라는 이름이 거론되는데, 이 아이들이 바로 케임브리지 근교에서 이 자가 치어죽인 아이들입니다. 몇몇 친구들의 증언이 있어서 이 자는 벌금만 물고 풀려 났습니다.

매카더 장군에게도 뚜렷한 증거가 보이지 않습니다. 종군 기록을 포함해서 복무 기록도 깨끗합니다. 그런데 아더 리치먼드라는 사람이 프랑스에서 그의 휘하에 있다가 작전중에 전사한 것으로 되어 있습니다. 이 리치먼드와 장군 사이에 알력이 있었기는커녕 아주 가까운 사이였던 모양입니다. 그때에 남의 험담하기를 좋아하는 사람들은, 당시의 지휘관 때문에 부하들이 터무니없이 희생되었다고 주장하는데, 이건 어디까지나 중상모략이었을 가능성이 있습니다."

"그럴 테지."

"이제 필립 롬바드 건입니다. 롬바드는 해외에서 다방면으로 활약한 경력이 있는 사람입니다. 한두 번 법망을 아슬아슬하게 피한 경력도 있습니다. 게다가 담이 크고, 매사에 치밀한 것으로 정평이 나 있는 사내지요. 말하자면, 법망이 미치지 못하는 곳에서 살인 사건을 저질렀을 수도 있는 인물이지요. 이제 블로어 차례입니다."

메인 경위는 다소 머뭇거리면서 덧붙였다.

"물론 우리와 한솥 밥을 먹던 친굽니다."

"블로어, 그거 아주 질이 안 좋은 놈이지."

부국장이 내뱉듯이 말했다.

"그렇게 생각하십니까?"

메인이 물었다.

부국장은 고개를 끄덕였다.

"암, 내 생각은 옛날부터 변함이 없다네. 하지만 영리해서 미꾸라지 노릇도 능히 할 위인일세. 랜더 사건에서도, 나는 이 자가 위증을 한 것으로 믿어. 당시에는 아주 불쾌하더군. 그런데……, 꼬리가 잡혀야지. 해리스를 따라붙였는데, 해리스 역시 꼬리를 잡지 못했어. 우리가 제대로만 손을 썼더라면 놈의 마각을 드러낼 수 있었을 거라는 내 의견에는 아직 변함이 없어. 그 자식 아주 형편 없는 놈이야." 여기서 입을 다물고 한참 생각하던 부국장이 물었다. "자네, 아이작 모리스가 죽었다고 했지? 언제 죽었나?"

"벌써 아시는 줄 알았습니다. 아이작 모리스는 8월 8일 밤에 죽었습니다. 수면제 과용이—바르비투르로 알고 있습니다만—직접적인 사인입니다. 타살인지 자살인지……, 확인할 도리가 없습니다."

"자네, 내 의견 들어 볼 텐가, 메인?"

"상상은 하고 있습니다."

"모리스의 죽음은 우연이 아니야."

레그 부국장이 퉁명스럽게 내뱉었다.

메인 경위가 고개를 끄덕였다.

"그렇게 말씀하실 줄 알았습니다, 부국장님."

부국장이 주먹으로 책상을 치며 소리쳤다.

"동화 속의 이야기도 아니고, 이게 뭔가? 이럴 수는 없는 일이야. 바위뿐인 섬에서 열 사람이 죽었는데, 우리는 그게 누구 소행인지, 왜 그런 일이 일어났는지, 어떻게 그렇게 되었는지……, 하나도 아는 바가 없어."

메인 경위는 헛기침을 하고 나서 대답했다.

"부국장님, 꼭 그런 것만은 아닙니다. 그 이유만은 추리가 가능합니다. 묘한 정의감 때문에 머리가 돌아버린 자가 한 수작일 수 있다는 겁니다. 이 자는, 법이 손을 쓰지 못하는 사람들을 노렸던 겁니다. 그래서 열 사람을 모았습니다……. 여기에서 진짜 죄가 있는지 없는지 여부는 문제가 되지 않았던 거죠……."

부국장이 그의 말을 가로막았다.

"그래? 내 생각은 다른데……, 말하자면……."

부국장은 말을 잇지 못했다. 메인 경위는 기다렸다. 레그 부국장이 한숨을 쉬면서 고개를 가로저었다. "자네 이야길 계속하게……. 뭔가 실마리가 잡히는 것 같아서 자네 말을 가로막았는데……, 그게 잘 생각이 나질 않는군. 자네 하던 이야기나 계속하게."

메인이 하던 말을 계속했다.

"말하자면, 범인이 노리는 사람, 즉 마땅히 죽음으로 죄값을 물어야 할 사람이 열 사람이었습니다. 이 열 사람은 모두 죽었습니다. U. N. 오웬이란 자는 목적을 달성한 셈이죠. 그러고는 묘한 방법으로 그 섬에서 증발하고 말았습니다."

"증발치고는 아주 멋진 증발이군 그래. 메인, 이걸 자네는 어떻게 설명하겠나?"

"그자가 처음부터 섬에 없었다면, 섬을 빠져 나갈 필요도 없지 않겠습니까? 그 섬에 모인 사람들의 기묘한 인적 구성으로 미루어 보면, 그자는 처음부터 섬에 없었다는 추측이 가능합니다. 그렇다면, 그 열 명 중 한 사람이 오웬이었다고 밖에는 설명할 수가 없습니다."

부국장은 고개를 끄덕였고, 메인 경위는 설명에 열을 올렸다.

"저희들도 그렇게 생각했습니다. 그래서 이러한 가정을 전제로 사건에 손을 대 보았습니다. 인디언 섬 사건이 처음부터 암중모색만이었던 것은 아닙니다. 베라 클레이돈과 에밀리 브렌트의 일기가 있었으니까요. 워그레이브 판사도 기록해 둔 게 있었습니다. 법률가다운 건조체 기록입니다만, 내용이 명확합니다. 블로어의 기록도 있었습니다. 이런 기록이 크게 참고가 될 수 있었죠. 기록에 따르면, 죽은 순서는 이렇게 됩니다……. 마스톤, 로저스 부인, 매카더, 로저스, 브렌트 여사, 워그레이브……. 워그레이브가 죽은 뒤, 베라 클레이돈의 일기는, 밤중에 암스트롱이 집을 나갔고, 블로어와 롬바드가 그를 찾으러 나갔다고 증언하고 있습니다. 블로어도 기록에서 이 사건을 언급하고 있습니다. '암스트롱이 사라졌다'는, 딱 두 마디뿐이지만…….

부국장님, 이 모든 걸 종합해 보면 결론다운 결론이 나올 것 같습니다. 부국장님께서도 아시다시피, 암스트롱은 익사했습니다. 암스트롱이 미쳐 있었다고 가정한다면, 다른 사람들을 모두 죽이고 절벽에서 투신 자살하려 했거나, 육지로 헤엄쳐 나오려 했다고 결론을 내리지 못할 이유는 없습니다.

하지만, 꽤 그럴 듯한 결론인데……, 이게 아귀가 맞질 않습니다. 특히, 범죄수사 전담 의사의 증언과 맞질 않습니다. 범죄수사 전담 의사는 8월 13일 오전에 섬에 도착했습니다. 저희들에게 도움이 될 만한 증언은 별로 해 주지 않았습니다만, 적어도 36시간 혹은 그보다 훨씬 오래 전부터 모두가 죽어 있었다고 했습니다. 그는 암스트롱의 시체에 대해서는 상당히 정확한 결론을 내리고 있었습니다. 즉, 그의 시체가 뭍으로 올라오기까지 8 내지 10시간 동안 물에 잠겨 있었다는 거죠. 말하자면, 암스트롱이 10일 밤부터 11일 밤 사이에 바다에 빠졌다는 것이죠. 제가 그 까닭을 설명드리겠습니다. 저희들은, 시체가 뭍으로 올라와 있는 지점을 발견했습니다. 양쪽이 바위로 막힌 지점이었는데, 여기엔 옷가지, 머리카락 등이 널려 있었습니다. 시체는 11일의 밀물에 밀려 온 것으로 보이는데, 그 밀물의 시각은 오전 11시입니다. 이 시간 이후로는 폭풍이 가라앉았기 때문에 해변의 수위도 비교적 낮았던 것입니다.

그렇다면, 암스트롱이 세 사람을 교묘하게 죽이고 나서, 그날 밤에 바다에 몸을 던졌다고 하시겠죠? 그러나, 그렇게는 설명할 수 없는 근거가 있습니다. '암스트롱의 시체는, 밀물이 미치지 못하는 곳까지 누군가에 의해 끌어 올려져 있었다는 사실입니다.' 저희들은, 해변에서 안쪽으로 조금 올라온 곳에서 시체를 발견했습니다. 시체는 분명히 누군가가 손질한 것처럼 반듯하게 뉘어져 있었습니다. 따라서, 암스트롱이 죽은 뒤에도 이 섬에는 살아 있는 사람이 있었다는 결론을 내릴 수 있습니다.

이제 이런 추정이 가능합니다. 물론 정확한 것은 아닙니다. 11일 오전, 암스트롱이 '사라진'(물에 빠져 죽은) 뒤의 경위는 이렇습니다. 암스트롱을 제외하면, 이때에 남아 있었을 가능성이 있는 사람은 셋입니다. 롬바드, 블로어, 베라 클레이돈입니다. 롬바드는 사살당했습니다. 그의 시체는 바다 가까이, 즉 암스트롱의 시체 근처에 있었습니다. 베라는 자기 방에서 목매어 죽은 시체로 발견됐습니다. 블로어의 시체는 테라스에 있었습니다. 머리는 묵직한 대리석 덩어리를 맞고 부서져 있었는데, 이 대리석 덩어리는 그 위쪽의 창문에서 떨어졌을 가능성이 있습니다."

"누구 방 창문이었는가?" 부국장이 물었다.

"베라 클레이돈의 방입니다. 이제 각자의 입장을 따로 떼어 생각해 보기로 하겠습니다. 먼저 필립 롬바드의 경우입니다. 롬바드가 블로어의 머리 위로 대리석 덩어리를 떨어뜨리고 나서 베라 클레이돈을 교살했다고 가정해 보는 겁니다. 롬바드가 그 길로 바닷가로 가서 권총으로 자살했다고치면, '누가 그에게서 권총을 빼앗아 갔느냐'는 문제가 남습니다. 권총은 집 안의, 층계참에 있던 워그레이브의 방 안에서 발견되었습니다."

"지문은?"

"네, 베라 클레이돈의 지문이 있었습니다."

"그렇다면, 클레이돈 이외에도 생존자가 있었다는 이야기가 아닌가?"

"무슨 말씀이신지 알겠습니다. 문제는 베라 클레이돈입니다. 베라 클레이돈이 롬바드를 쏘아 죽이고는 권총을 들고 집 안으로 들어가 대리석 덩어리를 떨어뜨려 블로어를 죽이고는 목매어 죽었다……, 이렇게 설명할 근거도 있습니다. 그녀의 방에 있는 의자에는, 그녀의 신발에 묻은 해초와 닿은 자국이 있었습니다. 베라 클레이돈은 의자 위에 올라서서 밧줄 올가미를 목에 걸고는 의자를 걷어차 버린 것 같습니다…….

'그러나 의자는 넘어져 있지 않았습니다.' 다른 의자와 함께 얌전하게 벽 쪽으로 가지런히 놓여 있었던 것이지요. 따라서 '베라 클레이돈이 죽은 뒤'에 '누군가'가 의자를 정돈했던 것입니다.

이제 블로어 차례입니다. 블로어가 롬바드를 쏘아죽이고, 베라 클레이돈을 교살한 다음 테라스로 나가, 그 전에 끈 같은 것으로 교묘하게 장치해 두었던 대리석 덩어리를 떨어뜨려 자살했을까요? 그럴 리는 만무합니다. 이런 식으로 자살한다는 건 금시초문일 뿐만 아니라, 블로어는 그런 짓을 할 인물이 아닙니다. 저희들은 블로어를 잘 압니다. 블로어는, 추상적인 정의감에 사로잡혀, 법망을 빠져 나간 사람들에게 죄값을 물게 할 인간도 아닙니다."

"동감이네."

부국장이 말했다.

"따라서, 그 섬에는 다른 '누군가'가 있었다고 밖에는 설명할 수가 없습니다. 열 사람이 모두 죽은 다음에, '누군가'가 뒷처리를 했다는 것입니다. 하지만, 이 사람은 그 동안 어디에 있었을까요? 어디로 사라진 것일까요? 스티클헤이븐 주민들은, 구조대원들이 섬에 도착하기 전에 그 섬을 빠져 나온 사람은 하나도 없다고 굳게 믿고 있습니다."

"그렇다면……?" 부국장은 말을 잇지 못했다.

메인 경위는 한숨을 쉬면서 고개를 가로저었다. 부국장 앞으로 몸을 기울이면서 그가 되물었다.

"그렇다면……, '누가 이들을 죽였을까요?'"

어선 '엠마 제인' 호의 선장이
런던 경시청으로 보낸 필사筆寫 원고原稿

일찍이 나는 내가 성격적으로 모순 덩어리라는 사실을 깨달은 바 있다. 나에겐 무엇보다도, 로맨틱한 상상에 병적으로 집착하는 경향이 있었다. 병 속에다 중요한 서류를 넣어서 바다에 던진다는 발상은 어린 시절 모험 소설을 읽고 배운 것으로, 언제나 생각이 여기에 미치면 나는 가볍게 흥분하곤 했다. 이 방법은 지금도 나를 사로잡고 있다. 내가 이 방법, 즉 내가 한 일을 그대로 적어 병 속에 넣고 뚜껑을 만들어 덮은 다음 바다에 던지는 방법을 쓰는 것은 바로 이 때문이다. 나의 고백이 담긴 이 원고가 누구에겐가 발견될 확률은 일백 분의 일도 되지 않는 줄 안다. 그리고 이 원고가 발견되지 않는다면, 저 불가사의한 살인 사건은 끝내 설명되지 않을 것이다. (이 사건이 영구 미제의 사건으로 남는다면 내가 조금으스대도 좋지 않겠는가?)

어린 시절부터, 나에겐 공상벽 이외에도 여러 가지 성격상의 결함이 있었다. 주검 자체나 죽음에 관련된 일을 구경하는 데서 가학적인 재미를 느끼는 별난 버릇이 있었다. 그래서 어린 시절에는 벌이나 들판의 해충으로 갖가지 실험을 해 본 기억도 난다……. 일찍부터 나는 죽이는 쾌감에 길들어 있었다. 그러나 이러한 성향과는 정반대되는 일면도 나에겐 있다. 비할 데 없이 강한 정의감이 그것이다. 나는, 죄없는 인간이나 무해한 미물이 내 손에 죽거나 고통받게 될 수도 있다는 데 심한 역겨움을 느낀다. 나는, 오직 정의로운 것만이 이 땅에 살아 남아야 한다는 강한 신념을 가지고 있었다.

심리학자라면 바로 이해하시겠지만, 내 심리적 성향과 법률가로서의 직업 선택과는 무관하지 않다. 요컨대, 법률가라는 직업은 내 본능을 거의 만족시킬 수 있었던 것이다.

죄와 벌이라는 주제가 나를 매료하지 않은 적은 거의 없었다. 나는 온갖 종류의 탐정 소설과 괴기 소설을 탐독했다. 나는 스스로 교묘한 살인 방법을 생각해 내고는 은밀히 즐거워하기도 했다.

판사가 되어 재판을 주도하게 되면서, 내 은밀한 본능은 차차

눈뜨기 시작했다. 피고석에 웅크리고 앉은 사악한 범죄자, 파멸의 날이 가까워 옴에 따라 갖가지 고문을 당하고 있는 범죄자를 보는 것은, 나에겐 더없는 삶의 낙이었다. 그러나 오해하진 마시라. 나는 피고석에 앉은 무고한 인간으로부터는 아무 재미도 느낄 수 없었다. 적어도 두어 건 이상, 나는 혐의자에게 죄가 없다는 것을 확신하고 배심원들을 설득하여 무죄를 선고한 적도 있다. 그러나 참으로 우수하고 공정한 우리 경찰력 덕분에, 살인 혐의로 기소되어 내 앞에 선 피고들의 대부분은 유죄 판결을 받아야 했다.

여기에서, 에드워드 시튼 사건도 이런 류類의 사건이었음을 밝혀야겠다. 그의 외모와 소행은 기소된 범죄 사실과는 판이했다. 그는 배심원들에게도 좋은 인상을 주고 있었다. 그러나 괄목할 만한 것은 아니나, 증거가 분명할 뿐만 아니라, 범죄에 관한 내 경험으로 미루어보아, 그의 유죄는 더 이상 의심할 여지가 없었다. 그는 자기를 믿고 있던 노파를 살해한 혐의로 구속 기소되어 재판을 받고 있었던 것이다.

나에겐 교수대 판사라는 별호가 붙어 있었다. 그러나 이것은 천만의 말씀이다. 나는 배심원들이 내린 평결을 심리하는 데 어느 누구보다도 공정하고 양심적이었다. 나는, 감정적인 변호사가 제기하는 감정적인 변론과 감정적인 호소에 맞서 배심원들을 보호했다.

그렇게 몇 년을 보내면서, 나는 내 내부에서 심적인 통제 기능이 무너지고 있음을 깨달았다. 말하자면, 재판만 할 것이 아니라 행동하고 싶다는 욕망이 꿈틀거리기 시작했던 것이다. 솔직하게 말해서, 나는 '직접 살인을 해 보고' 싶었다. 나는 이러한 욕망을 예술가의 자기 표현 욕망과 동일시했다. 나는 범죄의 예술가였거나, 범죄의 예술가가 될 수 있었다. 내 직업의 긴박한 질서에 엄격하게 통제되어 있던 상상력이 은밀하게 걷잡을 수 없는 힘으로 분출했다. 나는 살인해 보아야 했다. 그렇다. 해 보아야 했다. 해 보지 않으면 안 되었다. 뿐만 아니라, 내가 저지르는 살인은 예사 살인일 수 없었다. 보통 사람의 머리로는 도저히 이해할 수 없는, 참으로 놀라운, 참으로 경탄을 받을 만한 살인이어야 했다. 이런 의미에서 본다면, 내 상상력은 분명히 그만한 수준에 있다고 생각한다. 나는 극적인, 도저히 해결이 불가능한 살인 사건을 만들어 내고 싶었다. 그렇다……, 나는 사람을 죽이고 싶어 몸살을 앓고 있었던 것이다. 그러나……, 혹자는 사리에 맞지 않는다고 할지 모르겠으나, 나는 내 선천적인 정의감 때문에 여러 차례 심리적 좌절을 맛보아야 했다. 죄없는 자가 고통 받아서는 안 된다는 게 내 굳은 믿음이었다.

그런데 우연한 일로 내 머리에 참으로 놀라운 생각이 떠올랐다. 아무것도 아닌, 일상적인 대화에서 무심코 들은 말 한 마디가 나에게 실마리를 제공한 것이었다. 내 이야기 상대는, 별로 이름이 없는 평범한 전과의全科醫였다. 그는 지나가는 말로, 법망이 미치지 못하는 곳에서 벌어지는 살인 사건만 해도 부지기수라고 한탄했다. 이 대목에서 그는 구체적인 예까지 들었다. 오랫동안 자기 환자로 있다가 최근에 세상을 떠난 어느 미혼 노파의 이야기였다. 그의 말에 따르면, 그 노파는 발작 진정제를 제때에 먹지 못해서 죽은 것으로 되어 있었다. 노파에겐 젊은 하인 부부가 있었는데, 이들이 발작 진정제를 제때에 주지 않아 노파가 죽었고, 노파의 사후에는 이들이 상당액수의 재산을 물려받았다는 것이었다. 의사는, 뾰족한 증거는 없지만 자기는 그 하인 부부가 노파를 살해한 것으로 굳게 믿는다고 했다. 뿐만 아니라, 그는, 유사한 사건 — 법망도 옭아들일 수 없을 정도의 교묘한 살인 사건 — 이 도처에서 무수히 저질러지고 있다고 덧붙였다.

　내 원대한 계획은 여기에서 시작되었다. 그 말을 듣는 순간 나는 내가 갈 길을 훤히 본 것이었다. 나는 한 사람만 살해할 것이 아니라 대규모 연쇄 살인을 저지르기로 마음먹었다.

　그때 문득, 어릴 때 읽던 동요 — 열 꼬마 인디언 이야기 — 가 기억에 되살아났다. 이것은 두세 살 어린 나이에 내가 정신없이 좋아하던 동요였다. 냉혹한 운명에 의해 하나씩 하나씩 사라져 가는 꼬마 인디언들……, 나는 이 꼬마 인디언들의 냉혹한 숙명 같은 것에 몹시 끌렸던 것 같다. 나는 은밀하게, 내 손에 죽을 희생자들을 모으기 시작했다……. 내가 이들을 어떻게 찾아냈는지, 자세한 것은 여기에 쓰지 않겠다. 나는 자주 만나는 사람들과의 정례적인 대화의 통로를 열어 두는 한편, 새로 만나는 사람들과도 되도록이면 많은 이야기를 주고받기로 했다. 여기서 얻은 소득에는 나 자신도 놀랐을 정도였다. 어느 개인 병원에서 치료를 받으면서 나는 닥터 암스트롱에 관한 이야기를 들을 수 있었다. 나를 돌보던 절대 금주론자인 한 간호사가 술의 해독을 실증하느라고, 술을 마신 의사가 수술하면서 환자를 죽인 이야기를 들려 주었던 것이다. 간호사가 된 지 몇 년이나 되었느냐, 어느 병원에서 근무했느냐……, 이런 시시콜콜한 질문 몇 가지만으로도 나는 필요한 자료를 모두 모을 수 있었다. 그 의사와 문제의 환자에 관한 인적 사항을 추적해 내는 것은 별로 어렵지 않았다.

클럽에서 두 퇴역 군인의 대화를 들으면서, 나는 매카더 장군에 관한 정보를 입수했다. 아마존에서 귀국한 지 얼마 되지 않은 사나이로부터는 필립 롬바드의 험한 이력을 들었다. 마조르카의 어느 멤 사히브(마님)는 잔뜩 흥분한 채, 청교도인 에밀리 브렌트와 자살한 하녀의 이야기를 나에게 들려 주었다. 앤터니 마스톤에 관한 이야기는, 유사한 범죄를 저지른 경험이 있는 사람들에게서 우연히 얻어 들었다. 자기가 빼앗은 목숨에 대해서 하등의 책임감도 느끼지 못하고 철저히 무신경한 이 앤터니 마스톤을, 나는 이 사회에 해독을 끼치는 위험한 존재, 따라서 살아 남을 가치가 없는 인간으로 정의했다. 전직 범죄 수사대 요원 블로어의 이야기도 내 귀에 들어 왔다. 내 동업자들이 내 앞에서 랜더 사건을 공공연하게 거론하여 갑론을박했던 것이다. 나는 블로어의 죄상을 예의 주시했다. 마땅히 법률을 섬겨야 하는 경찰은 법의 존엄성을 체득하고 있지 않으면 안 된다. 그들이 하는 말은, 그들이 관직에 있다는 이유 때문에 그만큼 무게를 갖는 것이다.

마침내 베라 클레이돈 사건과도 접할 수 있었다. 대서양을 횡단하는 기선 안에서의 일이었다. 어느 날 밤 늦게 흡연실에 간 나는, 마침 그 방에 혼자 앉아 있던 휴고 해밀턴이라는 잘생긴 청년과 사귈 수 있었다. 휴고 해밀턴은 몹시 상심하고 있는 사람 같았다. 아픈 가슴을 다독거리려고 그랬겠지만, 해밀턴은 상당히 취해 있었다. 애상에 젖어, 상대만 있으면 하소연을 시작할 계제인 것이었다. 나는 별로 기대하지 않으면서도 얼마 전에 굳힌 방침대로 그에게 말을 시켜 보았다. 그런데 그 반응이 매우 놀라웠다. 그가 한 말이 아직도 내 기억에 새롭다.

"그렇습니다, 선생님. 살인이라는 것은 사람들이 생각하는 것처럼 누구에게 독약을 먹이거나, 절벽 위에서 떠미는……, 그런 것이 아니더군요."

그는 자기의 얼굴을 내 얼굴 앞에 바싹 갖다 대고 말을 이었다.

"내가 알고 있는 여자 중에 살인자가 하나 있는데요……, 그 여자 이야기를 들려 드리죠……. 나는 그 여자에게 반해 있었죠……. 젠장, 지금도 이따금씩 생각나요……, 뭐라고 할까요, 이런 제기랄. 그런데 그 살인이라는 걸, 날 위해서 했더라 이 말입니다……. 나로서는 생각도 못 했던 일이죠. 여자는 요물입니다……. 못 말리는 요물이지요. 그런데 제가, 그 여자가 요물인 줄을 알기나 했겠습니까……? 명랑하고 착한 아가씨가……, 그런 짓을 할 줄 누가 알았겠습니까? 그 여자는 아이를 바다로 데리고 나가서, 글쎄 물에다 빠뜨려 죽였답니다……. 여자가 어떻게 그런 짓을 하느냐……, 이런 생각을 하시는 건 아니겠지요?"

"틀림없이 그 여자가 그런 짓을 했다고 믿소?"

나는 이렇게 물었다.

정신이 번쩍 든 듯한 얼굴을 하고 그가 대답했다.

"믿고 말고요. 나 이외엔 아무도 눈치채지 못했습니다. 나는 여자를 보는 순간에 알았지요. 그 여자는, 내가 안다는 사실까지 알고 있었어요……. 그렇지만 그 여자가 모르는 게 있었어요. 내가 그 애를 얼마나 사랑했는지……, 그걸 몰랐던 겁니다."

그의 말은 이걸로 끝이었다. 그러나 나는 별 어려움 없이 그 이야기의 전말을 추적하고 재구성할 수 있었다.

나에겐 열 번째 희생자가 필요했다. 나는 모리스란 사내에게서 내 희생자를 찾아 냈다. 본래 음흉하기 이를 데 없는 위인이었다. 그가 지은 죄가 어떻게 한두 가지에서 그치랴만, 참으로 용서 받을 수 없는 것은 한때 마약 밀매에 손을 대어 내 친구의 귀한 딸을 마약 중독자로 만들었다는 사실이다. 내 친구의 딸은 스물하나 꽃같은 나이에 스스로 목숨을 끊었다.

희생자를 물색할 동안 계획은 내 머릿속에서 구체적으로 이어가고 있었다. 준비가 거의 끝난 참에, 내 신상 문제 하나가 결정적인 방아쇠 노릇을 했다. 내 신상 문제란, 하알리 가(街)의 의사로부터 내가 받은 건강 진단이다. 나는 개인 병원에서 수술받았다는 이야기를 한 바 있다. 하알리 가 의사의 진찰 결과에 따르면, 나는 더 이상 수술할 필요가 없었다. 물론 의사는 이러한 말을 눈물겨울 정도로 빙빙 돌려서 했지만, 나는 어렵지 않게 그의 말에 묻어 있는 사형 선고를 감지해 낼 수 있었다.

나는 의사에게 내 결심을 말하지 않았다. 내 결심이란 다른 것이 아니다. 다른 사람처럼 시간을 끌면서 천천히 죽어 갈 수는 없다는 것이다. 그렇다, 나는 흥분과 절정의 문턱에서 죽어야 했다. 나는 죽을 때까지 '살아 있을' 결심을 했다.

지금부터 인디언 섬 살인 사건의 진상을 밝혀 보겠다. 내 정체를 드러내지 않으려고 나는 모리스를 내세워 그 섬을 사들였다. 쉬운 일이었다. 모리스는 역시 그 방면의 전문가였다. 내 미래의 희생자들에 관한 정보 수집이 끝나자, 나는 그들에게 적당한 미끼를 던졌다. 내 계산은 한 치도 빗나가지 않았다. 내 초대를 받은 손님들은 모두 8월 8일에 인디언 섬으로 모였다. 여기엔 나 자신도 포함되어 있었다.

모리스에겐, 섬으로 떠나기 전에 손을 썼다. 그는 소화 불량에 시달리고 있었다. 나는 런던을 떠나기에 앞서 그에게 약을 주면서, 내 위장병을 말짱하게 고쳐 준 특효약이니까 잠들기 직전에 먹으라고 일렀다. 그는 조금도 서슴지 않고 그 약을 받았다. 그에겐 조울증 증세가 다소 있었다. 나는 그가 계약 관계 서류나 비망록 같은 것은 남기지 않을 것으로 믿었다. 그런 걸 남길 위인이 아니었다.

섬에서 죽어 가야 할 순서는 내가 특히 고심해서 짜 냈다. 나는 내 손님들이 지은 죄를 경중에 따라 등급을 매겼다. 나는, 죄질이 가벼운 사람을 먼저 죽게 하여, 그보다 더 끔찍한 죄인들이 겪어야 할 정신적인 긴장과 공포에서 면제해 주기로 결심했다. 앤터니 마스톤과 로저스 부인이 먼저 죽었다. 마스톤은 즉사, 로저스 부인은 잠자는 동안 절명하게 했다. 내가 아는 한, 마스톤은 우리 대부분이 지니고 있는 도덕적인 책임감을 전혀 의식하지 못하는 부류의 인간이다. 말하자면, 비도덕적인 이교도인 것이다. 로저스 부인은 보나마나 남편의 권유에 못 이겨 한 짓일 터였다. 나는 이 두 사람의 죄를 가볍게 매겨서 먼저 죽게 했다.

이 두 사람이 죽은 경위는 여기에다 소상하게 밝히진 않겠다. 경찰이 이 정도는 간단히 알아 낼 것이기 때문이다. 청산염은, 벌에 쏘인 사람들이 제독제로 쓰는 것이니 만큼 어렵지 않게 구할 수 있었다. 나는 이 청산염을 가지고 있었는데, 축음기 사건이 나고 나서 좌중이 뒤숭숭한 판에, 마스톤의 빈 술잔에다 그걸 조금 집어 넣는 건 쉬운 일이었다.

축음기가 돌아가면서 열 사람을 살인자로 고발할 때 나는 각자의 표정을 예의 주시하며, 오랜 재판 경험으로 미루어, 모두가 양심의 가책을 느끼고 있음을 간파했다.

최근 들어 지병의 통증이 심해서 나는 의사로부터 포수抱水 클로랄을 처방받아 늘 휴대하고 다녔다. 이 약을 먹을 때마다 양을 조금씩 줄여서, 치사량만큼 모아 가지고 다니는 건 별로 어려운 일도 아니었다. 자기 아내에게 먹일 브랜디를 들고 들어온 로저스는 그 잔을 탁자 위에 놓았다. 나는 탁자 옆을 지나면서 약을 브랜디에 쏟아 넣었다. 서로에 대한 의심이 시작되기 전이어서 이 일은 지극히 간단했다.

매카더 장군은 전혀 고통을 느끼지 않은 채 죽었다. 내가 뒤로 다가갔지만 그는 내 발소리를 듣지 못했던 모양이었다. 시간을 내어 테라스를 벗어나는 문제가 조금 까다로웠으나, 모든 것을 내 뜻대로 처리했다.

예상했던 대로 섬 전역의 수색이 시작되었다. 이로써 섬에는 우리 일곱 사람뿐이라는 사실이 확인되었다. 이 때문에 사람들은 서로를 의심하기 시작했다. 계획대로 하자면, 나에겐 사람이 필요했다. 나는 이 배역으로 닥터 암스트롱을 뽑았다. 암스트롱은 미련한 사람이었다. 그는 내 외모와 이름만으로 나를 파악했을 뿐, 나 같은 지위에 있는 사람이 살인할 수 있으리라고는 조금도 생각지 못하는 위인이었다. 암스트롱은 죽자고 롬바드만 의심했다. 나는 여기에 동조하는 척했다. 나는 그에게, 살인범을 함정에 빠뜨릴 계책이 있다는 미끼를 던졌다.

방 수색은 있었지만, 각자의 몸 수색은 시작되기 전이었다. 그러나 조만간 수색이 시작될 터였다.

나는 8월 10일 아침에 로저스를 살해했다. 그는 화덕에 넣을 장작을 패느라고 내가 다가가는 것도 눈치채지 못했다. 나는 그의 주머니에서 식당 문 열쇠를 찾아냈다. 식당 문은 전날 그가 잠갔다.

로저스의 시체가 발견된 직후의 혼란을 틈타서, 나는 롬바드의 방으로 들어가 권총을 챙겼다. 나는 그에게 권총이 있다는 걸 진작부터 알고 있었다. 아니, 사실은 모리스를 시켜서, 그와의 면담 때 권총을 가져 오라는 말을 하게 해 두었다.

아침 식사 때, 나는 차를 따라 주면서 브렌트 여사의 잔에다 마지막 남은 포수 클로랄을 집어 넣었다. 우리는 그녀를 식당에 남겨 두고 나왔다. 나는 곧 식당으로 다시 들어가서 의식을 잃고 있는 그녀의 목에다 청산염 용액을 주사했다. 땅벌까지 날게 한 것은 유치하다고 할지 모르나, 나에겐 재미가 대단했다. 나는 되도록이면 동요 그대로 일을 꾸며 나가기로 했다.

이 일이 있은 직후 내가 진작부터 예상하고 있던 일이 벌어졌다.

아니 그건 내가 제안했던 일 같다. 우리는 각자의 방과 몸을 뒤지기로 했다. 권총은 이미 숨긴 뒤였다. 내 손에 청산염이나 클로랄이 남아 있을 리 없었다.

내가, 우리 계획을 실행에 옮기자고 암스트롱을 꼬인 것은 이때였다. 방법은 간단했다. '나 자신'을 그 다음의 희생자로 꾸미는 것이었다. 이렇게 하면 진짜 살인범을 몹시 놀라게 할 수 있겠다는 게 암스트롱의 생각이었다. 나는 그 대신, 이미 죽은 몸이니까 언제든지 집 안을 돌아다니며 정체불명의 살인범을 염탐할 수 있는 것이었다. 암스트롱은 내 생각에 흔연히 동의했다. 우리는 그날 밤에 실행에 들어갔다. 나는 빨간 진흙을 조금 반죽해 이마에다 붙이고, 빨간 커튼과 회색 털실로 소도구를 장만하면 되는 것이었다. 그날 밤의 촛불은 유난히 깜박거렸고, 또 어두웠다. 게다가 나를 가까이서 진찰하는 사람은 바로 암스트롱뿐이었다. 계획대로 된 것은 물론이었다. 클레이돈은 내가 걸어 둔 해초를 보고는 집 안이 떠나가도록 비명을 질렀다. 모두가 이층으로 올라간 틈을 타서 나는 소도구를 입고 쓴 채 죽은 사람으로 행세했다.

나를 발견한 뒤에 보인 그들의 태도는 내가 바라던 그대로였다. 암스트롱은 전문가 이상으로 자기 역할을 잘 소화했다. 내 죽음을 슬퍼하는 사람은 하나도 없었다. 서로를 의심하다가 결국은 서로를 두려워하는 판국이니, 무리도 아니었다.

나는 새벽 2시 15분 전, 저택 밖에서 암스트롱을 만났다. 나는 그를 저택 뒤쪽의 절벽 끝으로 데려 갔다. 나는 그에게, 그 절벽으로 가면 방에 있는 사람들의 눈에 띄지도 않을 뿐만 아니라 누가 우리를 해치러 와도 쉽게 볼 수 있다고 말했다. 그는 여전히 나를 의심하지 않았다. 그러나, "하나가 훈제 청어$^{\text{a red herring}}$에 먹히는 바람에……."라는 문제의 동요 구절을 기억하고 있었다면 마땅히 나를 의심했어야 했다. 결국 그는, 주의를 다른 데로 돌리게 하려고 내가 내민 미끼$^{\text{a red herring}}$를 물었다.

간단한 일이었다. 나는 절벽 아래를 내려다보며, 동굴 입구가 보인다면서 와서 보라고 말했다. 그는 내 말대로 절벽 아래를 내려다보았다. 슬쩍 밀자 그는 균형을 잃고 바다로 떨어졌다. 나는 저택으로 돌아왔다. 블로어가 내 발소리를 들었던 모양이었다. 나는 암스트롱의 방으로 들어갔다가 다시 나오면서 이번에는 일부러 발소리를 내어 그들이 내 발소리를 들을 수 있게 했다. 내가 층계를 내려올 때쯤 뒤에서 문이 열리는 소리가 났다. 그들이 마악 현관 문을 나서는 내 뒷모습을 보았던 모양이었다. 1, 2분만 늦었어도 그들에게 뒤를 밟히고 말았으리라. 나는 저택으로 돌아가, 그 전에 이미 열어 두었던 창문을 통해서 식당으로 들어갔다. 창문을 닫은 다음 나는 그 유리를 깨뜨렸다. 그러고는 이층으로 올라가 다시 내 침대에 누워서 시체 행세를 했다.

나는 그들이 방 안을 수색해서 시체를 확인할 것으로 생각했다. 암스트롱이 누워 있는 것처럼 꾸며져 있지만 시트만 벗겨 보아도 사실은 거기에 아무도 없다는 걸 알게 될 터였다. 이런 일은 실제로 일어났다.

참, 롬바드의 방에다 권총을 다시 갖다 놓았다는 이야기를 빠뜨렸다. 방과 각자의 몸을 수색했을 때 그 권총이 어디에 있었는지, 모두가 궁금하게 여길 게 뻔했다. 식료품 창고에는 통조림이 수북이 쌓여 있었다. 나는 맨 밑에 있는 통조림을 따서—비스킷이 들어 있었던 것 같다— 내용물을 쏟아 내고는 그 안에 권총을 넣고 테이프로 발랐다. 나는, 따지도 않은 통조림이 쌓여 있고, 더구나 통조림 깡통의 윗부분은 납땜질까지 되어 있는 것을 감안하여 아무도 눈치채지 못할 것으로 생각했다. 나는, 붉은 커튼은 응접실 의자 깔개 밑에다 감추었고, 털실은 의자 방석에다 구멍을 뚫고 그 속에다 감추었다.

드디어 내가 예상하던 순간이 왔다. 서로를 경계하고 서로에게 겁을 집어 먹은 세 사람 사이에는 어떤 일이든 생길 수가 있었다. 게다가 그 중 하나는 권총까지 가지고 있었다.

나는 유리창을 통해서 세 사람을 관찰했다. 이윽고 블로어가 혼자 올라왔다. 나는 대리석 덩어리를 겨누었다가 떨어뜨렸다. 블로어가 이 무대에서 퇴장했다.

나는 유리창을 통해서 베라 클레이돈이 롬바드를 쏘아죽이는 것도 보았다. 대담하고 머리 회전이 빠른 여자였다. 나는 그렇지 않아도 베라 클레이돈을, 롬바드의 적수가 되고도 남을 여자로 손꼽은 바 있었다. 롬바드가 쓰러지자, 나는 베라 클레이돈의 침실에다 무대를 꾸미기 시작했다.

참으로 재미있는 심리학적 실험이라고 해도 좋다. 자, 자기가 저지른 죄에 대한 양심의 가책, 한 사내를 쏘아죽이고 난 뒤의 정신적인 긴장 상태가 주위 환경에 의한 최면 효과와 합세하면, 과연 그녀로 하여금 스스로 목숨을 끊게 할 수 있을까? 나는 그럴 수 있다고 생각했다. 내 예상은 적중했다. 베라 클레이돈은, 옷장 속에 숨어 있는 내 눈 앞에서, 내가 만들어 놓은 올가미에 목을 넣었다.

이제 마지막 무대를 꾸밀 차례다. 나는 베라 클레이돈이 걷어찬 의자를 들어 벽 앞에다 놓았다. 권총을 찾아 보았다. 권총은 베라 클레이돈이 올라오다가 떨어뜨렸는지 층계참에 있었다. 나는 그녀의 지문이 지워지지 않도록 조심스럽게 권총을 다루었다.

이제 이 기록을 끝마칠 때가 가까워지고 있다. 나는 이 기록을 병 속에 넣어 봉한 다음 바다에 던질 것이다. 왜? 그렇다……, 이유가 있어야 한다……. 나는, 아무도 해결할 수 없는 완벽한 살인 사건을 꾸며 내는 야심에 사로잡혀 있었다. 하지만, 새삼스럽게 깨닫게 된 바이지만, 예술가가 어디 예술품의 창조 자체에만 만족하던가? 어림도 없다. 예술가에겐 누가 알아 주기를 바라는, 아무도 부정하지 못할 열망이 있다. 내 겸허하게 고백하거니와, 나에게도 참으로 한심한 인간적 소망이 있다. 내가 얼마나 영리한 인간인지, 세상이 알아 주었으면 하는 것이다…….

이런 의미에서, 나는 이 인디언 섬 사건이 영구미제永久謎題 사건이 될 것으로 확신한다. 물론 경찰이 나 이상으로 영리할 수도 있다. 이 사건에는 세 가지 단서가 있다. 첫째는, 경찰이 에드워드 시튼의 유죄를 확신하고 있다는 사실이다. 따라서 경찰은, 섬에서 죽은 열 사람 가운데 한 사람만은 살인자가 아니라는 데 착안할 것이다. 이 논리를 뒤집으면, 그가 바로 연쇄 살인 사건의 진범이 된다. 두 번째 단서는, 꼬마 인디언 동요의 일곱 번째 구절이다. 암스트롱의 죽음은 그가 삼킨 '미끼$^{\text{a red herring}}$'와 관계가 있는 것이지, 훈제 청어$^{\text{a red herring}}$에 먹힌 것은 아니다. 그는 결과적으로 삼킨 것이지, 먹힌 것은 아니었다. 말하자면, 이 기묘한 표현에는, 암스트롱이 여기에 속아서 결국은 죽음을 당한다는, 사건의 정황이 명시되어 있다. 이 실마리를 풀어 나가면 사건은 해결될 수도 있다. 왜냐하면, 암스트롱을 제외하고 당시에 살아남아 있던 사람은 넷뿐이었고, 암스트롱이 믿을 수 있는 사람, 다시 말하면 암스트롱에게 미끼를 던질 수 있었던 사람은 나뿐이었기 때문이다. 세 번째 단서는 지극히 상징적이다. 나는 총탄에 이마를 맞고 죽은 것으로 되어 있다. 말하자면, 이 상처는 카인의 낙인인 것이다.

이제 더 할 말은 별로 없다. 이 기록을 병에 넣어 바다에 던지고 나서, 나는 내 방으로 들어가서 우선 침대에 누우련다. 내 안경에는 다리 대신에 길고 검은 줄이 달려 있다. 그러나 이 줄은 늘어나고 줄어드는 고무줄이다. 나는 안경을 몸으로 누르고, 고무줄을 문 손잡이에 돌려 감았다가, 그 끝에다 권총을 너무 단단하지 않게 맨다. 이 다음부터는 이렇게 되지 않을까 싶다. 내가 권총을 손수건으로 감싸 들고 방아쇠를 당긴다. 내 손이 침대 옆으로 툭 떨어지면, 권총은 고무줄에 끌려 문을 때린다. 이 순간, 문 손잡이에 부딪치는 충격에 고무줄이 풀려 나가면서 권총은 방 바닥에 떨어진다. 고무줄은 아무 일도 없었던 것처럼 내 몸에 깔린 안경에 대롱대롱 늘어져 있을 것이다. 바닥에 손수건이 떨어져 있다고 해서 이걸 가지고 이러쿵저러쿵할 사람은 없을 것이다. 나는 내 동료 희생자들의 기록 그대로, 총탄에 이마를 맞은 채 내 침대에서 죽은 채로 발견될 것이다. 우리의 시체가 부검될 즈음이면 사인을 정확하게 규명하기는 어려우리라.

파도가 잔잔해지면 육지에서 구조대와 보트가 오고……, 이 인디언 섬에서 열 구의 시체와 영구미제로 남을 살인 사건을 만나게 될 것이다.

로렌스 워그레이브

작품 해설

미스터리의 여제女帝 크리스티

1986년 3월 21일자 외신은 애거사 크리스티Agatha Christie의 추리극 《쥐덫The Mouse Trap》이 25일자로 3분 세기 연속 기록을 수립하게 된다는 소식을 뿌리고 있다. 3분 세기라면 1세기의 3분의 1, 즉 33⅓년이다.

현재 세계 최장기 연속 공연 기록을 세우고 있는 이 《쥐덫》이 처음 무대에 오른 것은 1952년 11월 25일의 일이다. 이 날, 리처드 아텐보르의 주연으로 런던 앰버서더 극장에서 초연된 이래 1986년까지 자그마치 33년 4개월 동안 무려 13,870회나 연속 공연된 것이다.

물론 놀라운 기록이긴 하나, 애거사 크리스티가 생전에 세우던 수많은 기록에 여러 차례 놀라 본 사람은 오히려 이 세계 공연사의 신기록을 당연하게 또 덤덤하게 받아들인다.

크리스티는 이미 1950년에 50권째 추리 소설 출판 기념회를 열고, 당시 애틀리 수상의 축사를 받는, 참으로 영광스러운 기록을 세운다. 1971년, 영국 여왕으로부터 '나이트'에 해당하는 DBE 작위를 받은 것도, 당시로는 크게 드물었던 일이니 만큼 기록이라면 기록이다. 그뿐만 아니다. 크리스티 작품의 전문 배우인 리처드 아텐보르와 연출가 피터 선더스도 '나이트'로 추대되었다는 보도가 있었다. 연기와 연출이 문학과는 류(類)가 다른 분야이긴 하나, 굳이 크리스티의 공로와 엮어 생각하자면 못 할 것도 없다.

1958년의 신문은, 영국 사회처럼 엄격하게 훈련된 관객을 거느린 무대에서는 좀처럼 드문 일이라는 토까지 달면서《쥐덫》이 2,500회 연속 공연 기록을 세웠다는 소식을 전했다. 무려 28년 전 일이다. 1978년에는, 세계 전역에서 크리스티의 추리극이 공연되지 않는 날은 일 년 내내 하루도 없다는 토픽 뉴스가 나오기도 했다.

그러나 크리스티가 세운 기록의 꽃은, 역시 명탐정 에르킬르 포아로의 사망과 관련된 에피소드가 아닐까 싶다. 두루 아시겠지만, 에르킬르 포아로는 크리스티의 장단편 82편 중 34편에 달하는 많은 작품에 등장하는 명탐정이다.

에르킬르 포아로 에피소드의 전말은 간단하다. 크리스티가 1975년에 포아로의 최후를 그린《에르킬르 포아로의 마지막 사건》을 발표하자, 영국 및 미국의 주요 일간, 주간지들이 그의 사망 광고를 게재한 것이다. 런던에는 조기(弔旗)가 즐비하게 내걸렸다는 후문도 있었다. 크리스티와 포아로의 인기를 헤아릴 수 있게 하는 에피소드다.

소설적 구도와 상상력
크리스티의 명작 《쥐덫》을 소개할 때 사람들은 대개 이런 상투적인 표현을 쓴다.

'……눈사태 때문에 외부와는 완전히 교통이 두절된 어느 여관……. 이 여관에 투숙하고 있는 밀수업자, 정신병자, 전직 판사, 형사, 창녀, 여관 주인 부부……, 이들 모두가 살인 혐의를 받고 있는 가운데……, 연쇄 살인 사건이 일어난다…….'

이 표현을 다음과 같이 바꾸어 보기로 하자.

'……눈사태 때문에 오도가도 못하게 된 오리엔트 특급 열차 안……. 이 열차를 탄 미국인 노인, 영국군 대령, 러시아 망명 귀족, 스웨덴 부인, 미국인 사립탐정, 여객 전무, 그리스 의사……. 이들 모두가 살인 혐의를…….'

이렇게 고쳐 놓으면 저 유명한 《오리엔트 특급 살인》의 내용을 소개하는 글이 된다.

앞의 글을 또 한 번 바꾸어 보자.

'……폭풍 때문에 외부와는 완전히 교통이 두절된 인디언 섬. 이 섬으로 초대받은 전직 판사, 전직 경찰관, 퇴역 군인, 여교사, 하인 부부……, 이들 모두가 살인 혐의를 받고 있는 가운데, 연쇄 살인 사건이 일어난다…….'

이렇게 하면 바로 이 책 《열 개의 인디언 인형》을 소개하는 글이 된다.

애거사 크리스티의 작품에는, 이런 식으로 내용 설명이 가능한 작품이 얼마든지 더 있다.

위와 같은 도식으로 설명되는 작품이 많은 이유가 어디에 있을까? 상상력이 부족했기 때문일까? 크리스티는, 상투적이라는 비난과 진부하다는 평판을 두려워하지 않았던 것일까?

그렇지는 않은 것 같다.

크리스티의 장기는, 독창적인 트릭을 선보이는, 말하자면 아이디어를 과시하는 데 있다기보다는 이미 익히 알려진 수법을 변형하고 이를 적절하게 배치하여 상식에 길든 독자의 의표를 찌르는 데 있다.

크리스티에게, 도식적인 구도 안에다 비슷한 사건과 트릭을 비벼 넣은 작품이 많은 것은, 작가가 한정된 조건 안에서 자유자재로 사건과 트릭을 변형, 배합, 배치하는 능력을 과시하고 있기 때문이지, 결코 상상력의 빈곤에 몰려 상투 수단을 썼기 때문에 그런 것은 아니다. 상상력이 탁월한 작가만이 단일한 구성으로 여러 편의 작품을 쓸 수 있는 것이다.

《열 개의 인디언 인형》

영국에서 나온 이 책의 원래 제목은 《열 개의 꼬마 흑인 인형$^{Ten\ Little\ Niggers}$》이다. 그러나 미국에서 출판되면서 이 제목은 《열 꼬마 인디언$^{Ten\ Little\ Indians}$》, 혹은 《그리고 아무도 남지 않았다$^{And\ Then\ There\ Were\ None}$》로 바뀌었다. 공연히 숫자가 많은 흑인들을 쑤석거리기보다는, 인디언 쪽이 훨씬 만만하게 보여 그랬다는 설명이 있긴 하다. 그러나 미국에는 '한 꼬마 인디언, 두 꼬마 인디언……'으로 시작되는 〈열 꼬마 인디언〉이라는 유명한 동요가 있다. 이를 감안하면, 독자의 입맛에 버릇들여져 있는 '인디언' 쪽이 선택되었을 거라는 설명에 설득력이 있어 보인다.

이 작품은 70여 편에 달하는 크리스티의 장편 중에서, 항상 다섯 손가락 안에서 빠지지 않는 명작이다. 크리스티 자신도 자선自選 베스트 10에 꼭 이 작품을 앞세운다.

이 책을 읽고 크리스티에게 갈증을 느끼는 독자가 있다면, 다른 작품도 권하고 싶다. 《애크로이드 살인 사건》, 《오리엔트 특급 살인》 등을 필두로 약 20여 종이 우리말로 번역되어 있는 것으로 안다. 크리스티의 추리 소설에 중독되면 한동안은 여기에서 헤어나오기 어렵다. 그러나 너무 걱정할 필요는 없다. 크리스티는 더 이상 작품을 쓰지 않는다.

이 미스터리의 여제女帝는 1976년 1월 런던에서 이 세상을 떠났다. 크리스티의 작품만 찾아 읽다가 더 이상 읽을 책이 없게 되면, 많은 독자들은 한 번쯤은 그녀의 죽음을 생각하게 될 것이다.

1986년 6월 과천에서 이윤기

역자 후기

개정판을 내면서

이른바(!) 순수문학만을 지향하고 고집하던 내가 '정신 줄 잠깐 놓는 바람에' 미스터리(추리소설)와 사이파이(공상과학소설)에 빠져 근 7, 8년 동안 허우적거린 적이 있다. 나는 그 당시 정말 정신 줄을 놓았던 것일까?

아닐 것이다. 미스터리의 논리적 추리력, 사이파이의 무한한 상상력에 매료되어 있었다는 것이 맞겠다. 80년대에 나는 10권의 추리소설을 미친 듯이 번역했는데 애거사 크리스티의 걸작인 이 책《열 개의 인디언 인형》은 그 중의 한 권이다. 사이파이의 번역은 세일즈를 열심히 했는데도 나의 말을 믿어주는 출판인이 없었다. 사이파이에 대한 나의 꿈은 80년대 말,《한국일보》에다 사이파이 해설을 주간 연재하는 것으로 만족해야 했다.

글쓰기를 직업으로 삼고 있는 사람들 얘기를 들어보면 하나의 공통점이 있다. 미스터리와 사이파이에 한번쯤 미쳐본 적이 있다는 것이다. 논리적 추리력과 무한한 상상력의 세계를 펼치기 위해서는 이 두 장르의 세례를 한번 받을 필요가 있다는 것이 글쓰기를 직업으로 삼은 사람들의 공통된 견해다.

《열 개의 인디언 인형》은 1985년에 작업을 시작해서 이듬해 탈고하고 단행본으로 출간된 책이다. 무려 24년 전의 작업 성과다. 다시 읽고 교열하려니 24년과의 조우가 퍽 두려웠다. 하지만 읽어가면서 나는 그다지 부끄러워하지도, 두려워할 필요도 없다는 것을 알았다. 많이 미숙하기는 했지만 그 당시 나의 역서가 이미 20여 권이 넘었다.

〈작품해설〉은 24년 전에 쓴 것이다. 따라서 여기에 나오는 연도나 통계 수치는 24년 전의 것이다. 깡그리 뜯어고칠까 하다가 아무래도 위선적인 것 같고 24년 전의 기록을 다시 읽는 재미도 있을 것 같아서 그냥 두었다.

나는 1980년대 후반부터 '그녀'라는 말을 쓰지 않는다. 우리말이 아니라고 생각하기 때문이다. 그런데 이 책에는 '그녀'라는 말이 몇 차례 나온다. 고치려고 하다가 그냥 두었다. 귀찮아서 그랬던 것이 아니다. 요즘은 상당히 보편적으로 쓰이는 말이기 때문이다. 그러나 나는 지금까지 그래왔듯이 앞으로도 '그녀'라는 말은 쓰지 못할 것 같다.

나는 번역할 때면 야드, 파운드 단위는 반드시 미터법으로 환산해놓는 버릇이 있다. 하지만 이 책에는 '마일', '피트' 같은 말이 몇 차례 나온다. 고칠까 하다가, 그 단위 또한 우리에게 약간 익숙해질 필요가 있지 않을까 해서 그냥 두었다.

《열 개의 인디언 인형》은 한번 들면 놓을 수 없는 책이다. 개정판 교열할 때도 나는 열 몇 시간 동안 책을 놓을 수 없었다. 너무 바쁘신 분은 부디 이 책을 함부로 펴지 마시기를.

2009년 8월 과천 소천재에서 이윤기